阅读之前 没有真相

午夜文库

阿加莎·克里斯蒂
赫尔克里·波洛系列

阿加莎·克里斯蒂
Agatha Christie (1890—1976)

无可争议的侦探小说女王,侦探文学史上最伟大的作家之一。

阿加莎·克里斯蒂原名为阿加莎·玛丽·克拉丽莎·米勒,一八九〇年九月十五日生于英国德文郡托基的阿什菲尔德宅邸。她几乎没有接受过正规的教育,但酷爱阅读,尤其痴迷于歇洛克·福尔摩斯的故事。

第一次世界大战期间,阿加莎·克里斯蒂成了一名志愿者。战争结束后,她创作了自己的第一部侦探小说《斯泰尔斯庄园奇案》。几经周折,作品于一九二〇年正式出版,由此开启了克里斯蒂辉煌的创作生涯。一九二六年,《罗杰疑案》由哈珀柯林斯出版公司出版。这部作品一举奠定了阿加莎·克里斯蒂在侦探文学领域不可撼动的地位。之后,她又陆续出版了《东方快车谋杀案》《ABC谋杀案》《尼罗河上的惨案》《无人生还》《阳光下的罪恶》等脍炙人口的作品。时至今日,这些作品依然是世界侦探文学宝库里最宝贵的财富。根据她的小说改编而成的舞台剧《捕鼠器》,已经成为世界上公演场次最多的剧目;而在影视改编方面,《东方快车谋杀案》为英格丽·褒曼斩获奥斯卡大奖，《尼罗河上的惨案》更是成为几代人心目中的经典。

阿加莎·克里斯蒂的创作生涯持续了五十余年，总共创作了八十余部侦探小说。她的作品畅销全世界一百多个国家和地区，累计销量已经突破二十亿册。她创造的小胡子侦探波洛和老处女侦探马普尔小姐为读者津津乐道。阿加莎·克里斯蒂是柯南·道尔之后最伟大的侦探小说作家，是侦探文学黄金时代的开创者和集大成者。一九七一年，英国女王授予克里斯蒂爵士称号，以表彰其不朽的贡献。

一九七六年一月十二日，阿加莎·克里斯蒂逝世于英国牛津郡沃灵福德家中，被安葬于牛津郡的圣玛丽教堂墓园，享年八十五岁。

阿加莎·克里斯蒂 侦探作品年表

波洛系列

1920　The Mysterious Affair at Styles《斯泰尔斯庄园奇案》
1923　Murder on the Links《高尔夫球场命案》
1924　Poirot Investigates《首相绑架案》
1926　The Murder of Roger Ackroyd《罗杰疑案》
1927　The Big Four《四魔头》
1928　The Mystery of the Blue Train《蓝色列车之谜》
1932　Peril at End House《悬崖山庄奇案》
1933　Lord Edgware Dies《人性记录》
1934　Murder on the Orient Express《东方快车谋杀案》
1935　Three-Act Tragedy《三幕悲剧》
1935　Death in the Clouds《云中命案》
1936　The ABC Murders《ABC谋杀案》
1936　Murder in Mesopotamia《古墓之谜》
1936　Cards on the Table《底牌》
1937　Dumb Witness《沉默的证人》
1937　Death on the Nile《尼罗河上的惨案》
1937　Murder in the Mews《幽巷谋杀案》
1938　Appointment with Death《死亡约会》
1938　Hercule Poirot's Christmas《波洛圣诞探案记》
1940　Sad Cypress《H庄园的午餐》
1940　One, Two, Buckle My Shoe《牙医谋杀案》
1941　Evil Under the Sun《阳光下的罪恶》
1943　Five Little Pigs《五只小猪》
1946　The Hollow《空幻之屋》
1947　The Labours of Hercules《赫尔克里·波洛的丰功伟绩》
1948　Taken at the Flood《顺水推舟》
1952　Mrs. McGinty's Dead《清洁女工之死》
1953　After the Funeral《葬礼之后》
1955　Hickory Dickory Dock《山核桃大街谋杀案》
1956　Dead Man's Folly《弄假成真》
1959　Cat Among the Pigeons《鸽群中的猫》
1960　The Adventure of the Christmas Pudding《雪地上的女尸》

阿加莎·克里斯蒂 侦探作品年表

1963　The Clocks《怪钟疑案》
1966　Third Girl《第三个女郎》
1969　Hallowe'en Party《万圣节前夜的谋杀》
1972　Elephants Can Remember《大象的证词》
1974　Poirot's Early Stories《蒙面女人》
1975　Curtain—Poirot's Last Case《帷幕》

马普尔小姐系列

1930　The Murder at the Vicarage《寓所谜案》
1932　The Thirteen Problems《死亡草》
1942　The Body in the Library《藏书室女尸之谜》
1943　The Moving Finger《魔手》
1950　A Murder Is Announced《谋杀启事》
1952　They Do It with Mirrors《借镜杀人》
1953　A Pocket Full of Rye《黑麦奇案》
1957　4.50 from Paddington《命案目睹记》
1962　The Mirror Crack'd from Side to side《破镜谋杀案》
1964　A Caribbean Mystery《加勒比海之谜》
1965　At Bertram's Hotel《伯特伦旅馆》
1971　Nemesis《复仇女神》
1976　Sleeping Murder《沉睡谋杀案》
1979　Miss Marple's Final Cases《马普尔小姐最后的案件》

其他系列及非系列

1922　The Secret Adversary《暗藏杀机》
1924　The Man in the Brown Suit《褐衣男子》
1925　The Secret of Chimneys《烟囱别墅之谜》
1929　Partners in Crime《犯罪团伙》
1929　The Seven Dials Mystery《七面钟之谜》
1930　The Mysterious Mr. Quin《神秘的奎因先生》
1931　The Sittaford Mystery《斯塔福特疑案》
1933　The Witness for the Prosecution and Other Stories《控方证人》
1934　Why Didn't They Ask Evans?《悬崖上的谋杀》

阿加莎·克里斯蒂 侦探作品年表

1934　The Listerdale Mystery《金色的机遇》
1934　Parker Pyne Investigates《惊险的浪漫》
1939　Murder Is Easy《逆我者亡》
1939　And Then There Were None《无人生还》
1941　N or M?《桑苏西来客》
1944　Towards Zero《零点》
1945　Sparkling Cyanide《闪光的氰化物》
1945　Death Comes as the End《死亡终局》
1949　Crooked House《怪屋》
1950　Three Blind Mice and Other Stories《三只瞎老鼠》
1951　They Came to Baghdad《他们来到巴格达》
1954　Destination Unknown《地狱之旅》
1958　Ordeal by Innocence《奉命谋杀》
1961　The Pale Horse《灰马酒店》
1967　Endless Night《长夜》
1968　By the Pricking of My Thumbs《煦阳岭的疑云》
1970　Passenger to Frankfurt《天涯过客》
1973　Postern of Fate《命运之门》
1991　Problem at Pollensa Bay《神秘的第三者》
1997　While the Light Lasts《灯火阑珊》

出版前言

纵观世界侦探文学一百七十余年的历史,如果说有谁已经超脱了这一类型文学的类型化束缚,恐怕我们只能想起两个名字——一个是虚构的人物歇洛克·福尔摩斯,而另一个便是真实的作家阿加莎·克里斯蒂。

阿加莎·克里斯蒂以她个人独特的魅力创造着侦探文学史上无数的传奇:她的创作生涯长达五十余年,一生撰写了八十余部侦探小说;她开创了侦探小说史上最著名的"黄金时代";她让阅读从贵族走入家庭,渗透到每个人的生活中;她的作品被翻译成一百多种文字,畅销全球一百五十余个国家,作品销量与《圣经》《莎士比亚戏剧集》同列世界畅销书前三名;她的《罗杰疑案》《无人生还》《东方快车谋杀案》《尼罗河上的惨案》都是侦探小说史上的经典;她是侦探小说女王,因在侦探小说领域的独特贡献而被册封为爵士;她是侦探小说的符号和象征。她本身就是传奇。沏一杯红茶,配一张躺椅,在暖暖的阳光下读阿加莎的小说是一种生活方式,是惬意的享受,也是一种态度。

午夜文库成立之初就试图引进阿加莎的作品,但几次都与版权擦肩而过。随着午夜文库的专业化和影响力日益增强,阿加莎·克里斯蒂的版权继承人和哈珀柯林斯出版公司主动要求将版权独家授予新星出版社,并将阿加莎系列侦探小说并入午夜文库。这是对我们长期以来执着于侦探小说出版的褒奖,是对我们的信任与鼓励,更是一种压力和责任。

新版阿加莎·克里斯蒂作品由专业的侦探小说翻译家以最权威的英文版本为底本,全新翻译,并加入双语作品年表和阿加莎·克里斯蒂家族独家授权的照片、手稿等资料,力求全景展现"侦探女王"的风采与魅力。使读者不仅欣赏到作家的巧妙构思、离奇桥段和睿智语言,而且能体味到浓郁的英伦风情。

阿加莎作品的出版是一项系统工程,规模庞大,我们将努力使之臻于完美。或存在疏漏之处,欢迎方家指正。

新星出版社

午夜文库编辑部

Agatha Christie

Over the next few years, we plan to celebrate two very important Agatha Christie anniversaries. In 2015, it is the 125th anniversary of her birth in Torquay, South Devon, England, and in 2020 it will be 100 years after her first book, THE MYSTERIOUS AFFAIR AT STYLES, featuring her famous detective, Hercule Poirot, was published. This is therefore a very appropriate moment to publish a new edition of her works, and I am delighted that HarperCollins has chosen to work with New Star on these new editions. New Star is China's top crime publisher, and has a strong and dedicated editorial staff and a continued passion for Agatha Christie, making them the ideal partner. It is the right time to make these classic books available in modern translations and so to bring Agatha Christie's books anew to her many fans in China, giving them a new reason to re-read these much-loved stories, as well as introducing them to a whole new audience. How delighted Agatha Christie would have been that her stories (as she called them) are still giving so much pleasure to so many people all over the world!

I think there are two very remarkable things about Agatha Christie's stories. The first is that they are so adaptable. It doesn't really matter which language they appear in, the stories and the plots still give the same thrill, still provide the same puzzles, and the characters still have the same attraction. Readers in China will I am sure enjoy Hercule Poirot and Miss Marple just as much as we do in England, and readers in China will still be transfixed by the surprises and horrors of AND THEN THERE WERE NONE, one of the great classics of 20th century detective fiction, as we are here.

Agatha Christie

The second is that the stories give a wonderful picture of England, particularly rural England, at the time Agatha Christie lived. She wrote books from 1920 until 1970 but it is sometimes hard to tell which part of her life each book was written in. Her characters and the life they lived were very much the same. The life we all live is changing very quickly these days but the Agatha Christie world stays the same. Perhaps the Miss Marple stories provide the best example of this, and in some ways, THE BODY IN THE LIBRARY and NEMESIS are quite similar, despite the fact that thirty years elapsed between the time they were written.

Perhaps I might end by mentioning three Agatha Christies (other than the ones mentioned above) which I think demonstrate why she is so popular, even in the twenty-first century. The first is MURDER ON THE ORIENT EXPRESS, one of the most famous with one of the most ingenious and human plots. Read this on one of your long train journeys in China! Next is A MURDER IS ANNOUNCED, a Miss Marple which was her 50th book. It has my favourite murderer in it! And last is ENDLESS NIGHT a story about evil and how it affects three young people, written at the time when I knew her best, and understood how deeply she cared and sympathised with young people and the world they lived in.

Whichever are your favourites I hope you enjoy these stories that New Star are introducing to you again. I think it is a great publishing event.

Mathew Prichard
Grandson of Agatha Christie
Chairman of Agatha Christie Ltd

致中国读者
（午夜文库版阿加莎·克里斯蒂作品集序）

在未来的几年中，我们将要筹备两个非常重要的关于阿加莎·克里斯蒂的纪念日。二〇一五年是她的一百二十五岁生日——她于一八九〇年出生于英国的托基市；二〇二〇年则是她的处女作《斯泰尔斯庄园奇案》问世一百周年的日子，她笔下最著名的侦探赫尔克里·波洛就是在这本书中首次登场。因此，新星出版社为中国读者们推出全新版本的克里斯蒂作品正是恰逢其时，而且我很高兴哈珀柯林斯选择了新星来出版这一全新版本。新星出版社是中国最好的侦探小说出版机构，拥有强大而且专业的编辑团队，并且对阿加莎·克里斯蒂的作品极有热情，这使得他们成为我们最理想的合作伙伴。如今正是一个良机，可以将这些经典作品重新翻译为更现代、更权威的版本，带给她的中国书迷，让大家有理由重温这些备受喜爱的故事，同时也可以将它们介绍给新的读者。如果阿加莎·克里斯蒂知道她的小故事们（她这样称呼自己的这些作品）仍然能给世界上这么多人带来如此巨大的阅读享受，该有多么高兴啊！

我认为阿加莎·克里斯蒂的作品有两个非常重要的特征。首先它们是非常易于理解的。无论以哪种语言呈现，故事和情节都同样惊险刺激，呈现给读者的谜团都同样精彩，而书中人物的魅力也丝毫不受影响。我完全可以肯定，中国的读者能够像我们英国人一样充分享受赫尔克里·波洛和马普尔小姐带来的乐趣；中国读者也会和我们一样，读到二十世纪最伟大的侦探经典作品——比如《无人生还》——的时候，被震惊和恐惧牢牢钉在原地。

第二个特征是这些故事给我们展开了一幅英格兰的精彩画卷，特别是阿加莎·克里斯蒂那个年代的英国乡村。她的作品写于二十世纪二十年代至七十年代间，不过有时候很难说清楚每一本书是在她人生中的哪一段日子里写下的。她笔下的人物，以及他们的生活，多多少少都有些相似。如今，我们的生活瞬息万变，但"阿加莎·克里斯蒂的世界"依旧永恒。也许马普尔小姐的故事提供了最好的范例：《藏书室女尸之谜》与《复仇女神》看起来颇为相似，但实际上它们的创作年代竟然相差了三十年。

最后，我想提三本书，在我心目中（除了上面提过的几本之外）这几本最能说明克里斯蒂为什么能够一直受到大家的喜爱。首先是《东方快车谋杀案》，最著名，也是最机智巧妙、最有人性的一本。当你在中国乘火车长途旅行时，不妨拿出来读读吧！第二本是《谋杀启事》，一个马普尔小姐系列的故事，也是克里斯蒂的第五十本著作。这本书里的诡计是我个人最喜欢的。最后是《长夜》，一个关于邪恶如何影响三个年轻人生活的故事。这本书的写作时间正是我最了解她的时候。我能体会到她对年轻人以及他们生活的世界关心至深。

现在新星出版社重新将这些故事奉献给了读者。无论你最爱的是哪一本，我都希望你能感受到这份快乐。我相信这是出版界的一件盛事。

阿加莎·克里斯蒂外孙

阿加莎·克里斯蒂有限责任公司董事长

马修·普理查德

二〇一三年二月二十日

阿加莎·克里斯蒂侦探小说全集㉘

空幻之屋
The Hollow

[英] 阿加莎·克里斯蒂 著
陈世颐 译

新 星 出 版 社　NEW STAR PRESS

献给拉里和黛娜
很抱歉我使用了他们的游泳池作为案发现场

第一章

星期五早晨，六点十三分，露西·安格卡特尔睁开她那双湛蓝的大眼睛，又是新的一天。同往常一样，她立即完全清醒了过来，并且马上开始思考从她那活跃得令人难以置信的头脑中浮现出来的问题。她迫切地需要同别人商量和交谈，于是想到了自己年轻的表妹米奇·哈德卡斯尔——她昨天晚上才来到空幻庄园。安格卡特尔夫人迅速地溜下床，往她那优雅的肩头披上一件便服，径直走向米奇的房间。安格卡特尔夫人的思维活跃得惊人，因此，如往常一般，她已经在自己的脑海里展开了这场谈话，并运用她那丰富的想象力，替米奇设计了答案。

当安格卡特尔夫人推开米奇的房门时，这场谈话正在她的头脑中进行得如火如荼。

"——那么，亲爱的，你一定也同意吧，这个周末必定会有麻烦的！"

"嗯？哇！"米奇含糊不清地嘟囔了几声，从酣睡之中猛然惊醒。

安格卡特尔夫人穿过房间走到窗前，敏捷地打开了百叶窗、拉开窗帘，让九月黎明那苍白的光芒照射进来。

"小鸟！"她兴致盎然地望着玻璃窗外，"真好。"

"什么？"

"嗯，不管怎样，看样子天气不会有什么问题。应该是晴天。这可是个好消息。你一定会同意我的想法，如果一大群性情迥异的人都得被关在屋里的话，情况可就糟糕得多了。也许可以玩圆桌纸牌游戏，但可能又像去年那样了，想想可怜的格尔达，我永远都不会原谅自己。事后我对亨利说，都怪我考虑得太不周到了——但我们肯定得邀请她啊，因为如果邀请了约翰而不邀请她，可就太失礼了，但这确实使事情变得相当难办。最糟糕的是，她人那么好——说真的，这事儿确实很奇怪，像格尔达那样好的人竟然完全缺乏智慧，如果这就是所谓的补偿原则，那我认为这也太不公平了。"

"你在说些什么呀，露西？"

"这个周末，亲爱的，明天将要到这里来的人。我整晚都在想这件事，简直困扰得要命。所以能跟你讨论一下这件事，我觉得轻松多了，米奇。你总是那么谨慎又那么务实。"

"露西，"米奇严厉地说，"你知道现在几点吗？"

"不太清楚，亲爱的。我对时间毫无概念，你是知道的。"

"现在是六点一刻。"

"是啊，亲爱的。"露西·安格卡特尔说，语气中却毫无懊悔之意。

米奇严厉地注视着她。露西真是让人恼怒万分，完全无法忍受！米奇心中暗想，真不知道我们为什么都要容忍她！

然而，尽管在心中这么想着，她也很清楚答案。露西·安格卡特尔正微笑着。米奇望着她，感受到了露西一生中都拥有的那种超乎寻常、无孔不入的魅力。即使是现在，当她已年过六旬，这种魅力依然无往不利。正因为如此，全世界的人：异域君主、随军参谋、政府官员，都愿意忍受她带来的种种不便、烦恼和困惑。正是她在一举一动中流露出的那种孩子般的快活和愉悦，消解了他人的不满。露西只需睁大那双蓝色的大眼睛，伸出那柔弱的双手，低低地说一句："哦！真是对不起……"一切不满就烟消云散了。

"亲爱的，"安格卡特尔夫人说，"真是对不起。你应该早告诉我的！"

"我现在正在告诉你——但是已经太晚了！我已经完全醒过来了。"

"太遗憾了！但你会帮我的，对吗？"

"关于这个周末的事吗？怎么了？有什么问题吗？"

安格卡特尔夫人在米奇的床边坐下。米奇想，这可不像其他的什么人坐在你的床边。她是那样虚幻，好像一个仙女在此停留了片刻。

安格卡特尔夫人以一种可爱而无助的姿势，伸出她那不断轻快挥舞着的白皙的双手。

"所有不合适的人都要来——我是说，不合适的人将要聚集到一起。我并不是指他们本身；事实上，他们每个人都很可爱。"

"到底有谁要来？"

米奇抬起一条结实的褐色手臂，把她浓密坚硬的黑发从方正的额头前撩开。她身上完全不具备虚幻的仙女气质。

"嗯，约翰和格尔达。这本身当然毫无问题。我的意思是，约翰非常讨人喜欢——相当有吸引力。至于可怜的格尔达——嗯，我的意思是，我们大家必须对她非常友好。非常、非常地友好。"

出于某种模糊、本能的反抗感，米奇说："哦，得了，她才没有你说得那么糟呢。"

"哦，亲爱的，她可悲极了。那双眼睛。而且她似乎从不能理解人们所说的每一个字。"

"她确实不能理解，"米奇说，"不能理解你所说的话——但我觉得这不能怪她。你的脑筋啊，露西，转得实在太快了，想要跟上你说话的节奏需要进行大幅度的思维跳跃，每个转折之间的关联都被你省略了。"

"就像一只猴子。"安格卡特尔夫人含糊地说。

"除了克里斯托夫妇之外，还有谁要来？我猜，亨莉埃塔也会来吧？"

安格卡特尔夫人露出了笑容。

"是的——我真的觉得她是一座力量之塔。她总是这样的。你知道，亨莉埃塔真是非常和善——不仅仅是表面功夫，而是由内而外的和善。她在这儿对可怜的格尔达将大有裨益。她去年的表现真是太了不起了。那次我们在玩五行打油诗游戏，或是拼词游戏，或是引文游戏——反正就是诸如此类的某个游戏吧，当我们都已经完成，并念出结果的时候，突然发现可怜的格尔达竟然还没开始。她甚至还没弄明白游戏怎么玩。真是糟透了，米奇。"

"我真不明白为什么有人愿意到这里来，同安格卡特尔家的人待在一起。"米奇说，"那么费脑子，还有什么圆桌牌戏，还有你那独特的谈话方式，露西。"

"哦，亲爱的，我们一定要尽量努力啊——可怜的格尔达一定非常厌恶这些事。我常想，如果她还有那么一点儿脑子的话，她就不该来——但是，事情就是那样了，而那个可怜的人儿一脸的迷惑，以及——唉——窘迫，你知道吧。约翰看起来那么不耐烦。我完全想不出来怎样才能使情况重新好起来——而就是在那时，我对亨莉埃塔充满了感激。她立即转向格尔达，问起她身上穿着的套头毛衣——其实是很糟糕的一件，还是那种褪色的莴苣绿，看上去无精打采的，活像旧货市场里的货色，亲爱的——格尔达立刻容光焕发。那件毛衣似乎是她自己织的，亨莉埃塔向她询问毛衣上的花纹，格尔达看上去极为高兴和自豪。这就是我所说的亨莉埃塔的独到之处。她总能做出这类事。这是一种技巧。"

"她愿意费那个工夫。"米奇慢条斯理地说。

"是的，而且她知道在什么情况下该说什么。"

"啊，"米奇说，"但那不仅仅是说说而已。你知道吗，露西？亨莉埃塔确实织了一件那样的套头毛衣。"

"哦，我的天哪，"安格卡特尔夫人面色凝重起来，"还穿了？"

"还穿了。亨莉埃塔做事总是做到底的。"

"是不是非常难看？"

"没有，穿在亨莉埃塔身上很好看。"

"哦，那是当然。这正是亨莉埃塔和格尔达之间的区别。亨莉埃塔做每件事都做得那么出色，而结果也总是那么理想。她几乎在每件事上都很机灵，对自己的专业也很擅长。我必须要说，米奇，如果有人能帮我们顺利度过这个周末的话，那个人一定是亨莉埃塔。她会友好地对待格尔达，会让亨利开心，还会使约翰心情愉悦，并且我很确定她能帮忙应付戴维。"

"戴维·安格卡特尔？"

"是的。他刚从牛津回来——也许是剑桥。这个年龄的男孩子真难相处——特别是聪明的那种。戴维就很聪明。人们甚至会希望他们能等到年纪大些之后再变聪明。而事实上，他们总是对人怒目而视，咬指甲，满脸的粉刺，有时还长了喉结。而且，他们不是默不作声，就是说得停不了口，说话又前后矛盾。然而，正如我所说的，我依然信任亨莉埃塔。她做事很有策略，总能提出恰当的问题，而作为一个女雕塑家，人们都尊敬她。尤其是她并不仅仅雕塑动物或是小孩的头像，而是创作前卫的作品，就像去年她在新艺术家展览馆展出的那个用金属和石膏塑成的古怪玩意儿。它看上去很像希思·罗宾逊折梯①。它名叫'上升的思想'——或诸如此类的名字。这一类的东西正能够使戴维那样的男孩子感到敬佩……我个人则认为那玩意儿傻乎乎的。"

"亲爱的露西！"

"但亨莉埃塔的某些作品，我觉得非常可爱，比如那件'哭泣的白蜡树'。"

"我想，亨莉埃塔确实具有一定的天赋。而且她也是一个非常可爱、招人喜欢的人。"米奇说。

安格卡特尔夫人站起身来，又漫步到窗前。她心不在焉地玩弄着窗帘的系绳。

"为什么是橡子？真怪。"她嘟囔着。

"橡子？"

"窗帘系绳上的扣子啊。就好像大门上的菠萝形装饰一样。我是说，这一定是有原因的。因为系绳扣完全可以做成冷杉球果或者梨子的形状，但永远都是橡子形。它在填字游戏中被称为'饲料用坚果'——你知道，用来喂猪的。我总是觉得这事儿太奇怪了。"

"别扯远了，露西。你过来是为了讨论周末的事情，但我不明白你为什么会这么焦虑。如果你能放弃张罗圆桌纸牌游戏，跟格尔达聊天的时候保持思路的一贯性，并且让亨莉埃塔去驯服聪

---

① W. 希思·罗宾逊（W. Heath Robinson, 1872—1944），英国卡通画家、插画师，擅长创造"以极为复杂的方式实现最简单的功效"的机械装置。

明的戴维,还能有什么麻烦呢?"

"这个嘛,还有一件事,爱德华也会来。"

"哦,爱德华。"米奇说出这个名字后,沉默了半晌。

然后她轻声地问:"你到底为什么要邀请爱德华过来度周末呢?"

"我没有啊,米奇。这就是问题所在。是他自己想来。他发了个电报过来问我们是否愿意让他来。爱德华是怎样的一个人,你是知道的。那么敏感。如果我回电说'不行',他很可能永远都不会再开这个口了。他这个人就是这样的。"

米奇缓缓地点了点头。

是的,她想,爱德华确实是这样的。他的面孔刹那间清晰地浮现在她眼前,那张她深深爱着的面孔,多少带有一些露西的那种不真实的魅力;温柔、羞怯、嘲讽……

"亲爱的爱德华。"露西说,应和着米奇头脑中的想法。

她不耐烦地继续道:"要是亨莉埃塔能下定决心嫁给他,该有多好。她真的很喜欢他,我是知道的。如果他们能够在克里斯托夫妇不在场的情况下,在此共度一个周末的话……事实上,约翰·克里斯托总能对爱德华产生最不幸的影响。如果你懂我的意思的话,约翰表现得越是强势,爱德华就表现得越弱势。你明白吗?"

米奇又点了点头。

"可我也不能推延对克里斯托夫妇的邀请,因为这个周末是早就安排好了的。但我确有预感,米奇,事情将会很麻烦,戴维会对大家怒目而视并且一直咬指甲,大家都要努力不使格尔达感觉到格格不入,而约翰是如此热情,爱德华又是如此消沉——"

"这样的配方看起来做不出好布丁啊。"米奇低语道。

露西冲她微笑了一下。

"有时候啊,"她沉思着说,"顺其自然反而水到渠成。我邀请了那个侦探这个星期天来吃午饭。这样能分散一下大家的注意力,你说呢?"

"侦探?"

"他长得活像一只鸡蛋。"安格卡特尔夫人说,"他曾在巴格达解决过一些事情,当时约翰是驻伊拉克的大使,又或许是在那之后?我们曾邀请他和其他一些外交官吃午饭。我记得他穿了一身白色西服,扣眼里别着一支粉色的花,脚上是一双黑色的漆皮鞋。对那天谈论的内容我记得的不多,因为我对谁杀了谁并无兴趣。我的意思是,一旦人死了,为什么会死似乎就不重要了,而对此大惊小怪就显得很愚蠢……"

"但是你这儿有什么罪案吗,露西?"

"哦,没有,亲爱的,他就住在附近一间奇奇怪怪的小屋里,你知道的,横梁矮得能撞到头,还铺设了一大堆高级管道,花园的设计糟糕透顶。伦敦人就喜欢这类东西。我相信隔壁那栋房子里住着的是一个女演员。他们不像我们这样一年到头都住在这儿。"安格卡特尔夫人漫无目的地在屋里走来走去,"我敢说他们很喜欢这样。米奇,亲爱的,你真是太好了,帮了我那么大的忙。"

"我没觉得我帮了你什么忙呀。"

"哦,是吗?"露西·安格卡特尔显得很惊奇,"那么,你现在好好睡一觉,别起来吃早饭了。等你起床之后,请你想怎么粗鲁就怎么粗鲁好了。"

"粗鲁?"米奇看上去很惊奇,"什么?哦!"她大笑起来,"我明白了!你的眼光真毒,露西。也许我会听你的话来对付你哦。"

安格卡特尔夫人微笑着走出了房间。当她经过敞开着门的浴室，看到水壶和煤气炉时，忽然有了主意。

人们都喜欢喝茶，她是知道的——而米奇要几个小时后才会被叫起来。她可以为米奇煮一壶茶。她把水壶放到炉子上，继续沿着走廊往前走。

她来到丈夫的门前，停住脚步，转了转门把手，但是亨利·安格卡特尔爵士——一位能力卓越的行政长官，非常了解他的露西，非常地爱她，但不希望在睡晨觉时被打扰——把门锁上了。

安格卡特尔夫人回到了自己的房间。她很希望能跟亨利商量一下，但晚些再说也不要紧。她站在敞开的窗前，向外望了一会儿，接着打了一个哈欠。她躺到床上，脑袋贴在枕头上，不到两分钟就像个孩子似的睡着了。

浴室中，水壶里的水达到了沸点，并且继续沸腾着……

"又报废了一个水壶，格杰恩先生。"女仆西蒙斯说。

管家格杰恩摇了摇他那满头灰发的脑袋。

他从西蒙斯手中接过完全烧坏了的水壶，走进餐具室，从碗柜底层拿出了一个新水壶。他在那儿储存了五六个。

"给你，西蒙斯小姐。夫人没有必要知道这事。"

"夫人经常做这样的事吗？"西蒙斯问。

格杰恩叹了口气。

"夫人，"他说，"既好心又健忘，如果你明白我的意思的话。但是在这座房子里，"他继续道，"我负责确保把一切都做到尽善尽美，避免夫人感到任何烦恼或担忧。"

第二章

亨莉埃塔·萨弗纳克捏起一小团黏土，轻轻拍到合适的位置上。她正以敏捷而熟练的手法雕塑一个女孩的头像。

有一个寡淡的声音正在她的耳边絮絮地抱怨，但那声音仅仅停留在她意识的表层。

"我的确认为，萨弗纳克小姐，我十分正确！'真的吗，'我说，'如果这就是你坚持的说辞！'因为我确实认为，萨弗纳克小姐，女人家就是应该在这种事情上采取坚定的立场——如果你明白我的意思的话。'我可不习惯让别人对我说出那样的话，'我说，'我只能说你的思想非常肮脏！'人人都憎恶不愉快的事，但我认为奋力反击是正确的，你不这样认为吗，萨弗纳克小姐？"

"哦，绝对是的。"亨莉埃塔说。她的声音中带有某种热忱。如果是非常熟悉她的人，也许会因此而怀疑她并没有在认真地听。

"'如果你的妻子说出那种话，'我说，'我对此也无能为力！'我不知道是怎么回事，萨弗纳克小姐，但似乎无论我去哪儿都会遇到麻烦，但我肯定这不是我的过错。我的意思是，男人们总是那么多情，不是吗？"那个模特发出了一串银铃般的娇笑。

"极其。"亨莉埃塔半眯着眼说。

真可爱,她暗想着,这眼睑下的平面——另一个平面则自下而上与之相接。下巴侧面的角度错了……必须刮掉重来。真难处理。

她用她那温和的、充满同情的声音说道:"对你来说,一定辛苦极了。"

"我真的觉得嫉妒之心非常不公平,萨弗纳克小姐,而且如此狭隘。说得直白一些,这就是妒忌,就因为有人比她们长得漂亮,比她们年轻。"

亨莉埃塔一边忙着塑造下巴,一边心不在焉地答道:"是的,当然了。"

她在很多年以前就学会了这种技巧,把自己的注意力区分成很多个互不相关的区隔。她能够只分出很小一部分的精力,自如地打桥牌,与别人进行有意义的谈话,或写就一封结构清晰的信件。此刻,她正全神贯注地研究在她指间慢慢成形的瑙西卡[①]的头部,而从那非常可爱又充满孩子气的嘴唇中源源不断地吐露出的空洞而恶毒的话语,丝毫未能侵入她的大脑深处。她毫不费力地维持着这场谈话。她已经习惯了那些爱说话的模特。职业模特倒是很少会这样——而业余模特,由于对必须保持四肢一动不动感到不自在,作为补偿,就会滔滔不绝地倾诉心声。因此,亨莉埃塔心中极小的一部分倾听着,应答着,然而,在某个很遥远的地方,真实的亨莉埃塔评论道:"多么平凡的姑娘啊,刻薄,恶毒——但那双眼睛啊……多么多么可爱的眼睛……"

她忙于塑造眼睛的时候,便任由那姑娘说话。而当她进行到

[①]荷马著作《奥德赛》中的人物。

嘴部的时候,则需要她保持安静。想起来还真是有趣,那一连串空洞而恶毒的话语,竟然出自如此完美的弯唇。

哦,见鬼,亨莉埃塔突然感到一阵慌乱,她想,我正在毁掉眉毛的弧度!究竟出了什么问题?我过于强调骨骼了——眉毛应该是锐利的,没有那么粗浓……

她又退开几步,皱着眉头,目光从塑像转向坐在平台上那个活生生的人。

多丽丝·桑德斯继续说着:"'这个嘛,'我说,'我确实不明白,如果你丈夫愿意的话,为什么他不能送我一件礼物呢?而且我认为,'我说,'你不应当说那些含沙射影的话。'那真是一个非常好的手镯,萨弗纳克小姐,真的十分漂亮——当然,我敢说那个可怜的家伙应该是负担不起的,但我还是认为他很好,而且我是肯定不会把手镯还回去的!"

"是啊,没错。"亨莉埃塔嘀咕着。

"而且我们之间并没有什么——我是说,没有发生什么下流的事——完全没有那种关系。"

"是的,"亨莉埃塔说,"我确信不会有的……"

她的眉头舒展开了。在接下来的半个小时里,她一直狂热地工作。当她不耐烦地用一只手撩开头发的时候,黏土抹上了她的前额,粘到了她的头发上。她的眼睛中有一种不易觉察的凶光。马上就有了……她马上就能做到了……

用不了几个小时,她就会从痛苦中解脱出来——那种最近十天以来一直在她心中滋长的痛苦。

瑙西卡——她一度就是瑙西卡,与瑙西卡一同起床,与瑙西卡一同吃早饭,与瑙西卡一同外出。她曾怀着紧张而兴奋的不安感沿街游荡,除了一张依稀在她的思想深处飘荡着的美丽却空白的面庞外,她不能将注意力集中到任何其他东西上——那张脸盘旋不去,却看不真切。她曾见过几个模特,考虑过希腊式的脸型,但总是感到十分不满意……

她想要某种——某种能帮她迈出第一步的东西——某种能够将她已经部分具象化的想象化为现实的东西。她走了很远的路,让自己疲惫不堪,并喜欢这状态。而不断驱策着她、折磨着她的,是那种迫切而持续不断的渴望,去看清——

她走在路上,像盲目的人一般。她看不到周围的任何事物。她在努力——始终在努力使那张脸更近些……她觉得恶心、难受、悲惨……

就在那时,突然之间,她的视野清晰了起来。她以那双凡胎肉眼看见了——当时她正心不在焉地登上一辆公共汽车,毫不在意它的目的地,而就在她的对面,她看见了——是的,瑙西卡!一张按照透视比例缩小的孩童般的脸,半张的嘴唇和眼睛——可爱的、空洞的、茫然的眼睛。

那姑娘按了铃,下了车。亨莉埃塔跟随着她。

她现在十分镇静和有条理了。她已得到了她想要的——那种遍寻不着的巨大痛苦已经结束了。

"对不起,打扰了。我是一个职业雕塑家,坦白地说,你的头部正是我一直在寻找的。"

她的态度友好、迷人,但又不容置疑,因为她很清楚,当她想要某件东西的时候应该如何去做。

多丽丝·桑德斯则表现得疑惑、警惕,又略带些得意。

"呃,我不知道,我想可以吧。如果你需要的只是我的头的话。但是我从来没做过这样的事啊!"

恰到好处的犹豫,巧妙地提出金钱上的要求。

"当然,请你务必接受应得的职业报酬。"

所以,瑙西卡来了,就坐在平台上,沾沾自喜于自己的吸引力,被塑为雕像而不朽(尽管她并不怎么喜欢亨莉埃塔工作室里陈列的那些作品),同时也极其享受将自己的心声倾诉给一个如此富于同情心,并且全神贯注的听众。

模特身边的桌上放着她的眼镜……出于虚荣心,她很少戴这副眼镜,有时宁愿像瞎子一般摸索着前进。她曾向亨莉埃塔承认,摘下眼镜后她几乎看不到前面一码远的东西。

亨莉埃塔理解地点了点头。她明白了空洞而可爱的目光产生的生理原因了。

时间继续流逝。亨莉埃塔突然放下手中的雕塑工具,长长地伸展了一下她的手臂。

"好了,"她说,"我弄完了。希望你没有太累吧?"

"哦,不累,谢谢你,萨弗纳克小姐。我觉得很有趣。真的已经完成了吗——这么快?"

亨莉埃塔笑了起来。

"哦,不,实际上并不算是完成。我还有很多工作要做。但是与你有关的部分已经完成了。我得到了我想要的东西——大块面部的结构出来了。"

那姑娘缓缓地从平台上走下来。她戴上了眼镜,脸上那种盲目、天真,以及模糊轻信的魅力立刻消失无踪,只剩下一种放荡而廉价的漂亮。

她走到亨莉埃塔的身边,查看着黏土模型。

"噢。"她怀疑地说,声音中充满了失望,"不太像我啊,是不是?"

亨莉埃塔微笑着。

"哦，是不像，这不是一座肖像。"

实际上，几乎没有一点相似之处。只有眼睛的结构——脸颊骨的线条——在亨莉埃塔看来这才是"瑙西卡"构想的基本主旨。这不是多丽丝·桑德斯，而是一个茫然得能令人诗兴大发的女孩。她的娇唇微张，就如同多丽丝那样，但那并不是多丽丝的嘴唇。那双唇能够说出另一种语言，表达出多丽丝绝对不具有的思想——

没有一处面部特征是清晰地刻画出来的。这是人们脑海中的瑙西卡，而不是双眼所看到的……

"那么，"桑德斯小姐怀疑地说，"我猜，你再加工一下，它看起来会好一些吧……你真的不再需要我了吗？"

"是的，谢谢你。"亨莉埃塔说（"感谢上帝，我不再需要了！"她的内心深处这样说道），"你简直棒极了。我非常感谢你。"

她老练地打发走了多丽丝，回来煮了一壶黑咖啡。她累极了——几乎精疲力尽，但感到十分愉快——愉快而宁静。

谢天谢地，她想，现在我又能做一个活生生的人了。

她的思绪立刻飘到了约翰身上。

约翰。她想。一阵暖流涌上了她的面颊，心跳突然加快，使她的精神振奋起来。

明天，她想道，我就要去空幻庄园了……我就会见到约翰了……

她安静地坐着，伸开四肢靠躺在长沙发上，喝下那滚烫浓烈的咖啡。她连着喝了三杯，感到活力又在体内奔涌了。

重新成为一个活生生的人，她想着，而不是另外那种样子，感觉真好。终于不必再坐立不安、悲惨不幸、被渴望驱策而无法自持；终于无须再郁郁寡欢地在街上走来走去，四处寻找，却又因为根本不知道要找的是什么而感到无比恼火与不耐烦！现在，谢天谢地，只剩下艰苦的工作了——谁又介意艰苦的工作呢？

她放下空杯子，站起身来，重新踱到瑙西卡的身边。她凝视了一会儿，眉心又慢慢地皱了起来。

这不是——这完全不是——

哪儿出错了呢？

茫然的双眼。

茫然的双眼比任何能够看清的眼睛都美丽……茫然的双眼撕扯着人们的心，就因为它们是茫然的……但是，她是得到了还是没得到呢？

她原本得到了，是的——但同时也得到了其他的东西。某种她从未寻求或考虑过的东西……结构是正确的——是的，当然了。但它是从哪里来的呢——那种隐隐约约的阴险的暗示？

这种暗示，来自于粗俗而充满恶意的心灵。

她之前并没有在听，没有用心听。但不知怎么的，那种想法还是进入她的耳朵，通过她的手指，灌注到了黏土之中。

她已经没有办法了，她很清楚地知道，她已经没有办法把它从塑像中驱赶出来了。

亨莉埃塔猛地转过身去。也许这是幻觉，是的，一定是幻觉。明天早晨她的感觉将会截然不同。她沮丧地想，人是多么脆弱啊……

她皱着眉头，一直走到工作室的尽头，在她的雕塑作品"崇拜者"前停了下来。

这个还不错——一块上好的梨木，纹理恰到好处。她曾把这块木头珍藏了很久。

她以挑剔的眼光打量着它。是的，它很不错，这是毫无疑问的。这是她在很长一段时间以来最好的作品——它是为国际联合展而创作的。是的，一件有分量的展品。

她处理得很好：那份谦卑，颈部肌肉显现出的力量，弓着的双肩，微微仰起的面庞——一张毫无特征的面孔，因为崇拜使人丧失个性。

是的，屈从，仰慕——而那种终极的奉献，已经超越了偶像崇拜，进入另一境界……

亨莉埃塔发出一声叹息。她想，要是约翰不那么愤怒该有多好。

那种愤怒曾使她震惊。这让她对他有了进一步的认识，而这些性格侧面，她想可能他自己都不了解。

他曾直截了当地说："你不能展出它！"

她也以同样直截了当的口气回答："我偏要。"

她又慢慢走回到瑙西卡面前。没有什么是她不能处理的，她想。她给它洒上水，用一块湿布包好。等到下星期一或星期二再说吧。现在不用着急。最迫切的部分已经过去了——所有基本的块面都已经形成，剩下的只需要耐心。

等待她的是三天愉快的时光，同露西、亨利和米奇在一起——还有约翰！

她打了个哈欠，像猫一般带着热情和松弛的心情伸了个懒腰，最大限度地伸展每一块肌肉。她突然意识到了自己有多么疲惫。

她泡了个热水澡后就上床了。她仰卧在床上，透过天窗看着空中那一两颗星星。然后，她的目光又转向了屋里一直亮着的一盏灯，小小的灯泡照亮了一个玻璃面罩，那是她的一件早期作品。现在看来，确实含义特别明显，带有传统风格的印迹。

多么幸运啊，亨莉埃塔想，能够不断地进步……

现在，睡觉！之前喝的浓烈的黑咖啡并不会令她失眠，除非她希望保持清醒。她在很久以前就学会了一种能够随时召唤困意的技巧。

从记忆库中选出一些念头，接着，不要盘桓，让它们从指缝之间滑过，不要握紧，不要盘桓，不要集中注意力……就让它们这么缓缓地滑落。

外面的街道上，一辆汽车的引擎正在加速——不知道从何处传来沙哑的叫喊声和笑声。她把这些声音都纳入半意识流中。

那辆汽车，她想，是一只老虎在咆哮……黄黑相间……布满了条纹，就像布满条纹的树叶——树叶和树荫——一片热带丛林……接着顺流而下——一条宽广的热带河流……来到了大海上，邮轮启航了……沙哑的声音在道别——约翰陪伴着她站在甲板上……她和约翰启程了——蓝色的海水，步入餐厅——坐在餐桌对面朝他微笑——就像在黄金别墅餐厅吃饭——可怜的约翰，那么愤怒！……出门沐浴在夜晚的空气中——而那辆车，顺服地挂上排挡的感觉——毫不费力，平滑如丝，加速离开伦敦……沿着沙夫丘陵一路向北……成片的树林……树崇拜……空幻庄园……露西……约翰……约翰……里奇微氏病……亲爱的约翰……

逐渐陷入无意识之中，进入极乐世界。

但某种尖锐的不适，某种萦绕不去的罪恶感将她拉了回来。有件事她还没有做。她一直在回避。

瑙西卡？

亨莉埃塔慢慢地，不情不愿地从床上下来。她打开灯，穿过屋子，来到架子前，揭下包着的布。

她深深地吸了一口气。

这不是璐西卡——这是多丽丝·桑德斯！

亨莉埃塔感到浑身一震。她向自己辩解："我能把它处理好的——我能把它处理好的……"

"愚蠢，"她对自己说，"你十分清楚应该怎么做。"

因为如果她此刻不马上动手的话——明天就会丧失这勇气。这不啻于摧毁自己的肉身，令人痛苦——是的，非常痛苦。

她迅速地深吸一口气，接着抓住那座塑像，把它从支架上扭下来，端着那巨大而沉重的东西，直接扔进黏土堆。

她站在那儿，重重地喘息，低头看了看被黏土弄脏的双手，感受到生理和心理上的痛苦。她慢慢地把手上的黏土清理干净。

她回到床上，感到一种奇怪的空虚，以及宁静。

璐西卡，她悲哀地想着，再也不会出现了。她曾诞生，惨遭污染，直至死亡。

奇怪，亨莉埃塔想，万事万物都能不知不觉地渗入你的内心。

她之前并没有在听——没有用心听——但已认识到了多丽丝那粗俗而充满恶意的内心。这个认识渗入了她的思想，并且无意识地影响了她的双手。

现在，那曾是璐西卡——多丽丝——的东西，已经成为一堆黏土——一堆原材料，不久就会被制作成别的东西。

亨莉埃塔像做梦般地想到，那么，这就是死亡吗？我们所说的个性，就只是塑造的结果吗——他人的思想所产生的影响？谁的思想呢？上帝的吗？

这就是《培尔·金特》的思想吧？又回到了铸扣人的长勺

中。①

那个期待中完整、真实的自我去了哪里?

约翰也有这样的感觉吗？那个晚上他是那么疲惫——那么沮丧。里奇微氏病……没有一本书能告诉你里奇微是谁！真傻，她想，她很想了解……里奇微氏病。

---

① 《培尔·金特》，挪威著名剧作家易卜生的代表作之一，通过描述纨绔子弟培尔·金特放浪、历险、辗转的生命历程，探索人生的意义和自我的实现。在培尔·金特的生命接近终点时，一个铸纽扣的人找到培尔，告诉他，他的一生已完结并将被铸成纽扣，因为他一生都未保持真面目。

第三章

约翰·克里斯托坐在他的诊室里,正在为上午的倒数第二个病人看病。他的眼神充满了同情和鼓励,注视着正描述——解释——阐发无尽细节的对方。他不时地点点头,表示理解。他问了几个问题,给出一些指导。病人的脸上微微泛起了红光。克里斯托医生真是太好了!他是如此专注——如此真诚地关怀病人。即使只是和他谈话,也会使人感到好了许多。

约翰·克里斯托抽出一张纸,放到面前,开始在上面写字。最好给她一付轻泻剂,他想。那种新出的美国药——包着漂亮的玻璃纸,外表是少见的橙粉色,显得十分吸引人。这药相当昂贵,也很难弄到——并不是每个药剂师都有货的。她也许将不得不光顾沃德街上的那个小店。这对她应该有好处——也许能使她精神振奋上一两个月,之后,他又必须想点儿别的什么药给她。他根本帮不了她什么忙。那么弱的体质,什么药都没有用!根本无从下手。不像克雷布特里老太太……

一个乏味的上午。收入不错——但此外也没有别的什么了。上帝啊,他太厌倦了!厌倦了那些病恹恹的女人和她们的小毛病。缓和剂,止疼药——来来回回也就只是这些。有时他怀疑自己所做的一切是否值得。但每当这个时候,他就会立即想起圣·克里斯托弗医院,玛格丽特·罗斯福病区,那长长一排的病床，克雷布特里太太咧开她那张掉光了牙齿的嘴，抬起头冲着他微笑。

他和她相互理解！她是一个斗士，而不像邻床那个虚弱无力的女人。她与他站在同一条阵线上，她想活下去——天知道是为什么，她居住在贫民窟，丈夫是个酒鬼，家里还有一大窝任性的孩子，她不得不日复一日地外出工作，擦洗无尽的办公室里那无尽的地板。无休止地艰苦劳作，几乎没有任何乐趣！但她想活下去——她热爱生活——就像他，约翰·克里斯托一样，热爱生活！他们热爱的不是生活的条件，而是生活本身——对生存的热情。很奇异——无法解释。他心想，他必须和亨莉埃塔探讨一下这个问题。

他站起身来，陪那个病人走到门口。他紧紧握了握她的手，充满温暖、友善和关怀。他的语气也充满了鼓励、专注和同情。她离开的时候感到相当振奋，几乎是幸福的。克里斯托医生是如此关心她！

房门在病人身后关上的瞬间，约翰·克里斯托立刻将她抛到了脑后，其实病人还在屋里的时候，他也几乎感觉不到她的存在。他只是在做自己分内的事，一切都是机械的。然而，尽管这只影响到心神的表层，他仍然付出了精力。他给出了一个治疗者的机械化的反应，而此刻，他感到精疲力尽。

上帝，他又一次想，我太累了。

只剩下一个病人要看了，接下来就是周末整段的空白时间。一想到这儿，他的心中就充满感激。夹杂着红褐色的金灿灿的树叶，柔软而湿润的空气中洋溢着秋天的味道——一条小径在树林间穿行——那火焰一般的树林，还有露西，那个举世无双、令人愉悦的生物——满脑子有趣而又难以捉摸的想法。在他看来，亨利和露西是全英格兰最好的主人家,而空幻庄园则是他所知道的最令人愉快的地方。这个星期天,他将和亨莉埃塔并肩漫步于树林之中——一直走上山顶,沿着山脊徜徉。同亨莉埃塔散散步,他就会忘记这个世界上还有病人。谢天谢地,他想,亨莉埃塔从来不生病。

接着,一个幽默的念头突然一转:即使她生病了也绝不会告诉我!

还有一个病人要看。他必须按下桌上的提示铃了。然而,不知为什么,他还在拖延。他已经晚了。楼上的餐厅里,午饭肯定已经准备好了。格尔达和孩子们一定在等着。他必须赶紧了。

然而,他依然一动不动地坐在那儿。他累了——非常、非常累。

这种累的感觉最近一直滋长。这全部源自于他那不断增长着的怒火,他心中十分清楚,却无法抑制。可怜的格尔达,他想,她容忍了他很多。假如她不是这么顺从——这么轻易地愿意承认自己错了(有一半时候,应当受到责备的分明是他!)——那该有多好。有些时候,格尔达不管说什么、做什么,都会激怒他,而最主要的是,他懊悔地想道,是她的美德激怒了他。正是她的耐心、她的无私、她对他意愿的屈从,使得他心情恶劣。而她从不抱怨他那随时爆发的怒气,从不坚持自己的观点,只是一味地听从他的要求,从不试图说一句表达自己心意的话。

(唉,他想,这不正是你娶她的原因吗?你又在抱怨些什么呢?在圣·米格尔的那个夏天之后……)

想起来确实很奇怪,格尔达身上那些令他恼火的品格,却正是他如此急切地想在亨莉埃塔身上发现的东西。而亨莉埃塔身上令他恼火的(不,这个词不对——她所激起的是愤怒,而不是恼火）——令他愤怒的是亨莉埃塔在面对他的时候那种刚正不阿的诚实。这与她对待这世界所采取的普遍态度截然不同。他曾对她说:"我觉得你是我认识的最厉害的骗子。"

"也许吧。"

"你永远都愿意对别人说他们喜欢听到的话。"

"我一直都觉得这一点很重要。"

"比说真话还重要?"

"重要得多。"

"那么以上帝的名义,为什么你不能对我说一点儿谎话呢?"

"你希望我这样做吗?"

"是的。"

"对不起,约翰,我不能。"

"你一定时刻知道我希望你说些什么。"

好了,现在可不可以开始想念亨莉埃塔。他今天下午就会看到她了。现在要做的是继续工作!按响铃,为最后一个该死的女人看病。又一个病病歪歪的生物!十分之一的病人是真的得了些小毛病,而十分之九都是疑神疑鬼!呵,如果她乐意为此花钱的话,就让她享受她那虚弱的健康,又有什么不好呢?这些人正好和这个世界里的克雷布特里太太们一起,构成平衡。

但他仍坐在那儿一动不动。

他已经累了——非常、非常累。他似乎已经累了很长时间了。他渴望某种东西——极其渴望。

他的脑海里忽然闪出一个念头:我想回家。

这使他震惊。这个念头是从哪儿来的呢?它意味着什么?家?他从未有过一个家。他的父母长期侨居在印度。从小到大,他不断地从一个姨妈家流落到另一位叔叔家,每个假期在不同的亲戚家里轮流过。他拥有的最长久的家，他想，应该就是哈利街上的这座房子。

他将这座房子看作是家了吗？他摇摇头，很清楚自己并不这样想。

但是作为医生的好奇心活跃起来。这句突然闪进他头脑的短句有什么含义呢？

我想回家。

一定有某种含义——某种景象。

他半闭双眼——这一定是基于某种背景产生的。

他的眼前仿佛十分清晰地出现了那蔚蓝色的地中海，棕榈树、仙人掌及多刺的梨树，闻到了酷热夏天的尘土味，回想起了躺在沙滩上晒完太阳后，钻入海水中的那种清凉的感觉。圣·米格尔！

他大吃一惊——感到有些困扰。已经很多年没有想起过圣·米格尔了。他当然不想再回去，那一切都属于他生命中已经翻过去的一章。

那是十二——十四——十五年以前了。他当时的选择是完全正确的！他当时的判断绝对没错！他曾经疯狂地爱着薇罗尼卡，但这仍然不够。薇罗尼卡可以轻而易举地将他拆吃入腹。她是一个彻头彻尾的自我主义者，而且她毫不讳言这一点！薇罗尼卡几乎得到了她想要的所有东西，但是她没能抓住约翰！他逃脱了。他想，以传统的观点来看，他确实没有善待她。说白了，就是他抛弃了她！但事实是，他想按自己的方式生活，而这正是薇罗尼卡所不能允许的。她想要按她的方式生活，并将约翰当作附属品纳入她的轨道。

当他拒绝和她一起去好莱坞的时候，她大惊失色。

她轻蔑地说:"如果你真的想当医生,我想你可以在那儿拿一个学位,但这是完全没必要的。你有足够的钱维持生活,而且我也会日进斗金的。"

他的反应十分激烈。

"但是我热爱我的职业。我将和拉德利一起工作。"

他的声音——一个年轻、充满热情的声音——中流露出敬畏的意味。

薇罗尼卡对此则嗤之以鼻。

"那个可笑的傲慢老头?"

"那个可笑的傲慢老头,"约翰生气地说,"对普拉特氏病做出了极有价值的研究工作——"

她打断了他:"谁又在意普拉特氏病呢?加利福尼亚有着极为怡人的气候,而且去看看世界也很有趣。"她又补充了一句:"我可不愿意没有你在身边。我要你,约翰——我需要你。"

而此时,他提出了一个令薇罗尼卡惊愕的建议,让她拒绝好莱坞的邀请,和他结婚,然后在伦敦定居。

她感到可笑,态度又十分坚决。她将去好莱坞,而且她爱约翰,约翰必须娶她,跟她一起去。她对自己的美貌和能力毫不怀疑。

他发觉只有一件事可以做,并这样做了。他写信给她,取消了婚约。

他曾为此饱受煎熬,但他对这个决定的正确性毫不怀疑。他回到伦敦,开始同拉德利一起工作。一年之后,他娶了格尔达,一个在各个方面都同薇罗尼卡毫无相似之处的女人……

门打开了,他的秘书,贝莉尔·柯林斯走了进来。

"您还得为福雷斯特夫人看病呢。"

他立即说："我知道。"

"我还以为您也许忘了呢。"

她穿过屋子，从另一端的门出去了。克里斯托目送她冷静地离去。贝莉尔是一个相貌平平的女孩，但非常能干。她已经为他工作六年了，从未犯过一个错。她从不会忧心忡忡或是手忙脚乱。她有着一头黑色的头发，泥土色的皮肤和坚毅果敢的下巴。透过厚厚的镜片，她那清澈的灰色眼睛总是以冷静的态度观察着他，以及这世上的一切。

他本就想要一个相貌平平、不惹麻烦的女秘书，也得到了一个。但有时，约翰·克里斯托会完全不合逻辑地感到愤愤不平。按照所有戏剧和小说的规则，贝莉尔应当无望地深爱着她的雇主。但他一直明白，他对贝莉尔毫无吸引力。没有为爱奉献，没有自暴自弃——贝莉尔只将他看成是一个会犯错误的凡人。她从未为他的个性而倾倒，未被他的魅力所俘获。他有时甚至怀疑她是否喜欢他。

有一次，他曾听到她在电话里对一个朋友说："不，我并不相信他比他表现出来的样子更自私。也许更多的只是不为他人着想，欠缺考虑。"

他知道她在谈论他。在接下来的二十四小时里，他一直为此而苦恼。

虽然格尔达那种盲目的热爱使他恼火，但贝莉尔那冷冰冰的评价也使他恼火。实际上，他想，几乎每件事都使我恼火……

一定有什么问题。工作过度？也许是。不，那只是借口。这种不断增长的不耐烦，这种易怒的厌倦情绪，一定有着某种更深层的意义。他想，这样不行，我不能再这样下去了。我到底怎么了？如果我能离开……

它又来了——那个莫名的想法又冒了出来,与那个极其明确的逃跑的念头交相呼应。

我想回家……

该死的,哈利街四〇四号就是我的家!

福雷斯特夫人正坐在候诊室里等候。一个乏味的女人,有着太多金钱和太多空闲时间来操心她那玉体的微恙。

有人曾对他说:"你一定早就厌倦了那些成天幻想着自己有病的有钱人了。还是治疗穷人比较有满足感吧,他们只有在真的生病的时候才来!"他当时哈哈大笑。大众对穷人的印象还真是好笑。他们真应当见见那位皮尔斯托克老夫人,她每个星期都要看五个不同的门诊,买来各种瓶瓶罐罐的药剂。治疗背痛的止痛涂剂、治疗咳嗽的糖浆、轻泻剂和助消化的混合剂。"十四年来,我一直服用这种褐色的药,医生,只有这种药对我有效果,那个年轻的医生上个星期给我开了一种白色的药。一点儿效果都没有!这也很合乎情理,不是吗,医生?我的意思是,我吃褐色的药已经十四年了,如果我不用这种液体石蜡和那些褐色的药丸的话……"

他到现在还能听到那抱怨的声音。体格健壮,声如洪钟,即使吃下所有的药,也不可能对她有任何真正损害!

托特汉姆郡的皮尔斯托克夫人和帕克巷宅第的福雷斯特夫人,她们在本质上其实是完全一样的。听她们倾诉,用钢笔在纸上写下医嘱,区别无非是用昂贵的硬版便笺上,还是医院的病历卡。

上帝,他对这一切真是厌倦透顶……

蓝色的海水、淡淡的含羞草的清香、酷热的尘土……

那是十五年以前。所有的一切都已经过去了,结束了——是的，结束了，感谢上帝，他当时能够有勇气结束一切。

勇气？内心深处的某个声音说道。你们是这样称呼这种东西的？

不管怎么样，他做了件明智的事，不是吗？虽然非常痛苦。该死的，那件事曾像炼狱一样折磨着他！但他熬过来了，切断了过往，回到家中，并娶了格尔达。

他找了一个平凡普通的秘书，娶了一个平凡普通的老婆。这就是他想要的东西，难道不是吗？他已经受够了美人，难道不是吗？他亲眼见识过像薇罗尼卡那样的女人利用自己的美貌能达到怎样的效果——对她的魅力所及范围内的每一个男人所起的作用。在经历了薇罗尼卡之后，他只想要安全。安全、平和、忠诚，以及生命中那些宁静而持久的东西。他想要的，实际上就是格尔达！他曾想要在生活中对他言听计从，完全接受他的决定，在任何时刻都不会拥有自己想法的女人……

是谁曾经说过，人生真正的悲剧正是在于得到你所想要的一切？

他生气地按响了桌上的蜂鸣器。

他为福雷斯特夫人看了病。

他只花了一刻钟便打发走了福雷斯特夫人。这钱挣得同样轻而易举。他仍然只是倾听、问问题，消除病人的疑虑，表达出同情之意，注入治疗的能量。他又一次开了一种昂贵的特许专卖药。

那个拖着脚步进来的、神经过敏、病病歪歪的女人，迈着坚定的步子离开了。她的双颊恢复了血色，感觉到生活也许最终还是值得过下去的。

约翰·克里斯托重新靠回椅背上。他现在自由了——可以上楼去,和格尔达以及孩子们待在一起——可以远离疾病和痛苦,自由地度过整个周末。

但他依然有那种不愿离开的奇怪感觉,那种第一次感觉到的难以理喻的精神上的疲乏。

他太累了——太累了——太累了。

第四章

诊室楼上那套住房的餐厅里,格尔达·克里斯托正凝视着一盘羊腿肉。

她到底应不应该把它送回厨房去热热呢?

如果约翰还要耽搁很久,这盘肉就要冷掉了——结冻可就糟透了。

但最后一个病人已经走了,约翰可能很快就会上来,如果她把它送回厨房的话,午饭就得推迟了——而约翰是那么的不耐烦。"但你明明知道我就要上来了……"他的声音里将会流露出强压住的愤怒,她熟悉并且害怕这一点。何况,羊肉再热以后就老了,肉会变干——约翰非常厌恶煮老了的肉。

但另一方面,他又非常讨厌冷掉了的食物。

不管怎样,这道菜都应恰到好处,热气腾腾。

她前思后想,拿不定主意,那种悲惨和焦虑感不断加深。

整个世界都浓缩成了一盘正在慢慢冷却的羊腿肉。

在桌子的另一边,她的儿子,十二岁的特伦斯正说着:"硼盐燃烧产生的火焰是绿色的,而钠盐的火焰则是黄色的。"

格尔达心不在焉地看着餐桌对面他那张方正的、布满雀斑的小脸。她完全不知道他在说什么。

"你知道吗,妈妈?"

"知道什么,亲爱的?"

"关于盐类。"

格尔达心烦意乱地瞟向盐罐。是的,盐和胡椒粉都在桌上。这样很好。上个星期刘易斯忘了放,结果惹恼了约翰。总得有点儿什么事……

"这是一个化学实验,"特伦斯用一种愉快的语气回答,"我觉得非常有趣。"

九岁的齐娜长着一张漂亮而茫然的面孔,她带着哭意问道:"我想吃饭。我们不能先吃吗,妈妈?"

"稍等一会儿,亲爱的,我们必须等你父亲。"

"我们可以先吃的,"特伦斯说,"父亲不会介意的,你知道他吃得有多快。"

格尔达摇了摇头。

要先把羊肉切开吗?但她从来都不记得该从哪边下刀。当然,也许刘易斯已经把肉放在了一个方便切的角度上——但有的时候她也没那么仔细——而如果有任何事情出了错,约翰就会很恼火。而且,格尔达绝望地想到,每次她切的时候,总会切错。哦,天哪,肉汁已经变得那么凉了——上面已经结了一层膜——而他肯定现在就要回来了。

她的心思苦恼地转了一圈又一圈……像一只困兽。

约翰·克里斯托仍然坐在诊室的椅子里,一只手在他面前的桌子上轻轻敲击。他知道楼上的午餐肯定已经准备好了,但他依然无法强迫自己站起身来。

圣·米格尔……蓝色的海水……含羞草的香气……笔直的鲜红的火把莲依傍着绿叶……酷热的阳光……尘土……那种爱和煎熬的绝望……

他想,哦,上帝,别想那些了。再也别想那些了!那一切都已经结束了……

他突然希望自己从未认识过薇罗尼卡,从未与格尔达结婚,从未遇到过亨莉埃塔……

克雷布特里太太,他想,比她们加在一起都强。上星期有一个下午,情况非常糟糕。他原本非常满意于她对药物的反应——她已经能够承受千分之五的剂量了——但她体内的毒性含量突然急升,而她的致死剂量反应也从阴性转为阳性。

那位可爱的老太太躺在病床上,脸色发蓝,艰难地喘息着——用她那不怀好意、坚定不移的目光凝视着他。

"拿我当小白鼠了,是吗,亲爱的?拿我做试验什么的。"

"我们想让你好起来。"他说着,低头朝她微笑。

"忙着玩你的把戏吧,你这个卑鄙的家伙!"她突然咧嘴笑了,"我不介意,上帝保佑你。你继续吧,医生!总得有人成为第一个,事情本来不就是这样吗?当我还是个小孩子的时候,编过一头麻花辫子。在那时候这么弄可不容易。我看上去活像一个黑鬼,梳子都梳不下去。但话又说回来——我很享受那种乐趣。你可以尽情地在我身上做试验,我能忍受得住。"

"感觉很糟,是吧?"他伸手搭着她的脉搏,将生命力传输到躺在床上喘息着的老妇人体内。

"感觉糟透啦。你说得还真没错!跟预想的不一样了——出问题了,是吧?你别担心,也千万别灰心。我还能承受很多,我能的!"

约翰·克里斯托赞赏地说:"你没事的。我真希望我所有的病人都像你一样。"

"我想好起来——就是这样!我想要好起来。我妈妈活到了八十八岁——老外婆死的时候也已经九十岁了。我们家族的人都活得久着呢。"

他离开的时候心情非常沉重，心中充满了困惑和怀疑。他曾那么确信自己采用的方法是对的。到底是哪儿出了错呢？如何才能清除毒素，保持荷尔蒙的含量，同时又能中和掉药剂呢？

他过于自负了——他曾想当然地认为他已经避开了所有的障碍。

就在那时，走在圣·克里斯托弗医院的楼梯上，一阵突然涌上的绝望的倦怠感压倒了他——对这种冗长、缓慢而沉闷的门诊工作的深深的憎恶。同时，他突然想起了亨莉埃塔，但并不是她这个人本身，而是她的美貌、她的清新、她的健康，和她那光芒四射的活力——还有她的头发中散发出的那种淡淡的樱草花香。

他径直去找亨莉埃塔，只给家里打了一个简短的电话，说有事需要处理。他大步走进工作室，把亨莉埃塔拥进怀中，用一种在他们的关系之中从未出现过的激情紧紧地抱住她。

她的眼中迅速闪过了一丝惊惧的疑惑。她从他的臂膀中挣脱出来，为他煮了一壶咖啡。她一边在工作室里来回走动，一边随口问了几个问题。你是从医院直接过来的吗？她问。

他不想谈论医院的事。他只想同亨莉埃塔做爱，忘掉医院，忘掉克雷布特里太太，忘掉里奇微氏病，以及其他所有的一切。

尽管起初他并不情愿回答她的问题，但说着说着就变得滔滔不绝起来。他在屋里大踏步地走来走去，口若悬河地说了一大堆关于专业上的演绎和猜测。有一两次他停下来，试着进行简化——解释：

"你知道，你必须获得对药品的反应——"

亨莉埃塔迅速地回答："是的，是的，致死剂量反应一定呈阳性。这些我懂,继续吧。"

他尖锐地问:"你怎么会知道致死剂量反应?"

"我有一本书——"

"什么书?谁写的?"

她指了指那张小书桌。他不屑地哼了一声。

"斯科贝尔?斯科贝尔不怎么样。他从根本上就是靠不住的。真的,如果你想读点书的话——不要——"

她打断了他的话。

"我只是想了解一些你所用的术语——只需要理解你所说的话,而不用你总停下来解释就足够了。继续吧。我能跟得上你所说的东西。"

"那么,"他怀疑地说,"记住,斯科贝尔的书不正确。"他继续说了起来,一口气讲了两个半小时。回顾所遭遇到的挫折,分析各种可能性,罗列出合理的理论。他几乎没有意识到亨莉埃塔的存在,然而,不止一次,当他说到犹豫之处时,她便以她那机敏的智慧帮助他往前走一步。她几乎能够在他意识到之前,就看清他犹豫的是什么。他现在又有了兴趣,而且自信悄悄地恢复了。他原先就是正确的——主要的理论是对的——确实有不止一种方法来对抗中毒症状。

接着,他突然感到疲惫不堪。他现在已经都想清楚了,明天一早就会着手治疗。他会打电话给尼尔,让他把两种药剂混合在一起试试。是的,试试。看在上帝的分上,他是不会失败的!

"我累了,"他唐突地说,"我的上帝啊,我累极了。"

然后他倒在床上,睡着了——睡得就像死人一样。

他醒来时,看见亨莉埃塔正在晨曦中对着他微笑,并为他泡茶。他冲着她笑了一下。

"和计划的一点儿都不一样。"他说。

"这很重要吗?"

"不,不重要,你真是个好人,亨莉埃塔。"他的目光转向书架,"如果你对这些事情感兴趣,我给你一些好书读一读。"

"我对这些事并不感兴趣,我感兴趣的只是你,约翰。"

"你不能读斯科贝尔的书。"他拿起那本令人不快的书,"这家伙只不过是个冒牌货。"

她大笑起来。他不能理解为什么他对斯科贝尔的指责会使她觉得如此有趣。

但那也是亨莉埃塔时不时会使他感到惊讶的地方。他突然发现,她能够嘲笑他,这一发现使他感到难堪。

他对此很不习惯。格尔达对他只有一片至忠至诚的热心,而薇罗尼卡则是除了她自己,从不关心任何事。但亨莉埃塔会使那么一个小把戏,头往后仰起,半眯着眼看着他,脸上带着一点点突然而温柔的、半嘲讽意味的微笑,好像在说:"让我好好看看这个可笑的名叫约翰的人⋯⋯让我拉远了距离再看看他⋯⋯"

他想,这就同她半眯起眼睛打量她的作品——或者一幅画时一模一样。那是——见鬼!——那是一种无动于衷的态度。他想让亨莉埃塔只想着他一个人,永远不让她的思想游离于他之外。

("实际上,这正是你讨厌格尔达的特点。"他内心的小恶魔又一次跳出来说道。)

事实是,这完全不合逻辑。他不知道自己想要的是什么。

("我想回家。"多么荒谬,多么可笑的一句话。它完全没有任何意义。)

无论如何,再过一个来小时,他就将开车驶离伦敦——忘记那些带着淡淡的酸臭气味的病人⋯⋯呼吸着木柴燃烧的青烟、松树,以及柔软湿润的秋叶气息……一想到汽车的运行,就能令人心神舒畅——那种平稳而轻松的加速感。

但他突然想起,事情完全不会是那样的,由于他的手腕轻微扭伤,将不得不由格尔达来开车。而格尔达,愿上帝保佑她,完全不会开车!每次她换挡的时候,他都必须咬紧牙关,努力让自己不要开口说话。因为从过往痛苦的经验中他了解到,只要他一说话,格尔达的状况立刻就会变糟。真奇怪,没人能够教会格尔达如何换挡——甚至亨莉埃塔也不行。他曾请亨莉埃塔帮忙教她,希望亨莉埃塔的热情也许会比他易怒的脾气更容易起些作用。

亨莉埃塔极爱车。她一谈到车,总是带着一种强烈的热情,就好像别人谈论起春天或初雪一样。

"他难道不是个帅小伙吗,约翰?瞧他的引擎一路轰鸣的样子。"(对亨莉埃塔而言,车总是男性的。)"他用三挡就能爬上贝尔山——一点儿也不费劲——相当轻而易举。听,他空挡慢转得多么均匀。"

直到他突然猛烈地爆发。

"亨莉埃塔,能不能请你稍微多注意我一些,暂时忘掉那些该死的车一小会儿啊!"

他总是对自己的这种突然爆发感到羞愧。

他不知道它们会在什么时候毫无缘由地发生。

对她的作品也是一样。他意识到她的作品是很出色的。他非常喜爱她的作品——同时又痛恨它们。

他和她最激烈的一次争吵就是因为这一点。

有一天格尔达对他说:"亨莉埃塔邀请我去做模特。"

"什么?"仔细想来,他的震惊至今还没有平息,"你?"

"是的,我明天就去工作室。"

"她究竟为什么要请你?"

是的,他当时非常不礼貌。但幸运的是,格尔达没有意识到这一点。她看上去对此十分高兴。他怀疑亨莉埃塔像往常一样,并非出于真心,只是好意相邀——也许是因为格尔达曾暗示过她希望能被塑成雕像。

接着,大约十天后,格尔达兴高采烈地向他展示一尊小石膏像。

那件作品十分可爱——技巧相当娴熟,就像亨莉埃塔所有的作品一样。作品对格尔达进行了美化——格尔达显然对此非常满意。

"我认为它太迷人了,约翰。"

"那是亨莉埃塔的作品吗?它毫无意义——完全没有。我不明白她为什么会做这么个玩意儿。"

"当然,这与她那些抽象的作品不同——但是我认为它很好,约翰,真的。"

他没有再说话——毕竟,他不想毁掉格尔达的欢乐。但他此后一有机会遇到亨莉埃塔,就向她质问此事。

"你到底为什么要为格尔达塑那个愚蠢的雕像?你这么做完全不值得。毕竟,你通常创作的都还是些像样的东西。"

亨莉埃塔慢慢地说:"我并不认为它有多糟糕,格尔达看起来十分满意。"

"格尔达是很高兴,那是当然的。她根本就不懂艺术。"

"那并不是件糟糕的艺术品,约翰。它只不过是一座小肖像——没有任何害处,也毫无矫饰之意。"

"你平时并不会浪费时间做这种东西——"

他戛然而止,死死盯着一座大约五英尺高的木雕人像。

"喂,这是什么?"

"这是为国际联合展而创作的,梨木的,名叫'崇拜者'。"

她望着他。他紧紧地盯着它,接着——突然地,他的脖子上青筋暴起,狂怒地质问她。

"这么说,这就是你邀请格尔达的原因了?你好大的胆子!"

"我一开始还不能肯定你是否能看出……"

"看出来?当然能看出来啦。就是这里。"他将一根指头点在了那宽阔粗厚的颈部肌肉上。

亨莉埃塔点点头。

"是的,这就是我想要的颈部和肩膀——还有那厚重前倾的斜面——那种屈从感——那恭顺的目光。出色极了!"

"出色?你听着,亨莉埃塔,我不能接受这种事。你给我离格尔达远点儿。"

"格尔达不会知道的。没有人会知道。你很清楚,格尔达绝不会从这件作品中认出自己——别人也不会的。况且这也并不是格尔达,这不是任何人。"

"我认出来了,不是吗?"

"你不同,约翰。你——能够洞察事物。"

"这是她该死的颈部!我无法接受,亨莉埃塔!我决不能接受。你难道不明白吗?这是完全不可原谅的。"

"是吗?"

"你难道不知道吗?难道你感觉不到吗?你有的敏感到哪儿去了?"

亨莉埃塔缓慢地说:"你不明白,约翰。我想也许我也无法使你明白……你不了解渴望某种东西是什么样的感觉——日复一日地看着它——那颈部的线条——那些肌肉——头部向前倾的角度——下巴周围的沉重感。我曾那么看着它们,渴望着它们——每次我看到格尔达……归根到底,我必须拥有它们!"

"可耻!"

"是的,我想是这样的。但当你那样渴望某些东西的时候,你就必须得到它们。"

"你的意思是你一点儿也不在乎别人。你不在乎格尔达——"

"别傻了,约翰。那就是我要塑那座小肖像的原因。用来取悦格尔达,使她高兴。我不是没有人性的!"

"你恰恰就是没有人性。"

"你真的认为——坦白地说——格尔达会从这座雕像中认出自己吗?"

约翰不情不愿地看着它。生平第一次,他的怒火与怨恨让位于他的兴趣。一座奇怪的谦顺的肖像,向看不见的神祇奉献自己的崇拜——脸扬起——茫然,麻木,全心奉献——极为强大,极为狂热……他说:"你创作的是一件相当可怕的东西,亨莉埃塔!"

亨莉埃塔微微颤抖着。

她说:"是的——我原本以为……"

约翰尖锐地问:"她在看什么——看着谁?她前面的人是谁?"

亨莉埃塔迟疑了一下。她带着一种古怪的语气。

"我不知道。但我认为——她看着的一定是你,约翰。"

第五章

1

餐厅里，小男孩特里[①]正在进行另一场科学讲解。

"铅盐在冷水里比在热水里更容易溶解。如果在里面加入碘化钾，就会得到一种黄色的碘化铅沉淀。"

他充满期待地看着妈妈，但心中并未真正抱有希望。在小特伦斯看来，父母总令人失望。

"你原来知道这些事吗，母亲——"

"我对化学一无所知，亲爱的。"

"你可以在书里读到的。"特伦斯说。

这句话只是对事实的简单陈述，但背后隐藏着某种淡淡的惆怅。

格尔达并没有听出这种惆怅。她已陷入那种令人焦虑不堪的悲苦陷阱当中，一圈一圈一圈地深陷。她自今天早晨起床后就一直感到十分悲苦，因为意识到她已恐惧良久的、与安格卡特尔一家共度的漫长周末，终于即将降临。空幻庄园对她来说，无疑是一个噩梦。在那里，她总是感到迷惑不解、孤苦无依。

[①]特里是特伦斯的昵称。

露西·安格卡特尔说话永远都只说一半，飞速跳跃的思路令人应接不暇，她还会极其明显地做出表示友好的努力，这一切都使她成为自己最害怕的人物。但其他人也差不多糟糕。对于格尔达来说，这两天无异于殉难——为了约翰而忍苦受难。

而约翰，他今天早晨一边伸着懒腰，一边以极其愉快的语调说："一想到我们将要去乡间度过这个周末就觉得棒极了。去这一趟对你是有好处的，格尔达，你正需要出去走走。"

她机械地微笑着，并以一种无私的坚毅说："会很愉快的。"

她郁郁寡欢的双眼环视着卧室。奶白色条纹的墙纸，在衣柜旁边有黑色的图案；桃花心木梳妆台上的镜子略微有些前倾；明快的天蓝色地毯；那幅描绘湖区风景的水彩画。所有这些亲切又熟悉的东西，她要等到下星期一才能再次见到它们。

相反，明天将会有一个衣裙沙沙作响的女仆走进那间陌生的卧室，在床边放下一杯盛在精致茶碟里的早茶，拉开窗帘，并重新整理折叠好格尔达的衣服——这令格尔达感觉浑身燥热，极不舒服。她将不得不凄苦地向他人说谎，默默忍受着这一切，试图安慰自己说："只剩下一个早晨了。"就好像当年在学校里那样辛苦地数着日子。

格尔达的学生时代并不愉快。对她而言，学校比其他任何地方都更令她不安。在家里会好一些。但即使在家里，情况也不是很好。因为其他所有的人，毋庸置疑，都比她机灵，比她聪明。他们的话语总是那么机灵、不耐烦，算不上十分不友好，却像风暴一样在她的耳边呼啸。"哦，请快一点儿吧，格尔达。""黄油手[①]，把那个给我！""哦，别让格尔达干那个，她不知道要做到

[①] 黄油手指拿东西不稳的人。

几时呢。""格尔达永远什么都听不懂……"

难道他们所有人都看不出来吗,这样做只会使她更迟钝,更愚蠢?她变得越来越糟,手脚越来越笨拙,脑子越来越迟钝,对别人说的话越来越多地报以茫然空洞的目光。

一直熬到那个瞬间,她突然找到了一条出路。那几乎可以说是纯粹的巧合,但她的确找到了防卫的武器。

她变得更迟钝了,她那迷惑不解的目光变得更加茫然。但现在,当他们不耐烦地说:"哦,格尔达,你是有多蠢,连这都理解不了吗?"她就能够躲在茫然的表情之后,在心中秘密地暗自窃喜一下……因为她并不是他们所认为的那么愚蠢。通常,当她假装不理解的时候,其实是理解的。而且,无论做什么,她都常常故意减慢速度,直到别人不耐烦地伸出手,把她在做的东西一把抓走,这时她就会在心中暗暗地发笑。

因为,那种隐秘的优越感令她感到温暖和快乐。她开始时常感觉到有点好笑。是的,知道得比别人以为你知道得多,能够做到一件事情,但不让任何人知道你能够做到,确实非常有趣。

而且这么做是有好处的,你会突然发现,人们常常在替你做事。这当然会为你省掉很多麻烦。到最后,一旦人们养成了为你做事的习惯,你就完全不必再做事了,人们也就无法知道你做不好。而因此,慢慢地,兜了一个圈后,几乎又重新回到了起点。你感觉到自己可以以平等的立场与整个世界对峙。

(但是,格尔达担心,在面对安格卡特尔家的人时,想要坚持自己的立场似乎是不可能的。安格卡特尔家的人总是那么远远地赶在你的前头,你甚至不会觉得你和他们处在同一条街上。她是多么憎恨安格卡特尔家的人!但这对约翰有好处——约翰喜欢那儿。他从那里回到家时,精神就会好很多——有时也不那么易怒了。)

亲爱的约翰，她想。约翰出色极了。每个人都这样认为。多么能干的一个医生，对病人又是那么和善。殚精竭虑地工作，对医院的病人投入那么多的关怀——他做所有这方面的工作都是无偿的。约翰是如此不计得失——真正的高尚。

她从一开始就清楚地知道，约翰才华横溢，并且将达到事业的顶峰。而他选择了她，虽然他完全可以娶到一个比她聪颖得多的女人。他不介意她的迟钝、愚钝，以及平凡的外表。"我会照顾你的，"他曾这么说，口气温柔，却又独断，"别担心任何事，格尔达，我会把你照顾好的……"

就像一个男人应该做的那样。想起约翰选择了她，是多么美好。

他当时带着他那极其迷人的、半含乞求的微笑突然说："我自有我喜欢的一套，你知道的，格尔达。"

嗯，没关系。她总是尽量在每一件事上对他让步。即使最近他变得那么易怒而神经质——似乎什么事都不能取悦他。不知出于什么原因，她做的事似乎没有一件是对的。但谁都不能责备他，他是那么忙，那么无私——

天哪，那盘羊肉！她应该把它送回去的。约翰仍然毫无踪迹。为什么她就不能偶尔做出一次正确的决定呢？那种悲惨的暗流又一次席卷了她的全身。那盘羊肉！这个和安格卡特尔一家共度的可怕周末。她感觉到一阵锐痛贯穿了两边的太阳穴。天哪，偏偏在这时候头疼又要发作了。她的头疼每每惹得约翰不悦。他从不肯给她开任何药，虽然这对一个医生来说是轻而易举的事。相反，他总是说："别想这个，灌药毒害自己对你没有任何好处。出去散散步就好了。"

那盘羊肉！格尔达呆呆地瞪着它，感觉到那个词在她疼痛的脑袋里不断重复。"那盘羊肉，那盘羊肉，那盘羊肉……"

自怜的眼泪涌满了她的眼眶。为什么，她想，我就没有一件事能做对呢？

特伦斯看了看坐在他对面的母亲，然后又看了看那盘带骨羊肉。他想："为什么我们不能吃饭？大人们真是愚蠢。他们毫无常识！"

他谨慎地说："我和尼科尔森·迈纳准备在他父亲的灌木丛里制造硝化甘油。他们住在史特里珊。"

"是吗，亲爱的？那很好啊。"格尔达说。

现在还来得及。如果她现在打铃，叫刘易斯把这盘带骨羊肉拿下去——

特伦斯带着淡淡的好奇心看着她。他本能地感觉到，制造硝化甘油不是一种会得到父母鼓励的爱好。他凭着基本的乐观态度，选择了一个在他看来最有可能使他的要求蒙混过关的场合。而他的判断被证明是正确的。如果，万中有一，出现了什么麻烦——那是指如果硝化甘油的特性表现得太过明显的话，他就可以用一种深受伤害的语气说："我告诉过母亲的。"

尽管如此，他仍然感到一种模糊的失望。

即使是母亲，他想着，也应该知道硝化甘油啊。

他叹了口气。一种只有儿童才能感受到的强烈的孤独感如潮水般席卷了他的全身。他的父亲不耐烦听他说话，他的母亲又太不在意。而齐娜，只是一个愚蠢的小孩。

那一页又一页有趣的化学实验啊，但谁又在意呢？没人！

砰！格尔达惊了一下。这是约翰诊室的门在响。约翰正在上楼。

约翰·克里斯托大步走进来，他那独有的强烈的能量充满屋内。他心情很好，饥饿，不耐烦。

"上帝，"他坐下身，一边感叹着，一边精力十足地用磨刀棒磨了磨切肉刀，"我真是太讨厌那些病人了！"

"哦，约翰，"格尔达立即表现出指责的意味，"别这样说，他们会以为你是认真的。"

她的头微微冲孩子们的方向点了点。

"我的确是认真的，"约翰·克里斯托说，"谁都不应该生病。"

"父亲在开玩笑。"格尔达迅速对特伦斯说。

特伦斯以他看待整个世界的那种冷静态度，审视着他的父亲。

"我认为他不是开玩笑。"他说。

"如果你讨厌病人，你就不会当医生了，亲爱的。"格尔达温柔地笑着说道。

"这恰恰是原因所在，"约翰·克里斯托说，"没有一个医生喜欢病痛。我的上帝，这肉简直像石头一样冷。你为什么不把它送去热一热？"

"哎，亲爱的，我不知道呢。你瞧，我还以为你就要回来了——"

约翰·克里斯托按下铃，铃声悠长，带着怒气。刘易斯迅速走了进来。

"把这个拿下去，让厨房热一热。"他立即说。

"好，先生。"刘易斯的口气略有些粗鲁，成功地通过这两个简单的词，确切地表达出她对这个坐在餐桌边、眼睁睁看着一盘带骨羊肉变冷的主妇的看法。

格尔达结结巴巴地继续道:"真对不起,亲爱的,都是我的错,但刚开始,我以为你就要回来了,但紧接着我又想,嗯,如果我真的把它送回去——"

约翰不耐烦地打断了她。

"哦,这又有什么关系?一点儿都不重要。完全不值得为此小题大做。"

接着他问:"车到了吗?"

"我想到了。科莉订过。"

"那么我们一吃完午饭就可以离开了。"

穿过艾伯特桥,他想,接着通过克拉彭的公地——从水晶宫抄一条近道——克罗伊登——珀里巷,然后避开主干道——从右边的那条岔路爬上梅思利山——沿着哈弗斯顿山脊——向右急转拐到郊区外环路,穿过科尔默顿,然后爬上沙夫尔高地——金红色的树林——下边到处都是林地——秋天那柔和的气息,然后从山顶往下。

露西和亨利……亨莉埃塔……

他已经有四天没见到亨莉埃塔了。上一次见她的时候,他大发雷霆。她的眼里闪着那种光芒。不是心不在焉,也不是漫不经心——他无法确切地描述它——仿佛她看到了某种东西,某种并不存在的东西,某种(这正是症结所在)约翰·克里斯托之外的东西!

他暗忖,我知道她是一个雕塑家。我知道她的作品很出色。但是,该死的,她难道就不能有时候把这一点撇在一边吗?她难道就不能有时候只想到我,而不想其他任何事吗?

他很不公平。他知道自己很不公平。亨莉埃塔很少谈及她的工作——事实上,她对工作的沉迷程度远低于他所知道的绝大多数艺术家。只有在极少数场合，她才会陷入自己内心的想法，而破坏了她对于他全心全意的关注。但这一点总会激起他那猛烈的怒火。

曾有一次，他尖刻而强硬地说："如果我提出要求，你能放弃这一切吗？"

"一切的——什么？"她那温柔的声音中带有一丝惊奇。

"这一切——所有这些。"他挥手比了比整个工作室。

他立刻在心里告诉自己，傻瓜！你为什么要问她这种问题？但又想着，让她说"当然。"让她对我说谎！只要她肯说"我当然会的。"不管她是不是真心的！但让她这样说吧，我必须获得内心的平静。

然而，她沉默了一段时间，目光变得梦幻般迷离和超然，眉头微微皱起。

接着她慢慢地说："我想会吧，如果有必要的话。"

"有必要？你说的有必要是什么意思？"

"我也不太知道我说的是什么意思，约翰。有必要，就像有时候有必要截肢。"

"也就是说完全等同于外科手术了？"

"你生气了。你想让我说什么呢？"

"你非常清楚。一个字就可以让我满足。是。为什么你说不出口？你常常对别人说各种各样的话来取悦他们，从不在意这些话是否真实。为什么对我不这样？看在上帝的分上，为什么对我不这样？"

她依然非常缓慢地回答："我不知道……真的，我不知道，约翰。我做不到——就是这样。我做不到。"

他来来回回走了一两分钟，接着他说："你要把我逼疯了，亨莉埃塔。我感觉我对你从来没有任何影响力。"

"为什么你想有?"

"我不知道,我就是想。"

他倒在一张椅子里。

"我想成为最重要的人。"

"你就是最重要的,约翰。"

"不。如果我死了,你会做的第一件事,就是泪流满面地开始雕塑某个该死的哀悼女人或是沉痛者的肖像。"

"我很怀疑。我想——是吧,也许我会这样。那真是糟透了。"

她坐在那里,惊愕不安地望着他。

2

布丁烤糊了。克里斯托扬了扬眉毛,格尔达急忙道歉。

"对不起,亲爱的。我真不明白为什么会发生这样的事。全都是我的错。上面的给我,你们吃下面的。"

布丁会烤糊,是因为他,约翰·克里斯托,平白无故地在诊室里呆坐了一刻钟,想着亨莉埃塔和格雷伯特夫人,让自己沉浸在那荒谬的对圣·米格尔的怀旧情绪之中。要说错,都是他的错。格尔达像个傻子似的试图承担责任,疯了一般想要自己吃掉烤糊了的部分。她为什么总要把自己弄成个烈士?为什么特伦斯要那样慢吞吞的、兴趣盎然地注视着他?为什么,哦,为什么齐娜要不停地吸鼻子?为什么他们都那么该死的让人恼火?

他的愤怒降临到了齐娜头上。

"你为什么不能擤一下鼻子?"

"我想她有一点儿感冒了,亲爱的。"

"不,她没有,你总觉得他们感冒了!其实她一点儿毛病都没有。"

格尔达叹了口气。她完全不能理解,为什么一个成天忙于治疗他人病痛的医生,对自己家人的健康却如此漠不关心。他总对任何生病的说法嗤之以鼻。

"我在午饭前打了八个喷嚏。"齐娜郑重地说。

"不过是天气热引起的喷嚏而已!"约翰说。

"天气并不热,"特伦斯说,"大厅里的温度计显示只有五十五度①。"

约翰站起身来。"你们吃完了吗?很好,我们准备动身吧。你能出发了吗,格尔达?"

"稍等片刻,约翰。我还得装一点儿东西进去。"

"这些事你早就应该做完了。你整个上午都在干什么?"

他怒气冲冲地走出了餐厅。格尔达也匆匆走进她的卧室。她急切地希望能加快速度,结果手脚却更慢。但为什么她不能早点儿准备好呢?约翰的手提箱早已经装好放在大厅里了。究竟为什么——

齐娜走到他面前,手里攥着一把黏糊糊的纸牌。

"我给你算个命好吗,爸爸?我知道怎么算哦。我已经给妈妈、特里、刘易斯、简还有厨师算过啦。"

"好的。"

他在心里盘算着,不知道格尔达还需要多长时间。他想离开这栋糟糕的房子,这条糟糕的街道,以及这座充满了疼痛病人的

---

①指华氏五十五度,相当于摄氏十三度。

城市。他想要贴近树林和湿润的树叶——还有露西·安格卡特尔身上那种优雅的疏离气质,她总能让人感觉她甚至并非切实存在。

齐娜正在郑重其事地发牌。

"中间的是你,爸爸,红桃 K。被算命的人总是红桃 K。然后,其他的牌都要背面向上发。两张在你的左边,两张在你的右边,还有一张在你的头上——那是能控制你的人;一张在你的脚下——你能控制它。还有这张——盖住你!"

"现在,"齐娜深吸了一口气,"我们把它们翻过来。你右边的是方块 Q——十分亲密。"

亨莉埃塔。他想,一下子被齐娜那肃穆的神情逗笑了。

"旁边的是梅花 J——一个安静的年轻男子。

"你左边的是黑桃 8——他是一个秘密的敌人。你有秘密的敌人吗,父亲?"

"据我所知没有。"

"再旁边是黑桃 Q——那是一个年纪要大得多的女士。"

"安格卡特尔夫人。"他说。

"现在这张是在你头顶的、对你有控制力的人——红桃 Q。"

薇罗尼卡,他想,薇罗尼卡!接着又想,我真是一个笨蛋!薇罗尼卡现在对我没有任何意义。

"这张是在你脚下的、你能控制的人——梅花 Q。"

格尔达匆匆走进屋里。

"现在我已经完全准备好了,约翰。"

"哦,等等,妈妈,等等,我正在为爸爸算命。只剩最后一张牌了,爸爸,这是最重要的一张,盖住你的那一张。"

齐娜那小小的、粘粘的手指把它翻了过来。她倒吸了一口气。

"哦，是黑桃 A！这通常意味着死亡，但是——"

"你的母亲，"约翰说，"在驶出伦敦的路上可能要撞到人了。走吧，格尔达。再见，你们两个，乖乖的，要听话。"

第六章

1

星期六上午,米奇·哈德卡斯尔大约十一点走下楼梯。在起床之前,她已经在床上吃过早饭,读了一本书,又睡了一小会儿回笼觉。

这种慵懒的生活真令人愉悦。她也该好好度个假了!毫无疑问,阿尔弗雷治夫人实在令人心烦意乱。

她走出前门,沐浴着使人愉快的秋日阳光。亨利·安格卡特尔爵士正坐在一张粗木椅子上读《泰晤士报》。他抬头看了看,冲她微笑。他很喜欢米奇。

"你好,亲爱的。"

"我是不是起晚了?"

"你没有错过午饭。"亨利爵士微笑着说。

米奇坐在他旁边,伴随着一声感叹,说:"在这儿真是太好了。"

"你看上去相当憔悴。"

"哦,我很好。这里没有胖女人想尽办法挤进小了好几号的衣服,待在这种地方真让人高兴!"

"那真是太可怕了!"亨利爵士停顿了一下,接着低头扫了一眼他的腕表,说,"爱德华十二点一刻就到了。"

"是吗?"米奇停顿了一下,接着说,"我已经很长时间没有见到爱德华了。"

"他也是一样,"亨利爵士说,"他几乎从不离开安斯威克到这儿来。"

安斯威克,米奇心想,安斯威克!她的心好像被重重地一击。那些在安斯威克度过的幸福时光啊,每次要去之前她都能眼巴巴地盼望上几个月!"我要去安斯威克了。"多少个不眠之夜,她躺在床上这样想着。直到那一天终于到来了!那个小小的乡村车站,火车——庞大的伦敦特快——只有在收到通知时才会停靠一下!那辆戴姆勒会停在车站外边等候。然后一路行驶,最后拐弯驶进大门,一路向上穿过树林,直到进入一片开阔地。那栋房子就矗立在那里,又大又白,盛情相邀。老杰夫里叔叔穿着他那件拼色粗花呢外套站在门口。

"来吧,年轻人,玩个痛快吧。"他们确实玩得很愉快。亨莉埃塔从爱尔兰过来。爱德华家在伊顿。她自己来自北部一个阴森的工业小镇。那地方则宛如天堂。

但一切总是以爱德华为中心。爱德华高大、温柔、略带怯态,永远那么和气。但是,他从不怎么注意她,因为亨莉埃塔也在。

爱德华总是那么孤独腼腆,完全像个客人的样子,所以有一天,当特雷姆利特——那个园丁头儿,向她说起这件事的时候,她大吃一惊。

"这个地方总有一天会是爱德华先生的。"

"为什么,特雷姆利特?他不是杰夫里叔叔的儿子。"

"但他是继承人,米奇小姐。有法定继承权,是这么说的吧?露西小姐是杰夫里先生的独生女,但她不能继承财产,因为她是女人。而亨利先生,她的丈夫,只是表姨弟而已,关系没有爱德华先生那么近。"

现在,爱德华就独居在安斯威克,极少出门。米奇有时也会禁不住怀疑露西是否介意。露西看起来总是一副对任何事情都毫不介意的样子。

然而安斯威克曾是她的家,爱德华不过是她的堂侄而已,还比她年轻二十多岁。她的父亲,老杰夫里·安格卡特尔,曾是英国的一个"大人物"。他极为富有,财产大半都留给了露西,因此,爱德华相对而言只是一个穷人。他的钱足够维持那个地方的开销,但除此之外就所剩无几了。

这并不是因为爱德华有什么昂贵的嗜好。他在外交部工作了一段时间,但继承了安斯威克之后他就辞职了,依靠他的财产生活。他天性喜好读书,热衷于收藏初版书,偶尔也为那些晦涩的评论性杂志写点儿含混的讽刺小文章。他曾向他的姨表妹,亨莉埃塔·萨弗纳克,求过三次婚。

米奇坐在秋日的阳光下,思量着这些事情。她难以判断见到爱德华后自己是否会感到高兴。她并不能算所谓的"已经放下了"。没有人能够完全放下像爱德华那样的人。对她来说,安斯威克的爱德华,与在伦敦的一家餐厅桌前站起身来迎接她的爱德华,同样真实。她从记事起,就已经在爱着爱德华了……

亨利爵士的声音将她拉回了现实。

"你认为露西看起来如何?"

"非常好,同往常一样。"米奇微微笑了一下,"甚至比以往还要好。"

"是的。"亨利爵士点燃了烟斗。他有些让人意外地说:"有时，你知道，米奇，我很为露西担心。"

"担心？"米奇惊奇地看着他，"为什么？"

亨利爵士摇了摇头。

"露西，"他说，"她意识不到有些事是她不能做的。"

米奇瞪视着他。他继续说道："她总有本事逃脱责任。她总这样。"他微笑了，"她完全无视总督官邸的传统——她曾完全破坏了晚宴的尊卑秩序（米奇，那可是个天大的罪过！）。她安排死敌们坐在一起，还毫无节制地谈论种族问题！但她竟然没有引起惊天动地的争吵，让所有人都怒目相向，使得帝国对印度的统治蒙羞——如果在这种情况下她还能全身而退，那才是见了鬼了！她的诀窍是——冲着人们微笑，做出一副她对此完全无能为力的模样！对用人们也是一样——她给他们造成了巨大的麻烦，但他们都非常喜爱她。"

"我明白你的意思。"米奇深思着说，"如果换成其他人做出这样的事，你绝对无法忍受，但如果是露西，你就会觉得没关系。我不知道那究竟是因为什么，个人魅力？还是吸引力？"

亨利爵士耸了耸肩。

"这么多年来，她一直都没有改变——只是有时，我觉得她已经习惯了这种局面。我是说，她并没有意识到凡事都是有个限度的。啊，我真的相信，米奇。"他语带戏谑意味地说，"露西会觉得哪怕是谋杀，她也能全身而退！"

2

亨莉埃塔把那辆戴丽治车从车库中取出来，同负责保养戴丽治的朋友艾尔伯特聊了一番技术性的问题之后，她发动了引擎。

"旅途愉快，小姐。"艾尔伯特说。

亨莉埃塔微笑着。她加速驶出了车库，享受着单独驾车出行给她带来的巨大愉悦。开车的时候，她总喜欢一个人。这样，她才得以充分感受驾车带给她的私密的个人乐趣。

她享受自己穿行于街道中的技术；她享受一点一点地摸索出离开伦敦的新捷径。她有自己琢磨出的路线，在伦敦市内驾车时，她对街道的熟悉程度可与任何一个出租车司机媲美。

此刻，她选择了自己新发现的一条路线，向西南方向行驶，在近郊那迷宫般的复杂街道中转弯、折行。

当她最终到达沙夫尔高地那道长长的山脊时，正好是十二点半。亨莉埃塔一直很喜欢这里的景色。她在快要下坡的地方停下车。她四周目力所及之处是成片的树林，树叶正渐渐由金色褪成褐色。在秋日强烈的阳光下，构成一个金碧辉煌的美妙世界。

亨莉埃塔暗忖，我爱秋天。它比春天要丰富得多。

突然之间，她感觉到一阵强烈的幸福感——意识到这个世界的可爱，以及她对这个世界的强烈热爱。

她想，我永远也不会比现在更快乐了——永远也不会。

她在那儿停留了一会儿，极目四望着那个似乎在游动并融化的金色世界，被它无与伦比的美夺去了神智。

之后，她沿着山顶而下，穿过树林，沿着那条漫长而陡峭的路继续前行，直至空幻庄园。

3

当亨莉埃塔驶入庄园的时候，米奇正坐在露台的矮墙上开心地冲她挥手。看见她一直喜爱的米奇，亨莉埃塔感到十分高兴。

安格卡特尔夫人走出房子，说："啊，你来了，亨莉埃塔。快把你的车牵到马厩里，给它喂一顿麦麸饲料。午饭马上就准备好了。"

"露西可真犀利。"亨莉埃塔一边驾车绕过主屋，一边说着。米奇站在台阶上陪伴着她。"你知道吗，我一直都特别为自己完全摆脱了爱尔兰人那种对马的热爱而自豪。当你在一群除了马之外什么都不谈的人中间长大时，会因为对此毫不关心而产生一种优越感。而露西刚刚正向我表明，我对待车子的态度恰恰像是对一匹马。毫无疑问，我的确如此。"

"我明白，"米奇说，"露西太能损人了。她今天早晨跟我说，在这里我可以想怎么粗鲁就怎么粗鲁。"

亨莉埃塔考虑了一下，点了点头。

"当然，"她说，"那家服装店！"

"是的。如果一个人必须每天都关在那间小破屋里，客客气气地招待那些粗鲁的妇人，称呼她们为'夫人'，帮她们把洋装从头上套下去，扮出一张笑脸，忍受她们随时随地冒出的那些无礼的言论——哦，任谁都会想骂脏话！你知道的，亨莉埃塔，我总不明白为什么大家都认为'服侍人'会是个非常丢脸的工作，而在商店里工作则非常光彩和自立。在商店里工作所要忍受的傲慢无礼，远远多于格杰恩或西蒙斯，或任何一个体面家庭里的用人。"

"那真是太讨厌了，亲爱的。我真希望你不要像现在这么崇高、骄傲，坚持主张自力更生。"

"不管怎样，露西真是一个天使。这个周末，我一定要趾高气昂地对你们所有人粗鲁相待。"

"谁来了？"亨莉埃塔走出汽车时问。

"克里斯托夫妇还在路上。"米奇顿了一下,继续说,"爱德华刚到。"

"爱德华?太好了。我已经很久没有见到爱德华了。还有其他人吗?"

"戴维·安格卡特尔。据露西说,这次是你大显身手的机会。你将负责阻止他咬指甲。"

"听起来真不像我会做的事啊。"亨莉埃塔说,"我讨厌干涉别人的事,而且我做梦都不会去妨碍别人的个人习惯。露西到底说了些什么?"

"总结来说就是这些!他还长了喉结。"

"我不必对此采取任何行动吧,是不是?"亨莉埃塔警惕地说。

"你还要负责和善地招待格尔达。"

"如果我是格尔达,我真要恨死露西了!"

"另外,有个解决犯罪案件的人明天会来吃午饭。"

"我们不是要玩谋杀游戏吧?"

"我觉得不是。我想这应该只是邻居间的礼尚往来而已。"

米奇的声音稍稍一变。

"爱德华来迎接我们啦。"

亲爱的爱德华,亨莉埃塔的心中突然涌起一股温暖的情意。

爱德华·安格卡特尔非常高,非常瘦。他向两个年轻女子走来,脸上挂着笑容。

"你好,亨莉埃塔,我已经有一年多没见到你了。"

"你好,爱德华。"

爱德华多和气啊!他那温柔的微笑,眼角细小的皱纹,还有那骨节突出的骨骼。我一定是太喜欢他的骨头了,亨莉埃塔想。

油然而生的对爱德华的温暖情意使她感到震惊,她已经忘记原来自己这么喜欢爱德华了。

4

午饭后,爱德华说:"我们去散散步吧,亨莉埃塔。"

这是爱德华式的散步——随处闲逛。

他们走到主屋后面,踏上了一条穿过树林的蜿蜒曲折的小径。跟安斯威克的树林一样,亨莉埃塔想。亲爱的安斯威克,他们曾在那里度过了那么多的好时光!她同爱德华谈起了安斯威克,重温美好的记忆。

"还记得我们的松鼠吗?爪子受过伤的那只。我们还把它关在一个笼子里,直到它痊愈呢。"

"当然。它有一个可笑的名字——叫什么来着?"

"查姆利·马乔瑞班克斯!"

"没错。"

他们一起放声大笑。

"还有老邦迪夫人,那个管家——她总说它迟早有一天会爬上烟囱的。"

"我们当时都愤慨极了。"

"但它后来确实爬上去啦。"

"是她干的,"亨莉埃塔断然地说,"她把这个念头灌输到了松鼠的脑袋里。"

她接着说:"一切都还是老样子吗,爱德华?还是变样了?我总想象着一切还是老样子。"

"为什么你不来看看呢,亨莉埃塔?你已经很久很久没有来过了。"

"我知道。"

为什么，她想，她竟然让这么长的一段时间就这样不知不觉地流逝了？人总会有事要忙，有兴趣爱好，和他人打交道……

"你知道那里不论任何时候都是欢迎你的。"

"你真是太好了，爱德华！"

亲爱的爱德华，她想着，他那漂亮的骨骼。

他立刻说："我很高兴你还喜欢安斯威克，亨莉埃塔。"

她像做梦般地说："安斯威克是世界上最可爱的地方。"

一个长腿的女孩子，披着一头乱蓬蓬的褐色头发……一个对未来的生活际遇全然无知的幸福的女孩子……一个热爱树木的女孩……

她曾经是那么幸福，却毫无察觉！如果能够回到从前就好了，她想。

她突然说："伊格德拉西尔①还在那儿吗？"

"它被闪电击倒了。"

"哦，不是吧，可怜的伊格德拉西尔！"

她感到十分沮丧。伊格德拉西尔——她给那株老橡树起的名字。如果上天能够击倒伊格德拉西尔的话，可见没有什么是安全的！最好还是不要回到从前了。

"你还记得你那个特殊标记吗，那个伊格德拉西尔标记？"

"我过去总是喜欢到处画的怪树吗？它完全不像一棵树。我现在还会画它，爱德华！画在记事簿上，电话本上，还有桥牌的记分卡上。我会随时随地画这个。给我一支铅笔。"

---

① 伊格德拉西尔，古斯堪的纳维亚神话中的世界树。它的一条根通向冥界，一条根通向巨人之国，第三条根通向阿斯加尔德。

他递给她一支铅笔和一个记事本，大笑着看她画下那株可笑的树。

"是的，"他说，"这就是伊格德拉西尔。"

他们几乎已经走到了那条小路的尽头。亨莉埃塔在一段倒下的树干上坐下。爱德华坐到了她身边。

她的目光穿过下方的树林。

"这里有一点儿像安斯威克——像是袖珍版的安斯威克。我有时猜想——爱德华，你说露西和亨利是不是因为这个才住在这里的呢？"

"可能吧。"

亨莉埃塔缓缓地说："谁都不知道露西的脑子里在想些什么。"接着她问，"爱德华，自我们上一次见面之后，你都做了些什么呢？"

"什么也没做，亨莉埃塔。"

"你听起来很平静。"

"我从不擅长——做任何事。"

她迅速地瞟了他一眼。他的语气中似乎带着些什么，但他正平静地对她微笑着。

她又一次感觉到了那种深深的情意。

"也许，"她说，"你是明智的。"

"明智？"

"什么事都不做。"

爱德华缓缓地说："由你说出这样的话来可真奇怪，亨莉埃塔。你一直那么成功。"

"你认为我很成功吗？真有意思。"

"但你确实是啊，亲爱的。你是一个艺术家。你一定很自豪，一定是这样的。"

"我知道,"亨莉埃塔说,"很多人都这样跟我说过。他们并不理解——他们完全不能理解。你也不理解,爱德华。雕塑并不是一件你动手去做,然后就会成功的事。它会自己来找到你,挑剔你,阴魂不散地纠缠你——使你迟早有一天必须向它妥协。然后,你才能得到那么一点点宁静——直到这整个过程又重新开始。"

"你希望获得宁静吗,亨莉埃塔?"

"有的时候,我觉得我对宁静的渴望胜过世上的一切,爱德华!"

"你可以在安斯威克获得宁静啊。我想你在那里会很幸福的。即使——即使你将不得不忍受我。怎么样,亨莉埃塔?你愿意来安斯威克,把它当作你的家吗?你知道的,它一直在那里等着你。"

亨莉埃塔慢慢地转过头来,用低低的声音说:"如果我没有那么喜欢你就好了,爱德华。这让我好难对你说'不'啊。"

"那么,答案是'不'了?"

"对不起。"

"你以前也曾说过'不',但这次——嗯,我原以为结果可能会不同。今天下午你很开心,亨莉埃塔,你不能否认这一点。"

"我确实很开心。"

"你的面孔甚至——看起来比今天早晨更年轻。"

"我知道。"

"我们在一起多开心啊,谈论安斯威克,想念安斯威克。你不明白这意味着什么吗,亨莉埃塔?"

"是你没有明白这意味着什么,爱德华!我们这一整个下午都活在过去呢。"

"有时候,活在过去也很好。"

"人是不可能回到过去的。这是唯一一件谁都做不到的事——回到过去。"

他沉默了一两分钟。然后,他以一种平静、愉快、不带丝毫情感的口气说:"你真正想说的是,因为约翰·克里斯托,你才不愿意嫁给我吧?"

亨莉埃塔没有回答。爱德华继续道:"就是这样,不是吗?如果这个世界上没有约翰·克里斯托,你就会嫁给我了。"

亨莉埃塔严厉地说:"我无法想象一个没有约翰·克里斯托的世界!这一点你必须明白。"

"如果真是这样的话,那家伙到底又为什么不同他的妻子离婚,然后娶你呢?"

"约翰不想同他的妻子离婚。而且,我也不知道如果他真的这么做了,我想不想嫁给他。这不是——这完全不是你想的那样。"

爱德华沉思着说:"约翰·克里斯托,这个世界上的约翰·克里斯托太多了。"

"你错了,"亨莉埃塔说,"约翰是独一无二的。"

"如果是这样的话——那是件好事!至少,我是这样想的!"

他站起身来。"我们最好还是回去吧。"

第七章

当他们坐进汽车,眼看着刘易斯关上哈利街上那栋房子前门的那一刻,格尔达感到一种被放逐的剧痛流遍全身。那扇门关得如此决绝,她被关在了门外——这个可怕的周末终于降临到她的身上。但家里还有好多事情,她原应该在出门之前做完的。浴室的水龙头关上了吗?还有那张洗衣店的单据——她放到哪儿去了呢?那位法国小姐能把孩子们带好吗?法国小姐是么么的——那么的——比如说,特伦斯会服从她的要求吗?法国女家庭教师似乎都没有什么权威。

她坐上驾驶座,被满心的悲惨压得直不起腰,同时紧张地踩下油门。她踩了一遍又一遍。约翰说:"如果你先发动引擎,格尔达,车子会比较容易启动。"

"哦,天哪,我太傻了。"她迅速朝他惊慌地瞥了一眼。如果约翰马上就要翻脸的话——但他竟然在微笑,这令她大大松了一口气。

这是因为,格尔达灵光一闪地想到,能够去安格卡特尔家让他心情大好。

可怜的约翰,他工作得那么辛苦!他的生活是那么无私,全心全意奉献给了他人。怪不得他如此期待这个长周末。然后,她的思绪又回到了午餐时的谈话,她一边开口说话,一边突然猛踩离合器，使得轿车直接跳下了人行道。

"你知道，约翰，你真的不应该说那些讨厌病人的玩笑话。你把自己所做的一切都轻描淡写地一笔带过，确实很了不起，我明白这一点。但孩子们不会理解。特别是特里，他只会理解字面意思。"

"有的时候，"约翰·克里斯托说，"我觉得特里简直像个大人了——不像齐娜！女孩子们到底要矫揉造作多久？"

格尔达轻轻地甜笑了一下。她知道，约翰是在逗她。她执着地阐述着自己的观点。她其实是很固执的。

"我真的认为，约翰，让孩子们认识到医生充满无私与奉献，对他们是有好处的。"

"哦，上帝！"克里斯托说。

格尔达暂时分了一下神。她前方的绿灯已亮了很长时间。她想，在她到路口之前，一定会变成红灯的。她开始减速，但依然是绿灯。

约翰·克里斯托忘记了绝不评论格尔达的驾驶技术的原则，问道："你为什么要停下来？"

"我还以为灯要变了——"

她踩下油门，车往前走了一点儿。刚刚开过信号灯，汽车却熄火了。信号灯变了颜色。

十字路口的车辆都愤怒地向他们鸣笛。

约翰开口了，但口气颇为愉快。

"你还真是世界上最糟糕的司机呢，格尔达！"

"我一直特别担心信号灯。你完全不知道它什么时候会变。"

约翰迅速地斜眼看了一眼格尔达那张焦虑不悦的面孔。

每件事都使格尔达忧虑，他暗忖，试图想象活在那种境地会是什么感觉。但他实在不具有什么想象力,因此完全无法体会。

"你瞧,"格尔达仍然坚持着她的观点,"我一直在给孩子们灌输医生的生活应该是什么样的——自我牺牲,全心奉献,为他人解除病痛——那种为别人服务的愿望。这是多么高尚的生活啊。而我是如此为你骄傲,你是这样无私地奉献自己的时间和精力,从不爱惜自己——"

约翰·克里斯托打断了她的话。

"你难道就从没想过,我喜欢当医生——这对我而言是一种乐趣,而不是牺牲!你难道没有意识到这鬼东西是很有趣的吗?"

但她不会,他想,格尔达是永远不会理解这种事的!如果他对她谈起克雷布特里太太和玛格丽特·罗斯福病区的事,她也只会把他看成为所谓的穷人排忧解难的天使。

"淹死在蜜糖里。"他无声地说。

"什么?"格尔达倾身靠向他。

他摇了摇头。

如果他告诉格尔达他正试图"找到癌症的解药",她就可以理解——她能够明白简单直白的表述。但她永远都无法理解里奇微氏病这种错综复杂的疾病所具有的独特魅力——他甚至怀疑自己是否有办法使她明白里奇微氏病到底是怎么回事。(尤其是,他暗自笑着想道,我们自己也并不能确定!我们确实不知道为什么大脑皮层会恶化!)

他突然想到,特伦斯虽然只是个孩子,但他也许会对里奇微氏病感兴趣。他喜欢特伦斯在说"我认为爸爸不是开玩笑"这句话之前,以那种评价的眼光打量他的样子。

特伦斯这几天都不得父母的欢心,他前几天弄坏了家里那台科纳牌咖啡机——他傻乎乎地想用它来制造氨气。氨气?有意思的孩子,他为什么会想制造氨气呢?从某种角度看还真是有趣。

格尔达因约翰的沉默而松了一口气。如果不被谈话分心,她开车就能顺利很多。而且,约翰在沉思的时候,比较不太可能注意到她偶尔强行换挡时发出的刺耳摩擦声。(除非逼不得已,她绝不换成低挡)。

有几次,格尔达知道她换挡换得十分出色(虽然她从来没有信心),但如果约翰在车里就完全不可能这样。这一次,她紧张地想要做出正确的判断,却造成了灾难性的后果。手足无措,踩油门不是太猛就是不够,换挡时拉得又快又笨拙,使得把手发出了抗议般的尖叫。

"推进去,格尔达,推进去。"多年之前,亨莉埃塔曾这样要求她,还曾为她做出示范。"难道你感觉不到它想走的方向吗?它想滑进挡位里。你把手保持水平,直到感觉到它——别一味地推拉,要去感觉。"

但格尔达对变速杆实在毫无感觉。只要她把变速杆差不多往那个方向推,它总应该进挡位吧?造汽车的人应该多想想,尽量避免那么可怕的摩擦声才对。

当车子开始登上莫萨姆山时,格尔达暗忖,总的来说,这次开得还不算太糟。约翰依然神游天外——并没有注意到途径克罗伊登时的刺耳换挡声。当车子开始加速时,她乐观地换了三挡,车子立刻就慢了下来。约翰回过了神。

"爬坡的时候你为什么要换成高挡?"

格尔达紧紧地抿着唇。目的地已经不太远了。并不是说她有多么想要去那儿。不,事实上,她宁可无休止地开下去,即使约翰对她大发雷霆!

但现在,他们已经行驶在沙夫尔高地——四周环绕着秋天里那火焰一般耀眼的树林。

"离开伦敦,来到这儿,是多么美妙。"约翰惊叹道,"想想吧,格尔达,通常下午我们只能守在那死气沉沉的客厅里喝茶——有时还得开着灯。"

格尔达的眼前浮现起家里那间略有些阴暗的客厅,好像一片可望而不可即的海市蜃楼。啊,她多么希望此刻能够坐在那里。

"乡村看着可真美。"她英勇地说道。

车沿着陡峭的山坡一路往下——终于无处可逃了。她心中原来模模糊糊漂浮着的那个希望,盼着能有什么事——她自己也不知道会是什么事——突然发生,将她从这场噩梦中拯救出来,但希望终于落了空。他们已经到了。

当她驶入庄园的时候,看到亨莉埃塔和米奇同一个又高又瘦的男人一道,坐在一段矮墙上。她感觉到了一点儿安慰。她心中对亨莉埃塔怀有某种依赖感,有时候,当事情变得非常糟糕时,亨莉埃塔会出其不意地出现,拯救她于危难之中。

约翰见到亨莉埃塔也很高兴。对他来说,这仿佛正是这趟旅途最恰当的终点——从无与伦比的秋日美景之中,沿路从山顶而下,遇见亨莉埃塔在路的尽头等待着他。

她正穿着他喜欢的那件绿花呢外套和那条短裙,他认为这套衣服比伦敦的服饰更适合她。她修长的双腿亭亭而立,脚上蹬着一双锃亮的褐色镂花皮鞋。

他们交换了一个一闪而过的微笑——悄悄向对方确认因彼此出现而感到的喜悦。约翰此刻并不想同亨莉埃塔讲话。他只是因为能够感觉到她在这里而快乐——他心中清楚,如果没有她,这个周末将会多么枯燥无味。

安格卡特尔夫人从房子里走出来欢迎他们。出于良心的驱策，她对格尔达的态度比通常对待任何一个客人都热情。

"见到你真是太令人高兴啦，格尔达！我们已经有好长时间没见面了。还有约翰！"

她的意图显然是要表明格尔达才是她热切等待着的贵客，而约翰只不过是附属而已。但她的表态完全没有达到这种效果，只让格尔达感到极其拘谨和不安。

露西说："你认识爱德华吧？爱德华·安格卡特尔？"

约翰冲爱德华点了点头，说："不，应该不认识。"

下午的阳光使约翰的金发愈金，蓝眼愈蓝，恍惚间仿似一心要攻城略地的维京人逐浪而来。他的嗓音温暖而洪亮，令人沉醉，而他周身散发出的个人魅力则立即使他成为在场人物中的焦点。

这种温暖而堂皇的气度并未对露西造成丝毫损害。实际上，它反而抵消了她那种奇特的纤柔娇弱与捉摸不定。相形之下，爱德华突然显得苍白无力了——他的身形模糊，微微弓着腰。

亨莉埃塔向格尔达建议一起去看看菜园。

"露西一定会坚持带我们去参观岩石庭园和秋天的花坛。"她一边领着路一边说道，"但我总觉得菜园最美好宁静。你可以在黄瓜架下坐着，如果天冷的话还可以到温室里去，没有人会来打扰你，有时候还有东西可以吃。"

她们确实找到一些晚熟的豌豆，亨莉埃塔直接摘下来吃了，但格尔达并不怎么喜欢。她很高兴可以躲开露西·安格卡特尔，她发现后者比以往更令人惊惶不安。

她开始同亨莉埃塔交谈，情绪也渐渐兴奋起来。亨莉埃塔问的问题，格尔达似乎总知道要怎么回答。十分钟之后，格尔达感觉好多了，开始觉得这个周末也许没有那么糟糕。

齐娜这会儿该去上舞蹈课了，她刚刚得到一条新连衣裙。格尔达把它仔仔细细地描绘了一番。另外，她发现了一家非常好的新开的皮革制品商店。亨莉埃塔问她，定做一个手袋会不会很费事，并要求格尔达一定得带她去看看。

她暗忖，要让格尔达开心起来实在是很容易的事，她高兴时的面容与平时相比可真是天壤之别！

她不过是希望人家允许她蜷成一团舒服地打呼而已，亨莉埃塔想道。

她们愉快地坐在黄瓜架的一角，此刻，太阳低低地斜挂在空中，让人恍惚觉得仍然是夏天。

接着，一阵沉默笼罩下来。格尔达那种平静安详的表情慢慢褪去，肩膀无力地垂了下来。她坐在那儿，一脸悲切。当亨莉埃塔开口说话时，她甚至惊得跳了起来。

"你为什么要来呢？"亨莉埃塔说，"你明明那么讨厌这个地方。"

格尔达匆忙回答道："哦，不是这样的！我的意思是，我不知道你为什么认为——"

她顿了一下，接着说："离开伦敦确实让人感到愉快，而且安格卡特尔夫人真是非常和气。"

"露西？她一点儿也不和气。"

格尔达看上去微微有些震惊。

"哦，可她确实是很和气的。她总是对我非常好。"

"露西确实举止得宜，有时也非常亲切大方，但她其实是一个相当残酷的人。我认为那是因为她的人格不完全——她无法体会如何像普通人那样感觉和思考。而你明明就很痛恨待在这儿，格尔达！你自己心里明白。既然你这样觉得，为什么还要来呢？"

"呃，你知道的，约翰喜欢来——"

"哦，约翰确实喜欢，但你可以让他自己一个人来呀？"

"他不会愿意的。我不在，他待在这儿也不开心。约翰非常无私，他认为来乡村小住对我有好处。"

"乡村是不错，"亨莉埃塔说，"但也没必要非到安格卡特尔家来。"

"我——我不想让你觉得我是一个不知感恩的人。"

"我亲爱的格尔达，为什么你要喜欢我们？我一直认为安格卡特尔家族相当可恶。我们都喜欢聚在一起，用我们自己那种神秘的语言高谈阔论。如果有外人想要谋杀我们的话，我一点儿都不觉得奇怪。"

接着她又加了一句："我想差不多是下午茶的时间了，我们回去吧。"

她正注视着格尔达的脸，望着她站起身，开始往主屋的方向走。

真有趣啊，亨莉埃塔想，她心智的一部分总是游离在外的，从她脸上能够看到一个女性基督教殉道者走入竞技场之前脸上的表情。

当她们离开砌着围墙的菜园时，听到了一阵枪响。亨莉埃塔评论道："听起来像是对安格卡特尔家族的大屠杀已经开始了！"

事实上，是亨利爵士和爱德华一边谈论枪支，一边射击左轮手枪。亨利·安格卡特尔的嗜好是枪械，他收藏了大量珍品。

他拿出了几支左轮手枪和一些靶牌，正和爱德华一起射靶。

"你好啊，亨莉埃塔，想试试你能不能杀死入室小贼吗？"

亨莉埃塔从他手中接过左轮手枪。

"好极了——对,这样瞄准。"

砰!

"射偏了。"亨利爵士说。

"你试试,格尔达。"

"哦,我不行——"

"来吧,克里斯托夫人,很容易的。"

格尔达开了一枪,瑟缩着,紧闭着眼睛。子弹比亨莉埃塔那枪偏得更远。

"哦,我想玩玩。"米奇正好闲逛过来,说道。

"确实没有我想得那么容易,"她打了几枪后评论道,"但确实很有意思。"

露西从屋里走了出来。她身后跟着一个闷闷不乐的年轻小伙子,个子很高,喉结突出。

"戴维来了。"她宣布。

露西从米奇手中接过左轮手枪,她的丈夫正在欢迎戴维·安格卡特尔。她重新上好子弹,一言不发地把靶心打出三个洞。

"干得漂亮,露西!"米奇惊叹道,"我都不知道你还这么精于射击。"

"露西,"亨利爵士严肃地说,"总能杀死她的男人!"

他随即又回忆道:"有一次倒是派上了大用场。你还记得吗?亲爱的,那次我们在博斯普鲁斯海峡亚洲那侧的海岸上遇到恶棍袭击?我当时跟那两个人撕打在一起,他们压在我身上,试图扼死我。"

"露西做了什么?"米奇问。

"在混战中开了两枪。我当时甚至不知道她还随身带了手枪。

一枪打穿了一个坏蛋的左腿,第二枪打在另一个的肩膀上。那是我这辈子遇过的最惊险的一幕。我实在想不通她是如何做到不击中我的。"

安格卡特尔夫人冲着他微微一笑。

"我认为一个人总得冒些风险,"她温柔地说,"而且应该迅速决断,不要想得太多。"

"相当令人景仰的观点,亲爱的,"亨利爵士说,"但我总有一点儿担心,你是用我在冒险!"

第八章

1

用完下午茶后,约翰对亨莉埃塔说:"出去散散步吧。"而安格卡特尔夫人则说她必须领格尔达去参观岩石庭院,虽然现在并不是最佳的观赏季节。

同约翰一起散步,亨莉埃塔心想,与同爱德华一起散步真有天壤之别。

同爱德华在一起,基本上就是纯粹的闲逛。她觉得,爱德华天生就是一个闲逛的人。而同约翰一起散步,她必须竭尽全力才能跟上他的脚步,当他们到达沙夫尔高地时,她气喘吁吁地说:"这不是跑马拉松,约翰!"

他放慢速度,大笑起来。

"你是不是跟得累了?"

"我可以的——但有必要这么快吗?我们又不需要赶火车。你为什么带着这种恶狠狠的冲劲?是在逃避你自己吗?"

他停下了脚步。"为什么要这么说?"

亨莉埃塔奇怪地看着他。

"我没有任何特别的意思。"

约翰又继续往前走,但脚步放慢了很多。

"事实上,"他说,"我累了,我非常累。"

她从他的声音中听出了深深的倦怠。

"克雷布特里夫人怎么样了?"

"现在下结论还为时过早,但我认为,亨莉埃塔,我已经找到了关键所在。如果我是正确的,"他的脚步又开始加快了,"我们的许多观念都将被彻底改变——我们将必须彻底重新考虑荷尔蒙分泌的问题。"

"你的意思是,能找到治愈里奇微氏病的方法吗?人们就不会因此而死了吗?"

"这也是相应的效果之一。"

医生们可真是太奇怪了,亨莉埃塔想道。相应的效果!

"从科学的角度来看,这将开辟各种各样的可能性!"

他深吸了一口气。"但是,来到这儿真好——肺里充满了新鲜的空气——还有,见到了你。"他突然对她迅速地一笑,"而且这对格尔达也有好处。"

"格尔达,当然,她可是真爱来空幻庄园呢!"

"那当然。对了,我以前见过爱德华·安格卡特尔吗?"

"你见过他两次。"亨莉埃塔不动声色地说。

"我记不起来了。他是那种面目模糊,让人留不下清晰印象的人。"

"爱德华非常可爱。我一直很喜欢他。"

"好了,别让我们在爱德华身上浪费时间了!这些人都无关痛痒。"

亨莉埃塔用低沉的声音说:"约翰,我有时真怕你!"

"怕我——这是什么意思?"

他一脸惊愕地转过身来望着她。

"你是如此地视而不见——如此地,盲目。"

"盲目?"

"你不知道——也看不见——你竟然那么无知无觉!你完全不知道其他人的感受和想法。"

"我觉得应该恰恰相反才是。"

"你只能看见你想看的东西。你就像是一盏探照灯。强大的光束照亮你兴趣所在的那个点,而这个点的后面和四周,则是一片黑暗!"

"亨莉埃塔,亲爱的,你说的这些是什么意思?"

"这样很危险,约翰。你想当然地以为别人喜欢你,对你怀有善意。比如,像露西这样的人。"

"露西不喜欢我吗?"他惊奇地说,"我一直相当喜欢她。"

"所以你认为她也喜欢你。但我并不能确定。还有格尔达和爱德华——哦,还有米奇和亨利。你是如何知道他们对你的感觉的?"

"还有亨莉埃塔吗?我知道她的感觉吗?"他抓住她的手,握了片刻,"至少,我对你有把握。"

她抽回了自己的手。

"你对这个世界上的任何人都不可能有把握,约翰。"

他的脸色变得沉重起来。

"不,我不相信这些。我对你有把握,而且我对自己有把握。至少——"他的脸色变了。

"什么,约翰?"

"你知道我今天说了什么吗?我说了一句非常荒唐的话。'我想回家。'我就是这样说的,但我一点儿也不知道这是什么意思。"

亨莉埃塔缓缓地说："你的脑海中一定有某种意向。"

他尖锐地说："没有，什么也没有！"

2

那天吃晚餐的时候，亨莉埃塔被安排坐在戴维的身边，而在餐桌的尽头，露西那精美的眉毛传递出的并不是一个命令——露西从不下命令——而是一个请求。

亨利爵士正在竭尽全力地试图和格尔达交流，结果相当成功。约翰兴趣盎然地跟随着露西那不着边际的思路起伏跳跃。米奇则以一种颇为尴尬的方式同爱德华聊着天，而后者好像比平常更加心不在焉。

戴维一脸愠怒，用一只手紧张地捏着面包。

戴维是带着一种相当不情愿的情绪来到空幻庄园的。直到现在，他既没有同亨利爵士接触，也没有同安格卡特尔夫人接触，因为他完全不赞成大英帝国，所以他也不准备赞成自己的任何亲戚。他并不认识爱德华。他认为他们凡事都不求甚解，因而令他轻视。他用一种批评的眼光审视着余下的四个客人。他暗忖道，人际交往真是可怕，大家都期待与他人交谈，而他极其痛恨这件事。

在他看来，米奇和亨莉埃塔都不过是脑袋空空的姑娘。克里斯托医生只是哈利街上众多庸医中的一个——礼仪得当，获得了世俗的成功——他的妻子显然无足轻重。

戴维转了转被领子围住的脖子，衷心希望所有人都知道他是多么看不起他们！他们全都不值一提。

他在心里把这句话重复了三遍，感觉好了很多。他仍然对他们怒目而视，但已经能够不再拿面包出气了。

尽管亨莉埃塔努力地想要履行那对眉毛的请求，但进展相当艰难。戴维对她的答话都相当唐突又粗鲁，言语中流露出对她的极端冷落。最终，她不得不采取一种她曾在那些牙关紧闭的年轻人身上使用过的方法。

她明知道戴维精通技术和音乐，却故意对一个现代作曲家发表了一通武断而无理的论断。

令她感到好笑的是，这个计划奏效了。戴维一反之前那种瘫在椅背上无精打采的姿态，挺直了腰。他的声音不再那么低沉含糊，也不捏面包了。

"你说的那些，"他冷冷地紧盯着亨莉埃塔，大声而清晰地说道，"充分体现出你对这个话题根本一无所知！"

从那一刻起，直到晚宴结束，他一直用一种清晰而尖锐的语调训教她。而亨莉埃塔则退回一副听训的驯服模样。

露西·安格卡特尔从桌子那头投来亲切的一瞥，而米奇则独自笑了起来。

"你真是太聪明了，亲爱的。"安格卡特尔夫人在去客厅的路上，伸手挽住亨莉埃塔的一只胳膊，轻声道，"如果人们脑袋里的东西少一点，反而会更明白如何使用双手，这是多么可怕的想法！你觉得应该玩甩红桃，还是桥牌，还是朗姆牌，或是极其极其简单的牌戏，比如抢动物？"

"我觉得如果玩抢动物的话，戴维会感觉深受侮辱。"

"也许你说得对。那么还是打桥牌吧。我敢肯定他会觉得桥牌相当没有意义，但他又会因为鄙视我们而神气活现了。"

他们摆了两张桌子。亨莉埃塔和格尔达一家，对付约翰和爱德华。这不是亨莉埃塔心中的最佳分组。她希望把格尔达同露西分开，如果可能的话，也同约翰分开——但约翰已经表明了他的决定。而爱德华则抢先米奇一步在这张桌边坐下。

亨莉埃塔感到气氛并不十分令人舒服，但她也不知道这种不舒服的感觉从何而来。但不管怎样，如果手里的牌能有一点机会，她就打算让格尔达赢。格尔达的桥牌技巧并不算差——如果约翰不在，她也算是个中流的牌手，但她非常容易紧张，没有判断能力，也认识不到她手中牌的价值。约翰的牌打得不错，但有点儿过于自信。爱德华则是真正的优秀牌手。

夜晚缓缓地逝去，而亨莉埃塔这一桌上，牌局还停留在同一局。两方的得分交替上升。一种古怪的紧张气氛逐渐弥漫开来，而只有一个人对此毫无感觉。

对于格尔达来说，这只是一局桥牌比赛，而相当难得的是，她这次玩得很开心。她感到了一种真正的、令人愉快的兴奋。亨莉埃塔几次叫牌叫过了，还打了那几手，本来很难做的决定都变得容易了。

每当约翰难以遏制那种批判态度，大声呵斥道："你为什么要先打梅花，格尔达？"而这将对格尔达的自信心造成他根本无法想象的伤害时，亨莉埃塔总会迅速反击道："胡说，约翰，她当然必须先打梅花！这是唯一可以打的牌。"

最终，伴随着一声叹息，亨莉埃塔把计分卡拿到面前。

"我们赢了第三盘和这一局，但我觉得我们没有赢得太多，格尔达。"

约翰轻快地说："运气好，偷牌偷着了。"

亨莉埃塔猛地抬起头来。她认得这种语调。他们的目光相遇，然后她的眼睛垂了下来。

她站起身来，走向壁炉台边，约翰跟在她身后。他以随意的口吻说:"你不常故意看别人手里的牌,不是吗?"

亨莉埃塔冷静地说:"也许我是做得有一点儿明显。可是想赢尽游戏是多么卑劣的想法!"

"你的意思是,你想让格尔达赢这局牌。为了满足你令他人感到愉快的愿望,你不惜作弊。"

"你把事情说得多么可怕啊!反正你总是对的。"

"我的搭档似乎也同你有着一样的愿望。"

这么说,他确实注意到了,亨莉埃塔想。她曾暗自怀疑自己是不是搞错了。爱德华是那么老练——令人完全抓不到任何把柄。有一次叫错牌,一次主打了很强的花色,但其实打另一个不那么强的花色反而可以确保胜局。

这使亨莉埃塔感到担心。她了解爱德华,他是不会为了让亨莉埃塔有可能赢下牌局而故意出牌的。他在这方面是极富英式运动精神的。不会的,她想,那只是因为他无法容忍约翰·克里斯托获得另一个胜利而已。

她突然感到一阵不安与紧张。她一点儿都不喜欢露西的这个派对。

接着,充满戏剧性且完全出人意料的事情发生了——仿佛登上一个不存在的舞台亮相那般,薇罗尼卡·克雷从敞开的窗户走了进来。

因为今夜很暖和,那些落地窗本就开着一点儿,没有关上。薇罗尼卡把窗子完全推开,穿行而入,袅袅婷婷地站在夜幕的背景之中,脸上带着微笑,又含着一丝憾意,美艳不可方物。在开口之前,她几乎令人难以察觉地停顿了一下,确保所有人都屏息凝神地望着她。

"请务必原谅我这样突然地闯了进来。我是您的邻居,安格卡特尔夫人。我住在那间可笑的小房子"鸽舍"里。最可怕的灾难降临了!"

她的微笑蔓延开来,这让她的寒暄变得更加幽默。

"一根火柴都没有!整间房子里一根火柴都没有!偏偏是在星期六的夜晚。我真是太蠢了。但我能怎么办呢?我只好到这儿来,向几英里之内我唯一的邻居请求帮助了。"

刹那间,没有一个人说话,因为薇罗尼卡就具有这样的影响力。她相当美丽——不是安静的美丽,甚至不是光彩夺目的美丽,而是那种令人一见到就深吸一口气的美丽。浅色的长发微微颤动,闪着光芒,嘴唇的弧线曼妙——银白色的狐裘披肩缠绕香肩,身上是一袭白天鹅绒的贴身长裙。

她依次打量着屋里的每一个人,样子既风趣又迷人!

"而我抽烟抽得活像烟囱!"她说,"但我的打火机又坏了!除此之外还有早餐,煤气炉——"她双手一摊,"我真觉得自己是一个彻头彻尾的笨蛋。"

露西走上前来,仪态优雅,带着些微被逗乐的表情。

"哦,当然——"她开口道,但薇罗尼卡·克雷打断了她。

她正注视着约翰·克里斯托。一脸震惊与难以置信的喜悦。她向他的方向踏出一步,伸出手去。

"啊,可真是——约翰!你是约翰·克里斯托!这真是太不同寻常了!我已经有好多好多好多好多年没有见到你了!没有想到在这儿遇到了你!"

这时,她已将他的双手握在了自己手中。她是如此热情,满腔热切。她半转过头,向着安格卡特尔夫人说道:"这真是最美妙的惊喜。约翰是我一个老朋友。啊,约翰是我爱过的第一个男人!我曾为你而疯狂,约翰。"

她此刻半带着笑意——完全是一副被初恋的可笑回忆而深深感动的女人的模样。

"我一直认为约翰非常了不起！"

亨利爵士礼貌而优雅地向她走去。

必须招待她喝点儿酒。他伸手去拿玻璃杯。安格卡特尔夫人说："米奇，亲爱的，请按一下铃。"

格杰恩进来后，露西说："拿一盒火柴，格杰恩——至少要一盒，厨师那儿有足够的火柴吗？"

"今天刚送来一打，夫人。"

"那么拿半打来，格杰恩。"

"哦，不，安格卡特尔夫人，一盒就够了！"薇罗尼卡大笑着抗议道。她已经喝了一杯酒，此刻正对着身边的每一个人微笑。

约翰·克里斯托说："薇罗尼卡，这是我的妻子。"

"哦，见到你真是太高兴了。"薇罗尼卡冲着满脸迷惑的格尔达粲然一笑。

格杰恩用一个银托盘端来了火柴。

安格卡特尔夫人朝薇罗尼卡示意了一下，他便将托盘端到她面前。

"哦，亲爱的安格卡特尔夫人，用不了这么多！"

露西的手势中不经意间流露出高贵的气度。

"无论什么东西，只拿一个多没意思。我们有的是呢。"

亨利爵士愉快地说："你住在鸽舍的感觉如何？"

"喜欢极了。这个地方可真好，离伦敦很近，却能让人有一种与世隔绝的美好感觉。"

薇罗尼卡放下她手中的杯子，把白狐披肩稍稍拉紧一些，对所有的人微笑着。

"非常感谢你们！你们真是太好了。"这些话语飘荡在亨利爵士、安格卡特尔夫人，以及——不知出于什么原因——爱德华之间。"我现在要带着赃物回家了。约翰，"她给了他一个天真烂漫的友好微笑，"你一定要送我回去，我非常想知道，自我最后一次见到你，这么多年来你都做了些什么。这么说令我觉得自己老得要命呢。"

她移步到窗前，约翰·克里斯托跟随着她。她向大家投去灿烂的一笑。

"真抱歉，我以这么愚蠢的方式打扰了大家。非常感谢你，安格卡特尔夫人。"

她同约翰一起走出去了。亨利爵士站在窗前，目送他们离开。

"真是美好而温暖的夜晚。"他说。

安格卡特尔夫人打了个哈欠。

"哦，天哪，"她低声嘀咕着，"我们可得睡觉了。亨利，我们必须找一部她的电影看看。从今晚来看，我敢肯定，她的表演一定相当出色。"

他们一起走上楼。米奇在道了晚安之后，问露西："表演相当出色是什么意思？"

"难道你不这么认为吗，亲爱的？"

"我猜想，露西，你认为鸽舍从一开始就有火柴。"

"要我说，有成打的火柴呢，亲爱的。但我们必须心怀善意。况且这确实是一场相当出色的表演！"

走廊两侧的房门纷纷关上，大家互道晚安。亨利爵士说："我给克里斯托留着窗户。"然后也关上了自己的房门。

亨莉埃塔对格尔达说："女演员们真是有趣。她们的出场和退场都那么戏剧化!"她打着哈欠加了一句,"我困极了。"

薇罗尼卡·克雷轻盈地沿着那条穿过栗树林的狭窄小径前行。

她穿过树林,来到了游泳池边的开阔地。这儿有一个小凉亭,在阳光明媚但冷风骤起的日子里,安格卡特尔夫妇会在此小憩。

薇罗尼卡·克雷静静地站着。她转过身来,面对着约翰·克里斯托。

接着她笑起来,朝着漂满落叶的游泳池比了一下。

"比起地中海还是差一些,是吧,约翰?"她说。

那一刻,他突然明白了一直以来自己在等待的是什么——明白了在同薇罗尼卡分离的这整整十五年中,她一直都在他心中。那湛蓝的海水,那含羞草的芬芳,那酷热的尘土——所有这一切,被拒之门外,不闻不问,但其实他从来没有真正忘记过。它们全都只意味着一件事——薇罗尼卡。他当时只是一个二十四岁的年轻小伙子,绝望而痛苦地深陷爱河,但这一次,他不准备逃跑了。

第九章

　　约翰·克里斯托从栗树林中出来,踏上了屋边的草坪斜坡。斜挂的明月将整栋房子笼罩在月色之中,使得那些窗帘紧闭的窗户蒙上了一层陌生的纯洁。他低头看了看手腕上的表。

　　已经凌晨三点了。他深吸了一口气,脸上满是焦虑和不安。他已远远不再是一个深陷爱河的二十四岁的年轻人。他是一个刚满四十岁,精明而实际的男人,头脑清晰,沉着冷静。

　　他曾是一个傻瓜,当然了,彻头彻尾的十足的傻瓜,但他对此毫不后悔!因为他现在已经意识到,自己才是自己的主人。仿佛多年以来,他都驮着重负在艰难前行——而现在,那个重负不见了。他自由了。

　　他自由了,真正成为他自己,约翰·克里斯托——而他知道,对于约翰·克里斯托这名哈利街上的成功医学专家而言,薇罗尼卡·克雷毫无意义。所有的一切都已成过去——但由于那矛盾从来没有真正解决,因为他总是深受那种——说白了就是"落荒而逃"的恐惧造成的屈辱折磨,所以薇罗尼卡的身影并不曾完全地离他而去。今晚,她从梦境中走了出来,来到了他的面前,而他接受了这个梦。现在,感谢上帝,他永远地摆脱了它。他回到了现在——现在是凌晨三点钟,估计他已经把事情弄得相当糟糕了。

他同薇罗尼卡一起待了三个小时。她就像一艘军舰一样旁若无人地驶了进来,把他从那群人中拽离出来,像一个战利品似的带走了。而此刻,他很想知道大家究竟都是怎么想的。

比如,格尔达会怎么想?

还有亨莉埃塔?(他并不太担心亨莉埃塔。他觉得,如果有必要,他可以向亨莉埃塔解释清楚。但他永远无法向格尔达解释清楚任何事。)

而他可以绝对肯定,他不想失去任何东西。

在这一生之中,他只冒过合理数量的风险。冒险治疗某个病人,冒险采取某种治疗方法,冒险进行某项投资。从来没有太大的冒险——永远控制在那种超出安全线一点点的范围。

如果格尔达胡思乱想——如果格尔达有哪怕一丝一毫的怀疑……

可她会吗?他对格尔达到底了解多少?通常情况下,他可以随意欺骗格尔达,但对于这样一件事情……

当他尾随着薇罗尼卡那高挑的、得意扬扬的身形走出去的时候,他看起来是什么样子?他的脸上透露着什么样的情绪?他们看到的是一张恍恍惚惚、情根深种的男孩子的面孔吗?还是他们只认为这是一个成年男子在尽礼节性的义务?他不知道。他根本无法想象。

但他在担心,担心他生活中的安逸、秩序,以及安全。他是发疯了——疯得相当厉害,他愠怒地想,但又在这种想法中找到了安慰。应该不会有人相信他会疯狂成这样吧?

人们都已上床安睡,这一点毫无疑问。客厅的落地窗半开着,等着他回来。他再一次抬头看着这纯洁的、沉睡着的房子。它似乎看起来有些过于纯洁了。

突然间，他惊了一下。他听到了，或许是想象自己听到了一记轻微的关门声。

他猛地转过头。是不是有人来到游泳池边，一路尾随着他？是不是有人在等着他，并尾随他回来？那个人可以沿着地势较高处的一条小径，从花园的边门回到房子里。而轻轻关闭花园边的那扇门时，恰好可能发出他听到的那个声响。

他猛地抬头看着窗户。那片窗帘是不是动了一下，是不是有人拨开窗帘向外张望，然后又收回了手？那是亨莉埃塔的房间。

亨莉埃塔！可别是亨莉埃塔，他的心在一阵突然的慌乱中狂呼。我不能失去亨莉埃塔！

他突然很想抓起一把鹅卵石丢她的窗户，冲她大叫。

"快出来，我亲爱的爱人。快到我的身边来，和我一起穿过树林，去沙夫尔高地，在那里听我说——听我说每一件我所了解的关于自己的事，而如果你还不知道的话，这些事你应当了解。"

他想对亨莉埃塔说："我重新开始了。从今天起，我的新生活开始了。那些曾经妨碍和阻挠我好好生活的东西，都已经烟消云散了。今天下午当你问我，我是否在逃避自己的时候，你是对的。我已经这样做了很多年。因为我一直没能弄清，我当时离开薇罗尼卡，是出于勇气还是怯懦。我曾惧怕自己，惧怕生活，惧怕你。"

真希望现在就能去叫醒亨莉埃塔，让她同他一起出去——穿过树林，找到一个地方，让他们可以一起望着太阳升起。

"你真是疯了。"他对自己说。他打了个冷战。现在外面很冷，毕竟是九月末了。"你究竟是怎么了？"他问自己，"这一个晚上已经够疯狂的了。如果能够这样混过去，已经是非常幸运的了！"如果他通宵都待在外边，然后带着清晨的牛奶回去的话，格尔达究竟会怎么想?

真要说起来,安格卡特尔家的人会怎么想?

但这种顾虑很快就消失了。安格卡特尔家的人好像唯露西·安格卡特尔之马首是瞻。而对于露西·安格卡特尔来说,不同寻常的东西总是显得十分合理。

但不幸的是,格尔达并不姓安格卡特尔。

他将不得不去安抚格尔达,而且最好尽快回去安抚。

假如今天晚上正是格尔达在跟踪他呢?

说人们不会做这种事,是没有意义的。作为一名医生,他对于那些理想崇高、敏感、精益求精、高尚可敬的人能做出什么事来,真是再了解不过了。他们贴着门偷听、拆别人的信件、四下监视窥探——并不是因为他们赞同这样的行为,而是因为在人类生活中不可或缺的巨大痛苦面前,他们陷入了绝望,因此不顾一切。

可怜的人们,他想,可怜的饱经痛苦折磨的人们。约翰·克里斯托对于人间的折磨相当了解。他对那些脆弱的人没有什么同情心,但对经受折磨的人有。因为他知道,只有强者才会经受折磨。

如果格尔达能了解——

胡说八道,他对自己说,她怎么会了解这些事?她早就已经上床酣睡了。她毫无想象力,从来也没有过。

他从落地窗走进屋中,打开一盏灯,关上窗户,上好锁。接着,他关上灯,离开这个房间,找到了走廊灯的开关,迅速而轻盈地登上了楼梯。接着按下另一个开关,关掉走廊灯。他握着门把手,在卧室的门口站了片刻,才转动把手,推门走了进去。

房间里一片黑暗,他能听到格尔达均匀的呼吸声。当他走进去关上门的时候,她动了一下,她的声音飘了过来,模糊不清,带着睡意。

"是你吗,约翰?"

"是的。"

"很晚了吗?现在几点了?"

他轻松地说:"我不知道。对不起,吵醒你了。我推辞不掉,只好陪那个女人进屋喝了一杯。"

他尽力使自己的声音听起来厌倦并充满睡意。

格尔达嘟囔着:"哦?晚安,约翰。"

她在床上翻了个身,带出一片沙沙声。

没事了!像往常一样,他很走运。像往常一样——有那么一个瞬间,这个念头使他猛地惊醒了一下,他想着自己的运气竟然总是那么好!有无数次,当他屏住呼吸,心想,如果这件事变糟了的话——但事情从来都没有变糟过!但可以肯定总有一天,他的运气是会变的。

他迅速脱下衣服,爬上床。那个孩子算的命真有趣。"现在这张是盖在你的头上,对你有控制力的人……"薇罗尼卡!她之前确实一直都在控制着他。

但再也不会了,我的姑娘,他带着一种残忍的满足想道,这一切都结束了。我现在已经彻底摆脱你了!

第十章

第二天上午，约翰走下楼的时候已经十点钟了。早饭摆在餐柜上。格尔达的早餐是送到她的房间里，让她在床上吃的，她为此感到相当不安，觉得也许自己"给别人添了麻烦"。

"胡说，"约翰说，"像安格卡特尔家这样仍然能够雇佣管家和用人的人家，正应该给他们一些事情做做。"

这个早晨，他心中对格尔达充满柔情。最近所有那些使他烦躁不安的紧张焦虑，似乎都已平息消散了。

安格卡特尔夫人告诉他，亨利爵士和爱德华外出射击去了。她自己正挎着一个园艺篮子，戴着一副园艺手套忙碌着。他陪她聊了一会儿，直到格杰恩用托盘端着一封信走到他面前。

"这是刚刚由专人送来的，先生。"

他微微扬了一下眉毛，把信接了过来。

是薇罗尼卡！

他踱进书房，拆开信封。

请于今天上午过来一趟。我必须见你一面。

薇罗尼卡

还是像从前一样专横，他暗忖。他一点儿也不想去。但接着他又想，不如正好去把事情了结。说走就走。

他沿着书房窗户对面的那条小路走，经过游泳池。游泳池就好像是一个中心，有好几条小路从那里向各个方向辐射：一条沿着山坡通到树林深处，一条通向主楼以北的花间小径，一条通向农地，还有一条则与他正走着的小路相通。沿着这条小路再往前几码，就是那座名叫鸽舍的村舍。

薇罗尼卡正等着他。她透过那座装腔作势的半木结构小楼的窗户，对他说："进来吧，约翰。今天上午挺冷的。"

起居室里生着炉火，屋内的家具都是米色的，配有淡色仙客来图案的坐垫。

这个上午，他用一种品评的目光打量她，看到了一些与他记忆中的女孩不同的东西，而昨天晚上他没有发现。

严格说来，她现在比当时更美。她也更明白了自己的美貌，并想尽方法呵护它，加强它。她的头发原先是金黄色的，现在则变成泛着银光的白金色。她的眉毛也与以前不同，含着一丝怨怼。

她从来都不是那种脑袋空空的美女。他记得，薇罗尼卡曾被誉为当代"最具智慧的女演员"之一。她有大学学历，对斯特林堡和莎士比亚均颇有见解。

他现在忽然惊讶地发现了一件从前他并未清晰意识到的事——这个女人自私自大到了十分反常的地步。薇罗尼卡总是习惯于按自己的方式行事，在她那美丽柔和的肉体之内，他似乎能感觉到那种丑恶的钢铁般的坚定意志。

"我派人给你送信，"薇罗尼卡一边递给他一盒香烟，一边说，"因为我们必须谈一谈。我们得做好安排。我是指，为我们的将来。"

他取出一根烟,点起来。接着,他十分轻快地说:"但我们有将来吗?"

她尖锐地瞥了他一眼。

"你这是什么意思,约翰?我们当然有将来。我们已经浪费了整整十五年,没必要再浪费更多的时间了。"

他坐了下来。

"对不起,薇罗尼卡。但我恐怕你把一切都理解错了。再次见到你,我确实——非常高兴。但你的生活和我的生活已经完全没有关系了。我们走上了完全不同的道路。"

"胡说八道,约翰。我爱你,而且你也爱我。我们一直彼此相爱。你过去顽固得不可思议!但现在都没关系了。我们的生活不会发生冲突了,我并不准备回到美国去。等完成现在正在拍的这部片子之后,我将在伦敦出演一部舞台剧。我已经拿到了一个精彩的剧本——埃德顿专门为我写的。它将会取得巨大的成功。"

"我相信肯定会如此。"他彬彬有礼地说。

"而你可以继续当一名医生,"她那和善的声音中充满了屈尊纡贵的味道,"他们告诉我,你非常有名气。"

"我亲爱的姑娘,我已经结婚了,而且有孩子。"

"现在我也是已婚人士。"薇罗尼卡说,"但所有的这些事情都很容易安排。一个好律师就能把这些都办妥。"她冲着他灿烂地微笑着,"我一直都想嫁给你,亲爱的。我也不明白为什么会对你有这么强烈的感情,但确实是这样!"

"对不起,薇罗尼卡,但不需要请好律师去解决任何事情。你我的生活,相互之间毫不相干。"

"经过昨晚之后还不相干?"

"你已经不是个孩子了,薇罗尼卡。你嫁过两三个丈夫,据说还有过好几个情人。昨晚到底有什么意义？其实什么也没有，并且你也是明白的。"

"哦，亲爱的约翰。"她仍然含着笑意包容着他，"你是没有看见你自己的那张脸——在那间古板的客厅里！简直就像是又回到了圣·米格尔。"

约翰叹了口气。他说："我确实是回到了圣·米格尔。但请你试着理解一下，薇罗尼卡。你从过去之中突然走了出来，来到我身边。昨天晚上，我也的确沉浸在往昔之中，但今天——今天完全不同了。我比当年大了十五岁。你甚至并不了解现在的我，而且我敢说，如果你了解了，就肯定不会喜欢了。"

"在我和你的妻子与孩子之间，你选择了他们吗？"

她真正感到惊奇了。

"你也许会觉得很奇怪，但确实如此。"

"胡说八道，约翰，你爱我。"

"对不起，薇罗尼卡。"

她难以置信地说："你不爱我吗？"

"我们最好把这些事情都说清楚。你是一个美得不同寻常的女人，薇罗尼卡，但我不爱你。"

她一动不动地站在那儿，仿佛一座蜡像。这种沉默使他感到有一点儿不自在。

当她再次开口的时候，那恶毒的口气使他大惊失色。

"她是谁？"

"她？你说谁呢？"

"昨天晚上站在壁炉台边的那个女人。"

亨莉埃塔！他想。她到底是如何辨认出亨莉埃塔的？他说道："你在说谁？米奇·哈德卡斯尔？"

"米奇？那个方脸、深色皮肤的姑娘吗？不，我指的不是她。我也不是指你的妻子。我指的是那个斜靠着壁炉台的傲慢的魔鬼！正是因为她，你才拒绝我的！哦，别装作一副对你的妻子儿女忠贞不二的模样了，是因为那个女人。"

她站起身，走到他面前。

"难道你不明白吗，约翰？自从我十八个月以前回到英格兰，就一直都在想你。你以为我为什么买下这座愚蠢的房子？那都是因为我发现你常常在周末到这儿来探望安格卡特尔夫妇！"

"所以昨天晚上的一切都是计划好的，薇罗尼卡？"

"你是属于我的，约翰。你一直属于我！"

"我不属于任何人，薇罗尼卡。难道你活到现在还没有学会吗？你不能拥有任何其他人，无论是肉体还是灵魂！我年轻的时候爱过你，曾想要和你一起生活。是你不愿意接受！"

"我的生活和事业比你的生活和事业重要得多。谁都可以成为医生！"

他有点儿发火了。

"而你真的像你自己认为的那样了不起吗？"

"你的意思是说，我还没有达到事业的巅峰？我会的！我会的！"

约翰·克里斯托带着一阵突然涌上的不动声色的兴趣望着她。

"你知道吗？我认为你不会。你的内心有一个缺口，薇罗尼卡。你有的只是攫取和抢夺——但没有真正的慷慨大度——我认为你缺的就是这个。"

薇罗尼卡站起身来。她用一种十分平静的声音说："十五年前你拒绝了我。今天你又拒绝了我一次。我会让你后悔的。"

约翰站起来,走向门口。

"如果我伤害了你的话,薇罗尼卡,对不起。你非常可爱,亲爱的,我曾经非常爱你。我们不能就这样画上句号吗?"

"再见,约翰。我们绝不会就这样算了的。你一定会意识到的。我想,我一辈子都没有这么恨过一个人。"

他耸了耸肩。

"我很抱歉。再见。"

约翰缓缓地穿过树林往回走。来到游泳池边,在一条长凳上坐下。他对于自己对待薇罗尼卡的态度丝毫不后悔。薇罗尼卡,他冷静地想道,确实是一个相当难缠的人物。她从来都是个难缠的人物,而他做的最正确的一件事,就是及时地摆脱了她。如果他没有那么做的话,真不知道现在他会怎么样!

而且正是因为彻底摆脱了过去的桎梏,他体会到了一种开始新生活的美妙感觉。在过去的一两年中,他一定非常难以相处。可怜的格尔达,他想着,一直在以无私和不间断的焦虑试图取悦他。他以后真应该对她好些。

而也许现在,他终于可以不再欺负亨莉埃塔了。倒不是说真有人能欺负得了亨莉埃塔——她天生就不是那样的性格。哪怕风暴在她的头顶上爆发,她也只是静静地站在那儿,沉思着,目光从很远的地方看着你。

他想,我应该去告诉亨莉埃塔。

他忽然听见了一阵轻微的、令人意想不到的声音,立即机警地抬起头来。树林的深处有枪声,周围还有那种树林里常常有的轻微的声响,鸟鸣,以及落叶坠地的忧伤轻响。但这是另一种声响——一种非常微弱却干脆利落的咔嗒声。

突然之间,约翰敏锐地觉察到了危险。他在那儿坐了有多久?半个小时?还是一个小时?有人在监视他。有人——

而那个咔嗒声是——它当然是——

他猛地转过身。他是一个反应相当快的人,但还是不够快。他惊讶地瞪大了双眼,但已经没有时间喊出声来了。

枪声响起,他应声倒地,四肢笨拙地摊开,卧倒在游泳池边上。

一团黑色的污迹从他身体左侧缓缓涌出,逐渐蔓延到游泳池边的水泥地上。然后,那红色的血液一滴滴落入蓝色的池水中。

第十一章

1

赫尔克里·波洛轻轻掸掉了鞋上的最后一粒灰尘。他为了午餐宴会特地精心穿戴打扮了一番，并且对结果相当满意。

他十分了解，在英格兰的乡村，星期日该穿哪种衣服，但他并不准备入乡随俗。他更偏爱都市衣着的整洁风格。他并不是什么英国的乡村绅士，他可是赫尔克里·波洛！

他在内心坦白，他并不怎么喜欢乡村。周末度假的农庄——他的那么多朋友都曾极力赞扬它——他允许自己屈从于这种颂扬，买下了憩斋，虽然这地方唯一令他喜爱的就只有它的形状，方方正正的就像一只盒子。他对周围的景致并不挂心，虽然他知道，这里据称是一处景区。但是毫无对称感可言的野外风景实在对他毫无吸引力。他从来都没有喜欢过树木——它们有落叶子的邋遢习惯。白杨树尚可以忍受，有一种智利杉他也可以勉强欣赏，但对于这里枝繁叶茂的山毛榉和橡树，他丝毫不为所动。这样的风景，最适宜在天气好的下午坐在车里欣赏。你惊叹道："多么美丽的景色！"然后就开车回到一家不错的旅馆。

波洛认为，憩斋里最好的东西就是被他的比利时园丁维克多精心设计和打造的那个排列整齐的小菜园。同时，维克多的妻子弗朗索瓦丝尽心尽力地料理着他的一日三餐。

赫尔克里·波洛穿过大门，叹了口气，再一次低头看了看他那闪闪发光的黑皮鞋，调整了一下他那顶淡灰色的圆顶毡帽，又前后看了看路。

转到鸽舍的方向时，他微微打了个冷战。鸽舍和憩斋是被两个敌对的建筑商各自买下一小块地后，分别建起来的。所幸全国名胜古迹托管协会在建筑商进一步开疆拓土之前，及时地以保护乡间美景的名义制止了他们。这两座房子代表着两种不同学派的风格。憩斋是一个带有屋顶的盒子，相当现代，略带一点刻板。鸽舍则是一个塞在尽可能小的空间里的疯狂、混乱的建筑，带有古朴风格的半木结构。

赫尔克里·波洛心中就他该如何去空幻庄园踌躇了好一会儿。他知道，沿着那条小路再往上走一段，就有一扇小门和一条小路。这条近道比按着大路绕道而行要近半英里。即使如此，赫尔克里·波洛，一位一丝不苟地遵守礼节的绅士，还是决定走那条远的路，绕个圈子，正确地从正门进入那座房子。

这是他第一次拜访亨利爵士和安格卡特尔夫人。他认为，任何人都不应该在没有受到邀请的情况下抄近路，尤其当他受到上流人物的邀请前来拜访之时。他必须承认，受到他们的邀请令他颇为高兴。

"我是有那么点儿势利。"他暗自嘀咕道。

当年在巴格达一会之后，他一直对安格卡特尔夫妇保留着美好的印象，尤其是安格卡特尔夫人。多么不平凡！他在心中暗想道。

他对沿着大路步行到空幻庄园所需时间的估计是准确的。当他按响前门的门铃时，刚好是一点差一分。他很高兴自己终于走到了，并略感疲劳。他并不喜欢走路。

开门的是气宇不凡的格杰恩，波洛很欣赏他。然而，他的接待态度与波洛的期待相差甚远。"夫人在游泳池边的凉亭里，先生。请您这边走。"

英国人对于坐在室外的热情使赫尔克里·波洛颇为恼怒。虽然在夏天的高温下，确实不得不迁就这种奇异的习惯，波洛想，但都已经九月底了，本以为可以逃过一劫吧！当然，今天的天气非常怡人，但空气中还带有秋天常有的那种潮湿。如果能被领入一间舒舒服服的客厅，也许壁炉里还生着火，真不知道要令人愉快多少倍。但是，不行，此刻他正被带领着跨过落地窗，穿过一个草地斜坡，途经岩石庭园，接着通过一扇小门，沿着一条两边密密的种满了幼小栗树的小路向前走。

安格卡特尔夫妇一向习惯邀请客人一点钟来。如果天气晴好，他们就会在游泳池边的小凉亭里喝点儿鸡尾酒和雪利酒。午餐的时间定在一点半，这样的话，最不守时的客人也该赶到了，而这也可使安格卡特尔夫人家出色的厨师不慌不忙地送上舒芙蕾之类需要准确把握时间的精致餐点。

对于赫尔克里·波洛来说，这个计划并不为他所称道。

再过一小会儿，他想道，我又要回到刚刚出发的地方了。

鞋子好像越来越硌脚了，但他仍尽力跟随着格杰恩那高大的身躯。

就在那一刻，他听到了从前面传来的一阵轻轻的哭泣声。这在某种程度上又增加了他的不满。多么格格不入的声音，可以说与此时的场景完全不协调。他并没去分辨这哭声，甚至没有真正地想它。当他事后回想起来时，很难清晰地记起这哭声所传达的到底是哪种感情。沮丧？惊讶？恐惧？他只能说，它非常确定无疑地预示着发生了出乎意料的事。

格杰恩从栗树林中走了出来。他恭敬地让到一边，好让波洛通过。他清了清嗓子，然后低声以恰到好处的节制与尊敬语气说："波洛先生，夫人。"同时，他那灵活的身体突然变得僵硬了。他大口地喘息着——这可不是一个管家应该发出的声音。

赫尔克里·波洛迈步出来，踏上了围绕着游泳池的开阔地面。他也立即僵住了，但带着几分不悦。

这也太过分了——这真的是太过分了！他从来没有想到过安格卡特尔夫妇会这么肤浅。沿路长途跋涉，在房子前的失望——现在又来这个！英国人那不合时宜的幽默感！

他感到烦恼并且厌倦，非常厌倦。死亡对于他并不是件有趣的事。但他们偏偏在这里，以开玩笑的方式，为他安排好了这精心准备的一幕。

波洛眼前看到的，正是一个非常假模假式的谋杀现场。尸体倒在游泳池边上，一条胳膊很有艺术感地摊开着，甚至还有一些红色的颜料正慢慢地从池边的水泥地滴入游泳池内。这是一具相当引人注目的尸体，一个英俊的金发男人。有一位个子矮小、体格健壮的中年女子，手中握着一把左轮手枪，带着一脸奇特的茫然表情，站在尸体旁边。

此外，还有其他三位演员。离游泳池边较远处站着一个身材高挑的年轻女子，一头与秋天的树叶相配的深褐色头发，她手中提着一个装满大丽花的篮子；再远一些是一个高大却不引人注目的男子，他身穿射击服，手中拿着一把枪；紧贴在他左边的那个手提满满一篮鸡蛋的女主人，正是安格卡特尔夫人。

赫尔克里·波洛一眼就看明白了，有好几条不同的小路汇聚到游泳池，而这些人是分别从不同的小路来到此处的。

这里的一切都是精心计算好的，完全是人工制造的。

他叹了口气。终于来了。他们希望他做些什么呢？他应当装作相信这个"罪案"吗？他需要表现出惊慌？警惕？还是应深鞠一躬，向女主人称赞道："啊，这真是非常吸引人，你们这是为我安排了什么？"

真的，整件事都非常愚蠢——一点儿也不聪明！难道不是维多利亚女王曾说过的"我们丝毫不觉得有趣"吗？他非常想说出同样的话："我，赫尔克里·波洛，丝毫不觉得有趣。"

安格卡特尔夫人走向那具尸体。波洛紧随其后，感觉到格杰恩仍跟在他身后艰难地喘息着。那个人倒没有参与这个秘密。赫尔克里·波洛心中暗想。其余的两个人也从游泳池的另一边走到他们身边。他们现在都靠得很近了，俯视着游泳池边上那具引人注目的、四肢摊开的躯体。

突然之间，伴随着一阵极度的震惊，如同电影开场之前银幕从一片模糊进入对焦状态，赫尔克里·波洛意识到，这个人工制造的场景中带有一点真实。

因为他正俯视着的，如果不是一个死人，至少也是一个垂死的人。

沿着水泥池边滴下的，也不是红色的颜料，而是真正的血。这个人被枪击中了，而且就在极短的时间之前。

他向那个站在那儿、手里拿着左轮手枪的女人投以迅速的一瞥。她的脸上一片空白，不带任何情感。她看上去很茫然，而且相当愚蠢。

奇怪。他想。

她在开枪时已经耗尽了所有的感情与热情了吗？他不禁怀疑。此刻，她是不是已经用尽了所有的情感，只剩一具疲惫的躯壳了?也许是这样的,他想。

接着,他低头看了看那个中了枪的男人,大吃一惊,因为那个垂死的男人睁开了双眼。那双湛蓝的眼睛中饱含着一种波洛无法理解的东西,他只能在心里将它描述成一种极度的清醒。

突然之间,或至少从波洛的感觉而言,似乎这群人当中,只有一个人是真正活着的——那个濒死的男子。

波洛从未感受过如此生动而旺盛的生命力。其他的人只是苍白而模糊的影像,仿佛一出遥远戏剧中的演员,但这个男人是真实的。

约翰·克里斯托张开嘴巴,说话了。他的声音有力、镇静并且急迫。

"亨莉埃塔——"他说。

接着他的眼帘就合上了,头猛地歪向一边。

赫尔克里·波洛跪下身查看了一番,确认之后站起来,机械地掸去裤子膝盖上的尘土。

"是的,"他说,"他死了。"

2

画面破碎,动摇,又重新聚焦。每个人都反应过来了——各种琐碎情形上演。波洛感到自己就像是放大了眼睛和耳朵——在记录。仅此而已,在记录。

他意识到安格卡特尔夫人握紧篮子的手松开了,格杰恩向前弹了出去,迅速从她手中接过了篮子。

"请交给我,夫人。"

机械却又自然而然地,安格卡特尔夫人嘟囔了一句:"谢谢你，格杰恩。"

接着，她踌躇地说："格尔达——"

那个握着左轮手枪的女人第一次动了一下，她环顾四周，看着他们所有人。开口讲话的时候，她的声音中带着种近乎纯粹的迷惑。

"约翰死了，"她说，"约翰死了。"

那个个子高挑、深褐发色的年轻女子带着某种天生的威慑力，敏捷地走到她身边。

"把那个给我，格尔达。"她说。

在波洛没来得及抗议或干涉之前，她已经灵巧地从格尔达·克里斯托的手中拿走了左轮手枪。

波洛立即向她走出一步。

"你不能那样做，小姐——"

那个年轻女子一听到他的声音，就紧张地颤抖了一下。那支左轮手枪应声从她的手中滑落。而她正站在游泳池边上，于是那支左轮手枪落入池水中，溅起了一片水花。

她的嘴张着，吐出一声满带惊恐的"哦"，转过头抱歉地看着波洛。

"我真是一个傻瓜，"她说，"对不起。"

波洛片刻之间没有说话。他注视着那双清澈的浅褐色眼睛，它们十分镇静地回视着他，使他不禁质疑自己那片刻的怀疑是否不公平。

他平静地说："应该尽可能不要动这些东西。每样东西都该保持原样，等待警察前来勘察。"

这句话引起了一阵小小的骚动——十分微弱，只是一圈不安的涟漪。

安格卡特尔夫人厌恶地嘀咕着:"当然。我想——是的,警察——"

那个身穿射击服的男子以一种平静、悦耳,却伴随着苛刻的厌恶的声音说道:"我恐怕,露西,这是不可避免的。"

在人们逐渐意识到发生了什么的那一刻沉默之中,传来一阵脚步声和说话声。自信而轻快的脚步声,愉快的、格格不入的说话声。

亨利·安格卡特尔爵士和米奇·哈德卡斯尔正有说有笑地沿着屋前的那条小路走过来。

看到了围着游泳池的人群,亨利爵士猛然停下,惊愕地叫道:"怎么回事?发生什么事了?"

他的妻子回答道:"格尔达——"她猛然中断,"我的意思是——约翰已经——"

格尔达用她那平板、困惑的声音说:"约翰受到了枪击,他死了。"

大家都不敢看她,感到非常困窘。

接着安格卡特尔夫人迅速地说:"亲爱的,我认为你最好回去并且……并且躺下来。也许我们最好都回到屋里去?亨利,你和波洛先生可以留在这儿……等候警察。"

"我想这样安排最好。"亨利爵士说。他转向格杰恩。"你能不能打个电话给警察分局,格杰恩?确切地描述一下刚发生的事。等警察到达后,把他们直接领到这儿。"

格杰恩微微低了一下头,说:"是,亨利爵士。"他的脸色有点发白,但他仍然是最完美的用人。

那个高个儿的年轻女子说:"来吧,格尔达。"她伸手挽住对方的手臂,领着毫不抗拒的格尔达顺着小路走向主屋。格尔达就好像在梦游一样。格杰恩向后退了一点儿，让她们通过，然后挎着一篮鸡蛋跟在后面。

亨利爵士猛地转向他的妻子。"好了，露西，这一切是怎么回事？到底发生了些什么？"

安格卡特尔夫人茫然地摊开了双手，摆出一个可爱的无助姿势。赫尔克里·波洛感受到了她的魅力和吸引力。

"亲爱的，我也不知道。我原本在鸡舍那边，忽然听到一声枪响，似乎在很近的地方，但我并没多加联想。毕竟，"她向所有的人辩解道，"没有人会这样想！接着，我沿着小路走到游泳池，就看见约翰躺在那儿，格尔达拿着那支左轮手枪站在他旁边。亨莉埃塔和爱德华几乎同时赶到——从那边。"

她向游泳池较远的一边点点头，那儿有两条穿过树林的小路。

赫尔克里·波洛清了清嗓子。

"我可以问问他们是谁吗，这个约翰和这个格尔达？"他抱歉地加了一句。

"哦，当然。"安格卡特尔夫人快速致歉，"我都忘了——但是当有人刚刚被杀害时，没有人会想到给大家作介绍——约翰是约翰·克里斯托，克里斯托医生。格尔达·克里斯托是他的妻子。"

"那位与克里斯托夫人一起走进房子的女士呢？"

"我的表妹，亨莉埃塔·萨弗纳克。"

有人动了一下，是波洛左边的那个男人极其轻微地动了一下。

亨莉埃塔·萨弗纳克，波洛想，他不愿意有人说这个名字——但我还是不可避免地会知道的……

（"亨莉埃塔！"那个濒死的男人曾说。他说的方式极其古怪，那种方式令波洛记起某件事……但是，是什么呢？没关系，他会想起来的。)

安格卡特尔夫人还在继续说话,决心完成她的社交职责。

"这是我们的堂弟,爱德华·安格卡特尔。这位是哈德卡斯尔小姐。"

女主人每介绍一位,波洛就礼貌地鞠躬致意。米奇突然想歇斯底里地大笑,她努力地控制住自己。

"现在,亲爱的,"亨利爵士说,"我认为就像你建议的那样,你最好回到房子里去。我要同波洛先生在这儿聊几句。"

安格卡特尔夫人若有所思地看着他们。

"我真的希望,"她说,"格尔达已经躺下了。我那样建议正确吗?我当时真的想不出该说些什么。我的意思是,从来没发生过这样的事啊。你该对一个杀了丈夫的女人说些什么呢?"

她望着他们,似乎希望有人对她的问题会有某种权威性的答案。

接着,她沿着那条小路向主屋走去。米奇跟在她身后,爱德华殿后。

只有波洛和男主人留在了原地。

亨利爵士清了清嗓子。他似乎有点儿不确定该说些什么。

"克里斯托,"最后他评述道,"是一个非常能干的家伙——一个非常能干的家伙。"

波洛的目光再次落到死者的身上。他仍然有那种古怪的印象,那个死去了的男人比活着的人更具有生命力。

他感到奇怪,究竟是什么给了他这种印象。

他礼貌地回复亨利爵士道:"发生这样的悲剧真是非常不幸。"

"这类事情你比我在行,"亨利爵士说,"我以前从没想过会这么近距离地接触一起谋杀案。但愿到现在为止我没做错什么事吧？"

"程序非常正确。"波洛说，"你通知了警察，而在他们到达并接管这里之前，我们什么也不能做——除了确保没有人擅动尸体或破坏证据。"

说出最后一个词时，他向下望着游泳池，能看到那把左轮手枪正躺在水泥的池底，随着蓝色池水的波动而微微颤动。

这个证据，他想，也许已经在他，赫尔克里·波洛能够阻止之前，被破坏了。

但也不对——那只是一个意外。

亨利爵士厌恶地嘀咕着："你觉得我们不是必须站在这儿吧？有点儿冷。我想，如果我们到凉亭里去，应该没什么关系吧？"

波洛已经感受到了脚底的湿气，觉得自己快要打起冷战来，因此高兴地同意了。凉亭坐落在游泳池的另一头，与主屋相对，通过它敞开的门，他们可以一览无遗地望见游泳池、尸体，以及通向主屋的那条小路，警察也会从这条路前来。

凉亭里陈设豪华，摆放着长沙发和漂亮的当地产的厚毯。在一个上了漆的铁几上摆着一个托盘，里面有几个玻璃杯和一玻璃瓶的雪利酒。

"我很想请你喝一杯，"亨利爵士说，"但我猜想，在警察到来之前最好还是不要动任何东西——虽然我觉得他们应该不会对这里的东西感兴趣，但还是安全第一。看来格杰恩还没把鸡尾酒端上来，他在等着你的到来。"

他们两人谨慎地坐在靠近门口的两张柳条椅里，以便随时观察通向房子的那条小路。

空气之中弥漫着一种拘束感。在这样的场合，确实很难闲聊。

波洛打量着凉亭的内部，注意着任何可能令他觉得不同寻常的东西。一条昂贵的白金色狐裘披肩随意地搭在其中一把椅子的靠背上。他不知道它是谁的。它所散发出的那种招摇的富丽堂皇，与目前为止已经见过的任何一个人都不匹配。例如，他无法想象它环绕在安格卡特尔夫人的肩头上。

这条披肩使他忧虑。它散发出一种混合着奢侈与自我标榜的气息——而这些特征是他迄今为止见到的所有人都缺乏的。

"我想我们应该可以抽烟吧。"亨利爵士说着，将他的烟盒递向波洛。

在拿烟之前，波洛嗅了嗅空气。

法国香水——一种昂贵的法国香水。

只残留着微微的一丝，但确实有它的气味。这种香味，同样无法与他头脑中的任何一个空幻庄园的住客关联起来。

当他向前倾身，凑到亨利爵士的打火机前点烟时，波洛的目光落在一小堆火柴盒上——有六盒——堆放在长沙发边的小茶几上。

在他看来，这一细节确实是相当的古怪。

第十二章

1

"两点半。"安格卡特尔夫人说。

她与米奇和爱德华一起待在客厅里。从亨利爵士书房那扇紧闭的门背后传来了轻微的说话声。赫尔克里·波洛、亨利爵士和格兰奇警督在里边。

安格卡特尔夫人叹息道:"我觉得吧,米奇,我们还是应该安排点儿午餐。虽然看起来好像非常无情,大家围坐在这边,就像什么也没有发生过似的。但毕竟,波洛先生是受了我们的邀请,前来吃午餐的——而且他也许已经饿了。可怜的约翰·克里斯托被谋杀这件事,对于他来说,应该也没有像我们感觉到的那样不安。此外,我必须说,虽然我自己真的没有什么胃口,但亨利和爱德华整个上午都在外边射击,现在一定饿极了。"

爱德华·安格卡特尔说:"别为我担心,露西,亲爱的。"

"你向来那么体贴,爱德华。还有戴维——我注意到他在昨天晚上的晚宴上吃了很多,聪明的人似乎总需要大量的食物。说起来,戴维在哪儿?"

"他上楼回自己的房间了,"米奇说,"在听说发生的事之后。"

"是的——嗯,他这样很得体。我相信他一定感到很尴尬。当然,无论怎么说,谋杀案总是一件令人感到尴尬的事——它使用人们心烦意乱,还会打乱正常的生活秩序——我们本来准备午餐吃鸭肉的,幸好鸭肉冷了吃味道也不错。你觉得我们应该拿格尔达怎么办?用盘子端点东西给她?也许来点儿浓汤?"

的确,米奇想,露西毫无人性!然而她又感到一阵疑惑,她想,也可能是因为露西太有人性了,才会使别人如此震惊!所有的灾难都围绕着各种琐碎、微不足道的疑虑和猜测——这岂不是一个不言自明的事实吗?露西只不过直言不讳地说出了其他人都不敢承认的想法而已。别人也会记得用人的状况,也会惦记着吃饭。甚至,别人也确实会感觉到饿。此时此刻,她自己就觉得饥肠辘辘!饥饿,她暗忖,同时又相当恶心。真是一种奇怪的复杂情绪。

此外,毫无疑问,大家都因为不知道该如何面对那个安静平凡的女人而感到尴尬和窘迫,尤其是就在昨天这个女人还被称为"可怜的格尔达"。而现在,她可能很快就会站到审判席上,被控谋杀。

这些事都只会发生在其他人身上,米奇想,不可能发生在我们身上。

她望向屋子另一端的爱德华。这些事不应该,她想,发生在像爱德华这样的人身上。他与暴力完全扯不上边。望着爱德华的时候,她便能感觉到安慰。爱德华,如此平静,如此理性,如此善良和镇定。

格杰恩走了进来,微微俯身,以一种合乎时宜的态度低声说:"我已经在餐厅安排了一些三明治和咖啡,夫人。"

"哦,谢谢你,格杰恩!"

"真的，"当格杰恩离开房间后，安格卡特尔夫人说，"格杰恩真是太了不起了。没有格杰恩我真不知道该如何是好。他总是知道应该做些什么事。分量扎实的三明治完全可以当作午餐了——而且这样一点儿都不会显得冷漠无情，你懂我的意思吧！"

"哦，露西，你别这样。"

米奇突然感觉到温暖的眼泪沿着她的脸颊滚落。安格卡特尔夫人显出大吃一惊的样子，咕哝道："可怜的宝贝儿。这一切对你而言确实是太沉重了。"

爱德华绕过沙发，坐到米奇身边。他伸出一条胳膊搂着她。

"别担心，小米奇。"他说。

米奇将脸埋在他的臂膀上，舒舒服服地抽泣起来。她回忆起某个在安斯威克的复活节假期，她的小兔子死了之后，爱德华对她是那么好。

爱德华温柔地说："这一切确实令人震惊。我能给她拿些白兰地吗，露西？"

"在餐厅里的小餐柜上。我不认为——"

这时，亨莉埃塔走了进来，露西立即停了口。米奇坐直身子。她感觉到爱德华的身体一下子僵硬了，坐在那儿一动不动。

米奇心想，亨莉埃塔此刻是什么心情呢？她几乎不愿意看她表姐——其实也并没有什么可看的。如果真要说的话，亨莉埃塔显出一副斗志昂扬的样子。她进屋的时候高扬着下巴，面色潮红，行动相当敏捷。

"哦，你来了，亨莉埃塔，"安格卡特尔夫人叫道，"我一直在担心。警察正在和亨利及波洛先生谈话。你给了格尔达什么？白兰地吗？还是茶和阿司匹林？"

"我给了她一点白兰地——还有一个热水袋。"

"相当好。"安格卡特尔夫人赞许地说,"急救课上就是这么教的——给受惊吓的人——我是指热水袋,不是指白兰地。当今大家普遍反对使用兴奋剂,但我认为那只是一时的潮流。小的时候住在安斯威克时,我们总是用白兰地压惊。但是,我猜想,对格尔达来说应该不完全算是受惊吧。我真的不知道杀了自己的丈夫之后,那个人会是什么感觉。这种事实在叫人完全无从想象,但应该不会是受惊吧?我的意思是,她应该不会感到惊讶才对。"

亨莉埃塔冰冷的声音刺破了宁静的氛围。

她说:"为什么你们大家都那么肯定,是格尔达杀了约翰?"

屋内沉默了片刻——米奇感觉到气氛发生了一种奇怪的变化。先是困惑,接着是紧张,最终成为一种迟缓的警觉。

然后,安格卡特尔夫人开口了,她的语气并没有什么变化:"这似乎是明摆着的。你有什么其他看法吗?"

"难道不可能是格尔达走到游泳池边,发现约翰躺在地上,于是她捡起了那支左轮手枪,而我们刚好在此刻到达现场吗?"

又是一阵沉默。然后安格卡特尔夫人问:"格尔达是这么说的吗?"

"是的。"

这并不是一句单纯的同意,它的背后蕴藏着巨大的力量。这个词就像子弹一样射了出来。

安格卡特尔夫人扬起了眉毛,然后她以非常明显的事不关己的态度说道:"餐厅里有三明治和咖啡。"

接着她忽然轻抽一口冷气,扼住了话头,望着格尔达·克里斯托从敞开的屋门走了进来。后者急促而带着歉意说:"我……我真的没办法躺在床上。我真是……真是非常坐立不安。"

安格卡特尔夫人叫道:"你必须坐下——你必须立刻坐下。"

她让米奇站起来,将格尔达安置在沙发上,并在她的后背垫了一个靠垫。

"可怜的宝贝儿。"安格卡特尔夫人说。

她特别加强了语气,但这些话似乎没有任何意义。

爱德华走到窗前,向外张望着。

格尔达拢了拢额前凌乱的头发,以一种焦虑而困惑的语调说:"我——我真的是刚刚开始意识到这件事。你们知道,我刚才实在无法——直到现在也还是不能相信这是真的——约翰死了。"她开始微微地发抖,"谁会下手杀他?谁能下得了手杀害他呢?"

安格卡特尔夫人深吸了一口气——接着她猛地转过头。亨利爵士的屋门打开了,他走了出来。走在他身边的是格兰奇警督,他是一个块头很大、体格健壮的男人,留着两撇下垂的小胡子,一副愁苦的样子。

"这是我的妻子,格兰奇警督。"

格兰奇鞠了一躬,说道:"安格卡特尔夫人,不知我能否同克里斯托夫人聊几句——"

他还没说完,安格卡特尔夫人便朝沙发上的那个人示意了一下。

"克里斯托夫人?"

格尔达热切地说:"是的,我就是克里斯托夫人。"

"我并不希望令您不悦,克里斯托夫人,但我想问您几个问题。如果您愿意的话,当然可以要求请您的律师在场——"

亨利爵士插了一句:"有时这样做比较明智,格尔达——"

她打断了他的话:"律师?为什么要找律师?律师怎么会知

道约翰之死的情况?"

格兰奇警督咳嗽了一下。亨利爵士似乎想说些什么。亨莉埃塔插了进来:"警督先生只是想了解一下今天上午发生的事。"

格尔达转向他,用一种疑惑的口气说:"这一切似乎都只是一场噩梦——毫不真实。我——我根本哭不出来。我只是什么都感觉不到。"

格兰奇平静地说:"突如其来的震惊确实会有这样的效果,克里斯托夫人。"

"是的,是的,我想是这样吧。但您要知道,这一切都来得那么突然。我从房子里出来,沿着那条小路走去游泳池——"

"当时是几点,克里斯托夫人?"

"一点钟不到——大约是差两分钟一点。我知道时间,是因为我当时看了钟。而当我走到那儿时,约翰就在那里,躺在地上。混凝土的池边有血。"

"您有没有听到枪声,克里斯托夫人?"

"是的——不——我不知道。我知道亨利爵士和爱德华在外边射击。我……我只是看到约翰——"

"然后呢,克里斯托夫人?"

"约翰——还有血——还有一支左轮手枪。我捡起了手枪——"

"为什么?"

"您说什么?"

"您为什么要拾起手枪,克里斯托夫人?"

"我……我不知道。"

"您知道,您是不应该碰它的。"

"我不应该吗?"格尔达显得很茫然,她的脸上一片空白,

"但我这样做了,我将它拿在了手中。"

她现在低头望着自己的双手,好像恍惚之间仍能看到手中的左轮手枪。

她猛地转向警督。她的声音突然变得十分尖锐,充满痛苦。

"谁会下手杀了约翰?没有人会想杀他的。他是……他是最好的人。那么和善,那么无私——他做每一件事都是为了其他人。每个人都爱他,警督先生。他是一名了不起的医生。他是最好、最亲切的丈夫。这一定是一场意外——一定是的——一定是的!"

她挥手比着屋里的人。

"随便您问谁,警督先生。绝不会有人想要杀害约翰的,难道不是吗?"

她向他们投去求助的目光。

格兰奇警督合上他的记事簿。

"谢谢你,克里斯托夫人。"他用不带丝毫感情的声音说,"目前就到此为止了。"

赫尔克里·波洛和格兰奇警督一起穿过栗树林,来到游泳池边。那个曾经是约翰·克里斯托,而现在成了"那具尸体"的躯体,被法医拍照、测量、记录并检查后,已经运到停尸房去了。这个游泳池,波洛想,看上去有种古怪的纯洁感。今天的每一件事,他想,都奇怪地带有某种不确定性。但约翰·克里斯托除外——他毫无不确定性。甚至连他的死亡都是如此明确与客观的。现在,这个游泳池已经不仅仅是一个游泳池了,而是约翰·克里斯托的尸体曾躺卧的地方,他的鲜血曾喷涌而出,沿着水泥地流入人工制造的蓝色池水之中。

人工制造的——有那么一瞬间,这个词在波洛的脑海中挥之不去。是的,在这整件事情中,总带有一些人工制造的味道。尽管——

一个穿着泳衣的男人走到警督面前。

"那支左轮手枪在这里,长官。"他说。

格兰奇极为小心地接过那个还在滴水的物体。

"提取指纹是不可能了,"他评论道,"所幸在这桩案子中,这一点并不重要。当你赶到的时候,克里斯托夫人手里正握着这把左轮手枪,不是吗,波洛先生?"

"是的。"

"接下来要辨认这把手枪。"格兰奇说,"我估计亨利爵士能帮我们做到这件事。我敢说那是她从他的书房里拿的。"

他环视了一下游泳池。

"现在,让我们再来过一遍,整理一下思路。游泳池南边的小路是从农场通过来的,安格卡特尔夫人从这条路过来。另外两个人,爱德华·安格卡特尔先生和萨弗纳小姐,是从树林过来的——但不是一起走的。他走的是左边的路,而她走的则是右边那条通向房子南边花间小径的路。但你到达现场的时候,他们都站在游泳池较远的一边?"

"是的。"

"另外,凉亭旁边的这条路,通向波德巷。好吧,我们就走这条。"

他们一边走,格兰奇一边说着话,语气中没有一丝兴奋,只有理解和淡淡的悲观。

"我一向不喜欢这种类型的案子。"他说,"去年有一桩——在阿什里奇附近。一个退休的军人,职业履历相当卓越。妻子人很好,很文静,老式的那种,六十五岁,灰发——相当漂亮的波浪发。很爱做园艺工作。有一天，她走进他的房间，取出配发给他的左轮手枪，然后来到花园，一枪打死了他。就那么简单！当然，事件的背后有很多故事可挖掘。有时候他们会编个什么流浪汉入室作案的蠢故事！当然，我们在进行调查的过程中会装作接受这种故事，以免矛盾激化，但其实我们很清楚到底是怎么回事。"

"你的意思是，"波洛说，"你已经断定是克里斯托夫人向她丈夫开的枪了。"

格兰奇惊讶地看了他一眼。

"怎么，难道你不这样想吗？"

波洛缓缓地说："她所说的情况也有可能是事实。"

格兰奇警督耸了耸肩。

"是有可能，不错。但这个故事不太站得住脚。而且他们都认为是她杀死了他！他们知道一些我们所不知道的事情。"他好奇地看着他的同伴，"其实你到达现场的时候，也认为是她干的，不是吗？"

波洛半闭上眼睛。沿着那条小路而来……格杰恩让到一边……格尔达·克里斯托站在她丈夫身边，手里握着左轮手枪，脸上一片空白。是的，正如格兰奇所说，他原以为是她干的……至少可以说，他原本认为他应该得到这样的印象。

是的，但那不是一回事。

一幕预先安排好的场景——目的是欺骗。

格尔达·克里斯托看上去像一个刚枪杀了自己丈夫的女人吗？这是格兰奇警督想知道的。

赫尔克里·波洛突然震惊地意识到，在他丰富的处理暴力事件的经验之中，他从未真正面对面地与一个刚刚杀害了自己丈夫的女人打过交道。在这样的境况之下，女人看起来会是什么样子?得意扬扬,惊慌失措,心满意足,茫然困惑,难以置信,还是麻木空洞?

其中的任何一种都有可能,他想。

格兰奇警督正在讲话。波洛只听到了最后几句。

"——一旦你掌握了这个案件所有的事实后。这种事通常都能从用人们那里得知。"

"克里斯托夫人要回伦敦吗?"

"是的。那儿还有两个孩子,不得不让她走。当然了,我们将密切监视她,但不会让她知道。她还当自己已经顺利地逃脱了嫌疑呢。看起来相当愚蠢的女人……"

波洛暗忖着,不知道格尔达·克里斯托有没有意识到警察的想法——以及安格卡特尔家人的想法?她看起来确实好像没有意识到任何事。她看起来确实像一个反应迟钝的女人,因丈夫的死而完全惊呆了,并且心碎不已。

他们已经走到了那条乡间小路的尽头。

波洛在自己家门前停下脚步。格兰奇说:"这就是你的小窝吗?又漂亮又舒适啊。好了,暂时再见吧,波洛先生。谢谢你的合作。回头我会上门拜访,告诉你我们的进展。"

他的目光沿着小路逡巡。

"你的邻居是谁?该不会是我们那位新来的明星吧?"

"薇罗尼卡·克雷小姐,那位女演员,我印象里她会在这儿度周末。"

"当然。我很喜欢她在《骑虎之女》中的表演,但依我的口味来说,她有点过于高雅了。我更喜欢海蒂·拉玛[①]。"

[①]海蒂·拉玛(Hedy Lamarr, 1914—2000),奥地利犹太人,因美貌被发掘成为明星,同时亦是现代无线通信的核心专利跳频技术的第一发明者。

他转过身去。

"好了,我必须回去工作了。再见,波洛先生。"

2

"您认得出它吗,亨利爵士?"格兰奇警督将左轮手枪放在亨利爵士面前的桌子上,满怀期待地看着他。

"我能拿起来吗?"亨利爵士的手悬在左轮手枪上面,犹豫着。

格兰奇点点头。"我们是从游泳池里捞起来的,上面的指纹都已经毁掉了。如果不介意我直说的话,萨弗纳克小姐失手让它掉了下去确实非常可惜。"

"是的,是的,但当时我们所有人都非常紧张。女人比较容易慌乱并且——嗯——拿不住东西。"

格兰奇警督再次点点头。他说:"总体来看,萨弗纳克小姐似乎是一位冷静、能干的年轻女士。"

这句话中并没有强调什么的意味,但出于某种原因,亨利爵士闻言猛地抬起头。格兰奇继续道:"好了,您认得出它吗,先生?"

亨利爵士拿起左轮手枪,仔细地查看了一下。他注意到了上面的序列号,便拿出一个皮封面的小本子,同里面的记录对照了一下。接着,他长叹一声,合上了本子,说道:"是的,警督先生,这是我的藏品之一。"

"你最后一次看到它是什么时候?"

"昨天下午。我们在花园中打靶射击,这支枪是当时所用的枪械中的一支。"

"当时有哪些人使用过这支枪?"

"我想每个人都至少用它开了一枪。"

"包括克里斯托夫人吗？"

"包括克里斯托夫人。"

"那么在射击完了之后呢？"

"我把这支左轮手枪收到了它通常所在的位置。这里。"

他抽出一个大书桌的一个抽屉，里面放着半抽屉的枪支。

"您的轻武器收藏相当可观，亨利爵士。"

"这是我多年以来的嗜好。"

格兰奇警督的目光若有所思地停留在这位前任哈罗因群岛总督的身上。这是一个长相英俊、气度不凡的男人，他本人会非常乐意在这样一个男人的手下服务——实际上，他对亨利爵士的好感甚至超过了现任警察局局长。格兰奇警督对威尔德郡警察局局长评价不高——一个大惊小怪的暴君，专门注意鸡毛蒜皮的小事。他又将注意力拉回到手头的工作上。

"您收起这支左轮手枪的时候，它没有上膛吧，亨利爵士？"

"当然没有。"

"您的弹药保存在哪里？"

"这儿。"亨利爵士从柜子上的一个小格子里拿出一把钥匙，打开了书桌底层的一个抽屉。

相当简单，格兰奇心想。那个姓克里斯托的女人见到过保存它的地方，她只需要过来自取就行了。嫉妒，总能令女人走火入魔。他敢以一押十打赌，这起案件就是因为嫉妒。等他完成这儿的工作，再去哈利街调查之后，案情就会很明朗了。但事情还是得按照正常的程序来做。

他站起身来说："好了，谢谢您，亨利爵士。我会派人告知您审理的安排的。"

第十三章

他们晚餐吃的是冷鸭子。鸭子之后上了一道焦糖乳酪蛋糕。安格卡特尔夫人说这完全显示出梅德韦太太正确的判断力。

"烹饪，"她说，"的确给人极佳的机会展现对美食与情感的搭配能力。

"她非常清楚，我们对焦糖乳酪蛋糕只是一般喜欢。在一个朋友刚刚过世之际，就大嗛自己最爱的布丁，确实会令人感觉相当无德。而焦糖乳酪蛋糕是这么适口——可以称得上是松软油滑，如果你们明白我的意思——而且每个人的盘子里都会留下一点点。"

她叹了口气，然后说她希望他们让格尔达返回伦敦不是一件错事。

"至少亨利同她一起回去是非常正确的。"

亨利爵士坚持开车送格尔达回哈利街。

"当然，她还要回到这儿接受开庭审讯。"安格卡特尔夫人继续说，一边若有所思地吃着焦糖乳酪蛋糕，"她自然会想要把情况告知孩子们。他们可能会在报纸上看到消息，而家里只有一个法国女人——她们多么容易激动啊，也许会焦虑症发作呢。但亨利可以安抚她。我真的认为格尔达会安然无恙的。她也许会请几位亲戚来帮忙，也许是她的姐妹们。格尔达肯定是那种有姐妹的人,我猜大概有三四个吧,也许住在坦布里奇韦尔斯。"

"你都在说些什么奇怪的事情啊,露西。"米奇说。

"哦,亲爱的,如果你愿意的话,住在托基也行啊——不,不会是托基。至少得到六十五岁了才会住在托基呢。也许是伊斯特本,或是圣·莱昂纳茨。"

安格卡特尔夫人瞧着最后一勺焦糖乳酪蛋糕,似乎在向它致以哀悼。她没有吃,又轻轻地把它放下了。

只喜欢吃咸食的戴维,阴郁地低头看着自己空荡荡的盘子。

安格卡特尔夫人站起身来。

"我想大家今晚都会希望早些上床吧。"她说,"发生了这么多事,不是吗?光在报纸上读到这类事情,哪里想得到它们有多么令人精疲力尽。你们知道吗?我感觉好像走了十五英里。实际上,我今天什么事都没有做,只是一味地坐着——但这也令人精疲力尽,因为你不会想去读会儿书或看会儿报纸,这样显得太无情无义了。我觉得读读《观察者报》的社论也许没关系,但《世界新闻》可不行。你同意吗,戴维?我很想知道年轻人的想法,这样才不至于落后于时代。"

戴维凶巴巴地回答说他从不看《世界新闻》。

"我常看这份报纸啊。"安格卡特尔夫人说,"我们装作是为用人们订的,但格杰恩相当善解人意,从来都在喝完午茶后才取走它。这份报纸非常有意思,登载了好多把自己的脑袋伸进煤气炉的女人的故事——数量多得令人难以置信!"

"如果未来的房屋全都电气化了,她们怎么办?"爱德华·安格卡特尔带着一丝淡淡的微笑问。

"我想她们会利用手边有的东西想出办法来的吧——这样明智得多。"

"先生，"戴维说，"我不同意你那关于未来全电气化的房屋的说法。集中供暖设备可以从中央暖气系统中铺设出来。劳动阶级的住房必须尽可能地减少劳力。"

爱德华·安格卡特尔匆忙说他对这个话题并不在行。戴维轻蔑地撇了一下嘴唇。

格杰恩用托盘端来了咖啡，动作比平常要缓慢一些，表达出哀悼之意。

"哦，格杰恩，"安格卡特尔夫人说，"那些鸡蛋，我打算像往常一样用铅笔在它们上面记下日期。你能让梅德韦太太处理一下吗？"

"我想您会发现，夫人，每件事都已经按照您的意思照料好了。"他清了清喉咙，"我亲自照看着呢。"

"哦，谢谢你，格杰恩。"

格杰恩走出去之后，她轻声道："真的，格杰恩非常了不起。这些用人都表现得十分出色。我是多么同情他们啊，家里来了这么多警察——对于他们来说这样的情况一定可怕极了。顺便问一句，还有人没走吗？"

"你是指警察？"米奇问。

"是的。他们通常不是会留一个人站在大厅里守着吗？也或许是守在灌木丛边监视着前门。"

"为什么要派人监视着前门？"

"我当然不知道啦。书里都是这样写的。然后到了晚上，又会有第二个人被谋杀。"

"哦，露西，别这么说！"米奇叫道。

安格卡特尔夫人奇怪地看着她。

"亲爱的，真是对不起。我真蠢！当然不会有其他人被谋杀的。格尔达已经回家了——我的意思是——哦,亨莉埃塔,亲爱的,对不起,我不是故意那么说的。"

但亨莉埃塔没有回答。她正站在圆桌边,低头盯着她昨晚留下的桥牌得分记录。

她振作起精神,说:"对不起,露西,你刚刚说什么?"

"我在问还有没有警察留在家里。"

"你当是促销时的残余品吗?我不这样想。他们已经都回警察局去了,去把我们说的事用标准的警察用语记录下来。"

"你在看什么,亨莉埃塔?"

"没什么。"

亨莉埃塔走到房间另一头的壁炉边。

"你们说薇罗尼卡·克雷今晚在做些什么?"她问。

一种惊慌的表情掠过安格卡特尔夫人的脸。

"我的天!你不会是认为她又会过来了吧?她现在一定已经听说了。"

"是的,"亨莉埃塔沉思着说,"我想她已经听说了。"

"这提醒了我,"安格卡特尔夫人说,"我真的必须给凯里夫妇打个电话。我们可不能像什么事都没有发生一样,明天招待他们吃午餐。"

她离开了房间。

戴维对自己这些亲戚憎恶得要命,嘀咕了几句要找《大英百科全书》查点儿东西。他暗忖,书房总该是一个宁静的地方。

亨莉埃塔走到落地窗边,推开,走了出去。爱德华犹豫了片刻,跟了出去。

他看见她正站在户外,仰望着天空。她说:"不如昨晚暖和,是吧?"

爱德华以他那种愉快的语气说:"是的,明显冷了。"

她正伫立凝望着房子。她的目光沿着一扇一扇的窗户逡巡。接着,她转过身,面朝着树林。他完全不知道她在想些什么。

他走向敞开着的落地窗。

"最好还是进屋去吧,天气很冷。"

她摇了摇头。

"我想去散散步。到游泳池那边去。"

"哦,亲爱的。"他立即向她移了一步,"我跟你一起去。"

"不,谢谢你,爱德华。"她的声音如利刃般划破了空气中的寒意,"我想与我那死去的爱人单独待在一起。"

"亨莉埃塔!亲爱的,我之前什么都没有说,但你知道我是多么……多么难过。"

"难过?因为约翰·克里斯托死了吗?"

她的声音中仍带有那种尖锐的锋利感。

"我的意思是——为你难过,亨莉埃塔。我知道这对你一定是……是巨大的打击。"

"打击?哦,但我十分坚强。爱德华,我能承受打击。这对你也是打击吗?当你看到他躺在那儿的时候,你有什么样的感觉呢?我想应该是高兴吧。你不喜欢约翰·克里斯托。"

爱德华低声说:"他和我没有什么共同点。"

"你把话说得多漂亮啊!多么节制的表达。但实际上,你们确实有一个共同点:我!你们都喜欢我,难道不是吗?然而,这一点并未能让你们产生共鸣——而是恰恰相反。"

月亮在云层的背后时隐时现,他突然看见她正望着他的面孔,感到大吃一惊。他总是不自觉地把亨莉埃塔看作当年在安斯威克认识的那个亨莉埃塔的投影。对于爱德华来说,她永远都是那个开怀大笑的女孩子，如水般流动的俏眸中总是充满热切的期待。但此刻他眼前的这个女人，却仿佛是一个陌生人，双眼明亮却冰冷，似乎含着对他的敌意。

他认真地说："亨莉埃塔，请务必要相信——我是真的为你的悲伤，你的损失——而感到难过。"

"是悲伤吗？"

这个问题使他为之一震。她的这个问题，似乎不是在问他，而是在问自己。

她用低沉的声音说："这么快——它竟然可以发生得这么快。前一刻还活着，呼吸着，而下一刻已经死了——离去了——一片空虚。哦，空虚！而我们呢，我们所有人，吃着焦糖乳酪蛋糕，自认为活着。但约翰，一个比我们任何人都更具有生命力的人，却死了。你知道吗？我反反复复地对自己说着那个词。死了——死了——死了——死了——死了。很快它就失去了全部含义——什么含义都没有。它只是一个奇怪的小词语，好像折断一根已经腐烂的枝条一样。死了——死了——死了——死了。就像一只夏日的知了，在大树上鸣叫，不是吗？死了——死了——死了——死了——死了——"

"亨莉埃塔，住口！看在上帝的分上，快住口！"

她奇怪地看着他。

"难道你不知道我会有这样的感觉吗？你以为会怎样？你以为我会坐在角落里，握着小手绢轻声啜泣，而你在一边握着我的手陪着我哭吗？你以为这一切在眼下是巨大的打击，但假以时日我还是可以恢复过来？而你将会恰到好处地安慰着我？你确实是个好人，爱德华。你非常非常好，但同时你又那么的——那么的力不从心。"

他退开了一点。他的面孔僵硬起来，用一种干巴巴的声音说："是的，这一点我一直很明白。"

她激动地继续说道："你觉得今天晚上怎么样？整个晚上大家都闲坐在那里，约翰已经死了，但除了我和格尔达之外没有一个人在意！你高兴，戴维困窘，米奇苦恼，而露西则怡然自乐地欣赏着《世界新闻》上刊登的事件成了现实生活！你难道没有发现这一切就像是一个极其可怕的噩梦吗？"

爱德华没有说话。他向后退了一步，退到了阴影里。

亨莉埃塔望着他，说："今晚——我觉得仿佛一切都是不真实的，没有一个人是真实的——除了约翰！"

爱德华平静地说："我明白……我也不太真实。"

"我真是太残酷了，爱德华。但我忍不住，我忍不住要怨恨，约翰那么活生生的一个人，却死了。"

"而我这个半死的人，却活着。"

"我没有这个意思，爱德华。"

"我想你有的，亨莉埃塔。我想，也许你是对的。"

但她仍若有所思地说着，思绪又回到了之前的那个话题。

"但这并不是悲伤。也许我无法感受到悲伤。也许我永远都不会。但是——我也很想能为约翰哀悼。"

她的话在他听来相当荒诞不经。但当她以一种几乎是就事论事的口吻突然补充了一句，令他更加吃惊了。她说："我必须去游泳池一下。"

她的身影翩然闪入树林。

爱德华僵硬地迈着步子，穿过打开的落地窗，回到屋内。

米奇抬起头，正看到爱德华瞪着一双空洞的眼睛迈过落地窗。他灰白的面孔满是痛苦，整个人看起来毫无血色。

他完全没有听见米奇因惊讶而窒息,进而发出的轻微抽咽声。

他几乎是机械地走到一把椅子跟前坐了下来。接着他意识到有人在期待他说些什么,便说道:"天气很冷。"

"你很冷吗,爱德华?要不要我们——要不要我——把壁炉点起来?"

"什么?"

米奇从壁炉台上拿了一盒火柴。她跪下来,擦燃一根火柴伸向火炉。她谨慎地斜着眼睛瞥着爱德华。他看起来似乎相当漠然,她心想,他对什么事都不在意。

米奇说:"有火真好,让人暖和起来了。"

他看上去真冷,她想,但这里不可能同外边一样冷啊。是亨莉埃塔!她对他说了些什么?

"把你的椅子挪近些,爱德华,靠壁炉近些。"

"什么?"

"哦,没什么,只是壁炉而已。"

她正在大声而缓慢地对他说话,好像是对着一个聋子说话一样。

突然之间,突然到她的心因为解脱而翻了个个儿,爱德华,那个真实的爱德华,又出现了。他温柔地冲她笑着。

"你刚刚是在跟我讲话吗,米奇?对不起,恐怕我刚刚正在想……想一些事情。"

"哦,没什么,只是壁炉而已。"

炉膛里的木柴正在噼啪作响,几颗冷杉果烧出了明亮而洁净的火焰。爱德华看着它们。他说:"炉火真是漂亮。"

他伸出他那瘦长而纤细的双手,接近火焰,感觉慢慢地放松了下来。

米奇说:"在安斯威克时,我们总烧冷杉果。"

"我现在仍然这样做。每天都会有人送一篮过来,放在壁炉旁边。"

爱德华在安斯威克。米奇半闭上眼睛,想象着那场景。她想,他会坐在房子西侧的书房里。书房外边有一棵木兰树,把整个窗口都挡住了。有阳光的午后,房间里流淌着一种金绿色的光芒。从另一扇窗望出去,则是整片的草坪,还有一棵巨杉,如卫士一般守护在旁。而右侧则是一棵高大的红铜色山毛榉。

哦,安斯威克——安斯威克。

她几乎可以闻到木兰树飘出的那种清淡的香味,在九月,树上通常还挂着又大又白、芬芳扑鼻的厚瓣儿花朵。炉膛里烧着松果,还有爱德华正在看的书所散发出来的那种淡淡的霉味。他会舒舒服服地坐在靠背椅里,目光偶尔从书本中抬起,望向炉火。而他会在那短短的一刻,想起亨莉埃塔。

米奇动弹了一下身子,问:"亨莉埃塔在哪儿?"

"她去游泳池了。"

米奇盯着他。"为什么?"

她的声音唐突而低沉,使得爱德华不由得一震。

"亲爱的米奇,你当然知道——哦,或者说,猜得出来。她和克里斯托非常熟悉。"

"哦,这事儿大家当然知道。但我不明白她为什么要到他被枪杀的地方去,这一点儿也不像亨莉埃塔。她从来都不会那么戏剧化。"

"我们谁又能真正了解他人呢?例如亨莉埃塔。"

米奇皱着眉。她说:"不管怎样,爱德华,你我都是从出生就认识她了。"

"她已经变了。"

"不见得吧。我不认为人会改变。"

"亨莉埃塔已经变了。"

米奇好奇地望着他。

"比你我变得还要多吗?"

"哦,我一直都还在原地呢,这一点我非常清楚。而你——"

爱德华的目光突然聚焦,望着跪坐在壁炉栅栏边的她。仿佛他是从很远很远的地方在望着她,望着她那方正的下巴、黑色的双眼、坚毅的嘴唇。他说:"如果能多见见你就好了,亲爱的米奇。"

她抬头朝他微笑着,说:"我知道。这年头,要保持联系并不容易。"

外面传来一阵响动,爱德华站起身来。

"露西说得对,"他说,"这真是令人疲倦的一天——我们都是第一次遭遇谋杀案呢。我要睡觉了。晚安。"

他离开了房间,而与此同时,亨莉埃塔穿过落地窗走了进来。

米奇转向她。

"你对爱德华做了什么?"

"爱德华?"亨莉埃塔有些茫然。她的眉毛拧成一团,似乎正想着一些极遥远的事。

"是的,爱德华。他进屋的时候看起来糟透了——通身冰凉,脸色发灰。"

"如果你那么在乎爱德华,米奇,你为什么不做点儿什么呢?"

"做点儿什么?你这是什么意思?"

"我不知道,也许站到椅子上冲他大吼!把他的注意力吸引到你身上。你难道不知道吗?对于爱德华这样的男人,这是唯一的办法。"

"除了你,爱德华永远不会在意任何人,亨莉埃塔。他从来也没有在意过任何人。"

"那么是他太不聪明了。"她迅速瞥了一眼米奇那苍白的面孔,"我伤害了你。我很抱歉。但今晚,我痛恨爱德华。"

"痛恨爱德华?你不能这样。"

"哦,我能的!你不明白——"

"什么?"

亨莉埃塔缓缓地说:"他使我想起了很多我想尽力忘掉的事情。"

"什么事情?"

"呃,比如,安斯威克。"

"安斯威克?你想忘掉安斯威克?"

米奇的语调显得难以置信。

"是的,是的,是的!我在那儿很愉快,只是现在,我不能承受任何快乐的回忆。难道你不理解吗?当时,我们谁都不知道未来会是什么样子的。当时我们都能信心十足地说,一切都会很美满!有些人十分明智——他们从不会期待快乐。但我曾这样期待过。"

她唐突地说:"我永远也不会再回安斯威克了。"

米奇缓缓地说:"我不信。"

第十四章

星期一的早晨,米奇醒得很突然。

她茫然地躺在床上发了一会儿呆,目光困惑地望向门口,因为她多少有点儿期待着安格卡特尔夫人的出现。头一天早晨露西飘进屋的时候,说了什么来着?

这个周末会有麻烦的?她当时在担心——担心可能会发生不愉快的事情。

不错,的确发生了令人不愉快的事情。那件事就像乌云一样笼罩在米奇的心上。她不愿思考这件事,甚至不愿记起它来。这件事毫无疑问使她感到害怕。这件事跟爱德华有关。

回忆突然奔涌而来。一个丑恶而僵硬的字眼——谋杀!

哦,不,米奇心想,这绝不会是真的。它只是我做过的一个梦。约翰·克里斯托被谋杀了,身中一枪,躺在游泳池边。鲜血和蓝色的池水——活像侦探小说的封面。荒谬,不真实。这种事绝不可能发生在我身边。如果我们现在在安斯威克就好了。这种事绝不会发生在安斯威克。"

那阴沉的重负自她的额前蔓延,停留在她的胃部,使她感觉到有些恶心。

这不是一个梦。这是真实发生的事——《世界新闻》上所登载的事发生了。并且,她、爱德华、露西、亨利、亨莉埃塔,全都卷入其中。

不公平，确实不公平。因为如果是格尔达杀了她丈夫的话，这件事与他们都毫无关系。

米奇不安地挪动身体。

那个安静、愚蠢、略有些可悲的格尔达——谁也不会将格尔达同那样耸人听闻的事件——同暴力联系在一起。

格尔达当然不可能枪杀任何人。

她内心深处的不安再次涌起。不，不，不能那样想。因为除了她之外，还有谁可能杀害约翰呢？况且当时格尔达就站在他的尸体旁边，手里还拿着那把左轮手枪。那把她从亨利的书房中拿走的左轮手枪。

格尔达曾说她到那里的时候，约翰已经死了，而她只是捡起了那把左轮手枪。可她还能说什么呢？不管怎样，她总得说点儿什么吧，那个可怜的人。

亨莉埃塔好心地维护着她——说格尔达所说的情况完全是有可能的。亨莉埃塔并没有考虑其他不可能的情形。

亨莉埃塔昨晚表现得十分古怪。

可是，那当然是因约翰·克里斯托之死所给她造成的震惊。

可怜的亨莉埃塔，她是那么喜欢约翰。

但假以时日，她会恢复过来的。人们什么事都能熬得过去。然后，她会嫁给爱德华，并搬去安斯威克——而爱德华终将获得幸福。

亨莉埃塔一直很爱爱德华。只是那个个性极富侵略性与支配性的约翰·克里斯托妨碍了他们俩的好事。与他相比，爱德华显得多么——多么苍白啊。

那天早晨，米奇下楼吃早饭的时候，她发现摆脱了约翰·克里斯托的强势控制之后,爱德华的本性已经开始表现出来了。他似乎对自己更有信心,少了许多犹豫和瑟缩。

他正愉快地同那个面露愠色、反应冷淡的戴维聊天。

"你一定要多去安斯威克住住,戴维。我希望你能把那里当作自己家,深入了解那个地方。"

戴维挖了一勺橙子酱,冷冰冰地说:"那么大的产业,简直荒谬。它们应该被拆分开。"

"我希望这不会在我活着的时候发生。"爱德华微笑着说,"我的租户们都很满足。"

"他们不应该这样,"戴维说,"没有人应该感到满足。"

"如果猿猴满意尾巴——"安格卡特尔夫人嘀咕着。她正站在小餐桌旁,茫然地俯视着一盘羊腰。"这是我在幼儿园里学的一首诗,但我完全不记得后面说什么了。我得与你多谈谈,戴维,学学那些新思想。就我所知,每个人都应当憎恨其他人,但同时又为他们提供免费医疗以及诸多额外的教育(可怜啊,那么多无助的小孩子每天都被送到学校里去)——而且,要硬逼着小朋友们吃鱼肝油,全然不管他们愿意与否——那么难闻的东西。"

米奇心想,露西的举止同平日毫无二致。

还有格杰恩,她在大厅里与他擦身而过时,他看上去也同往常一样。空幻庄园似乎已经回归了正常的生活秩序。格尔达离去之后,整个事件似乎就成了一场梦。

接着,外边传来了一阵车轮碾在沙砾上的沙沙声,亨利爵士把车停到门口。他在他所属的俱乐部里过了一夜,并早早地驱车回来。

"哦,亲爱的,"露西说,"一切都顺利吗?"

"是的。那个秘书在他们家里——非常能干的姑娘。她在负责处理各种事务。看起来,格尔达还有个妹妹,那位秘书给她打了电话。"

"我就知道她有的。"安格卡特尔夫人说,"她是不是住在坦布里奇韦尔斯?"

"我想是在贝尔斯希尔。"亨利爵士说,一脸迷惑不解。

"我敢断定——"露西考虑了一下贝尔斯希尔,"是的,非常有可能。"

格杰恩走上前来。

"格兰奇警督打过电话,亨利爵士。庭审将于星期三的十一点钟开始。"

亨利爵士点点头。安格卡特尔夫人说:"米奇,你最好给你的商店打个电话。"

米奇慢慢走向电话。

她的生活一直是那么平凡普通,以至于使她觉得找不到合适的措辞来向她的雇主解释——由于她卷入了一桩谋杀案,因此在四天的假期之后,她还是无法按时回去工作。

这听起来极不可信,甚至她自己都感觉不可思议。

而且,阿尔弗雷治夫人在任何时候都不是一个容易听得进解释的人。

米奇坚决地抿了抿嘴唇,动了一下下巴,拿起话筒。

事情就像她想象的那样令人不快。那个恶毒的矮个子犹太女人饱含愤怒的沙哑声音通过电话线传了过来。

"那是什么意思,哈德卡斯尔小姐?有人死了?要办葬礼?你难道不知道我正缺人手吗?难道你认为我会接受这种借口吗?哦,是的,我敢肯定,你玩得可开心了!"

米奇打断了她,尖锐而清晰地回答了几句。

"警察？你说警察？"几乎是尖叫了，"你和警察牵扯到了一起？"

米奇咬紧牙关，继续解释。真是奇怪啊，电话那端的那个女人竟然能把事情扭曲成那么肮脏的样子。一桩恶俗的案子。人类是多么具有想象力！

爱德华打开门走了进来，看到米奇正在打电话，便想退出去。她阻止了他。

"请务必留下来，爱德华，求你了。哦，我希望你留下来。"爱德华的陪伴给了她力量——消解对方的毒素。

她把捂在听筒上的手拿开了。

"什么？是的。我很抱歉，夫人。但这不能说是我的过错——"

那个丑恶的沙哑声音又愤怒地大吼起来。

"你的朋友都是些什么人？他们是哪种人，能使警察出面，还有一个男人被枪杀了？我非常不想让你回来了！我可不能降低我店铺的格调！"

米奇回复了几句恭顺而又称不上是承诺的话。最后，她终于挂掉了电话，解脱地长叹了一声，感到恶心与战栗。

"是我工作的地方，"她解释道，"我得通知他们，由于庭审和——警察的缘故，我星期四才能回去了。"

"但愿他们能对此表示体谅。你工作的那家服装店怎么样？管理店铺的那位女士对她的雇员是不是和蔼可亲、通情达理？"

"我可不会这样形容她！她是一个来自白教堂区的犹太女人，满头染过的头发，嗓门儿活像一只秧鸡[①]。"

[①] 一种鸟类。

"天哪，我亲爱的米奇——"

爱德华脸上的惊恐之情几乎使米奇笑出声来。他显得极为关切。

"我亲爱的孩子——你不该受那份气。如果你一定要工作的话，也该找一个环境和谐的地方，并且得和你喜欢的人一起工作才行。"

米奇沉默地注视了他片刻，没有回答。

她暗忖，该如何对一个像爱德华这样的人解释呢？爱德华对于劳力市场，对于工作，又了解多少？

她的心头突然涌起一阵辛酸。露西、亨利、爱德华，甚至亨莉埃塔，他们所有人与她之间，都隔着一条无法逾越的鸿沟——那条区分有闲阶级同劳动阶级的鸿沟。

他们完全不了解，找份工作有多么困难，而一旦找到了工作，要保住它又有多么困难！也许别人会说，她其实并不是非要挣钱养活自己不可的。露西和亨利会非常乐意给她一个家——他们也会同样乐意给她一笔零花钱。爱德华也会很乐于资助她。

但接受这些富庶的亲戚们为她提供的安逸生活，总让米奇内心深处有些抵触。偶尔来到这里，享受露西过的这种秩序井然的奢华日子，固然十分愉快。她可以在这里尽情享受。但她心中仍然保有十分固执的独立精神，使她无法接受他们把那样的生活当作礼物一般送到她手上。也是出于同样的精神，使她不愿向亲戚朋友借钱，自己做个生意。这样的事她见过太多了。

她不愿借钱——不愿使用任何影响力。她为自己找到了一份每周挣四英镑的工作，如果阿尔弗雷治夫人雇佣米奇是希望米奇会带她那些"社会名流"朋友来买东西的话，那么阿尔弗雷治夫人一定大失所望。米奇坚决制止她的朋友们动这样的念头。

她对工作并没有抱有什么幻想。她憎恶那家商店，憎恶阿尔弗雷治夫人，憎恶必须时时刻刻对那些坏脾气又不礼貌的客人卑躬屈膝。但由于她并不具有必备的资历，她很怀疑自己是否能找到一份令她比较喜欢的工作。

爱德华那种设想——以为她面前敞开着广阔的天地可供选择，在这个早晨，显得格外令人恼火，几乎无法忍受。爱德华有什么权利居住在与现实生活完全割裂的世界里呢？

他们是安格卡特尔家的人，他们所有人都是。而她，只是半个安格卡特尔！有的时候，就比如今天早晨，她觉得自己一点儿也不像个安格卡特尔家的人！她完全是她父亲的女儿。

她怀着那股爱与懊悔的痛楚，想起了父亲，一个花白头发、满脸疲惫的中年男人。多年来他勉力经营着那份小小的家族事业，但无论他多么用心和努力，生意还是不可阻挡地缓缓萧条了下去。这并不是他的无能造成的——那只是不可抵抗的社会进程。

奇怪的是，米奇一直深深爱着她那安静而疲惫的父亲，而不是她那才华横溢的、姓安格卡特尔的母亲。每次，当她去安斯威克疯玩几天回来时，她都会搂着父亲的脖子，面对他疲惫的脸上显现的淡淡的不以为然，说："回到家里我真高兴——回到家里我真高兴。"

米奇十三岁时，她的母亲去世了。有时候，米奇会觉得，她对母亲几乎毫不了解。她似乎总是那么茫然、迷人、快乐。她有没有后悔过自己的婚姻呢？那桩使她离开安格卡特尔家族圈子的婚姻。米奇对此一无所知。她的父亲在妻子去世之后变得更加灰气和安静。他那对抗生意败落的努力也日益徒劳无功。在米奇十八岁的时候，他悄无声息地去世了。

米奇曾和好几个安格卡特尔家的亲戚们住在一起,曾从安格卡特尔家的人那里接受礼物,曾与安格卡特尔家的人一起度过了快乐的时光,但她拒绝接受他们善意的资助。虽然她很爱他们,但有很多次,就好像此刻,她会突然而强烈地感受到她和他们之间截然不同。

她满怀怨恨地想,他们什么都不懂!

爱德华同往常一样敏感,满脸困惑地看着她。他温柔地问:"我使你难过了吗?为什么?"

露西飘进屋里。她正同自己谈得起劲儿。

"——你看,谁都没法儿真正知道她到底是喜欢白牡鹿庄园还是喜欢我们家。"

米奇茫然地看着她,接着又看看爱德华。

"看爱德华没用,"露西·安格卡特尔说,"爱德华完全不会明白的,而你,米奇,总是那么实际。"

"我不明白你在说什么,露西。"

露西看上去很惊奇。

"当然是开庭审讯啊,亲爱的。格尔达为此不得不回到这儿来。她该住在这儿,还是去白牡鹿庄园?在这儿会引起痛苦的联想,这是当然的。但是,在白牡鹿庄园,一定会有人盯着她看,还会有大量的记者。星期三,十一点,还是十一点半?"一缕微笑忽然点亮了安格卡特尔夫人的脸,"我还从没有参加过庭审呢!我想我那件灰色的——还有帽子,那是一定的,就像去教堂——但手套不能戴。"

"你知道,"安格卡特尔夫人走到房间的另一头,拿起电话听筒,认真地注视着它,接着说道,"我想,到现在,除了园艺手套外我应该没有别的手套了!当然,从前在总督府时有很多礼服手套，但都已经收起来了。手套其实挺傻的，难道你不觉得吗？"

"它唯一的用处是避免在犯罪中留下指纹。"爱德华微笑着说。

"哦，你这话可真有趣，爱德华——非常有趣。我拿着这玩意儿干吗呢？"安格卡特尔夫人略带一丝厌恶地瞅着电话听筒。

"你刚刚是要给什么人打电话吗？"

"我觉得不是。"安格卡特尔夫人茫然地摇了摇头，小心翼翼地将听筒放回到了电话座机上。

她的目光从爱德华移向米奇。

"我想，爱德华，你不应该惹米奇难过。这种突然死亡的事对米奇的影响比对我们大。"

"我亲爱的露西，"爱德华惊道，"我只是在担心米奇工作的地方，那地方听起来简直糟糕透了。"

"爱德华认为我应该找一个和蔼又讲道理，并且会欣赏我的雇主。"米奇干巴巴地说。

"亲爱的爱德华。"露西带着十足的赞同之情说道。

她冲米奇笑笑，又走出了房间。

"说真的，米奇，"爱德华说，"我很担心。"

她打断了他。

"那个该死的女人每周付我四英镑。这是唯一重要的事。"

她从他身边走过，径直走进了花园。

亨利爵士正坐在矮墙上他那个老位置，但米奇转身朝那条花间小径走去。

她的亲戚们都很可爱，但今天上午，他们的魅力对她来说一点儿用也没有。

戴维·安格卡特尔正坐在小路尽头的一张凳子上。

戴维的身上并没有过分夸张的魅力，所以米奇径直走向他，在他的身边坐了下来，他那苦恼的表情并未使她感到恶意的愉悦。

戴维暗忖，要避开他人是多么困难的事啊。

他之前已经被拿着拖把和抹布故意前来打扰的女用人逼出了卧室。

而书房（还有《大英百科全书》）也未如他的乐观心愿那般成为避难所。安格卡特尔夫人两次翩然而至，亲切地同他讲话，而她说的每句话都让人无法给出任何有意义的回答。

他走出屋来到这里是为了考虑自己的处境。原先只是不情不愿地答应来这里过个周末，而现在，由于牵扯到突然的暴力死亡案件，在这里停留的时间不得不延长了。

戴维向来只热衷于思考学术历史或讨论左翼的未来，而对于如何面对一起暴力事件，或应对活生生的当下，他全无天赋。正如他此前对安格卡特尔夫人所说的那样，他从不读《世界新闻》。但现在，《世界新闻》似乎已经来到了空幻庄园。

谋杀！戴维厌恶地打了个冷战。他的朋友们会怎么想？比如，他们会如何看待谋杀案？他们会有什么样的态度？厌倦？厌恶？还是兴致盎然？

他正试图在心中为这些问题找到答案，因此被米奇打扰他一点儿也不高兴。当她坐在他身边的时候，他不安地看着她。

而她回之以挑衅的目光，令他不由得为之一震。她可真是个毫无智慧又不讨人喜欢的姑娘。

她说："你对你的亲戚们是怎么看的？"

戴维耸了耸肩膀。他说："谁会正经去考虑亲戚？"

米奇说："谁会真的考虑任何事呢？"

毫无疑问，戴维想，她是不会考虑的。他几乎是仁慈地说："我刚才正在分析我对谋杀的反应。"

"身处一桩谋杀案中，确实非常古怪。"米奇说。

戴维叹了口气，说："真是令人厌倦。"这可称得上是他最好的态度了，"这些老一套的情节，以前大家都觉得只会存在于侦探小说里！"

"你一定很后悔来这儿。"米奇说。

戴维叹了口气。

"是的，我本来可以去伦敦探望一个朋友。"他加上一句，"他经营着一家左翼书店。"

"我想这儿应该更舒适一些吧。"米奇说。

"人们真的很在意舒适吗？"戴维轻蔑地问。

"有的时候，"米奇说，"我觉得除了这个，我们什么都不在意。"

"多么娇纵的生活态度。"戴维说，"如果你是一个劳动者的话——"

米奇打断他。

"我就是个劳动者。而这恰恰是为什么过得舒适对我那么有吸引力的原因。箱形床，羽绒枕头，轻轻放在床边的早茶，盛满热水的瓷浴缸，芬芳的浴盐，还有那种能让人完全陷进去的安乐椅……"

戴维打断了她罗列的目录。

"劳动者，"戴维说，"应该拥有所有这些东西。"

但他对轻轻放下的早茶还略存质疑。这对于一个严格组织化的世界而言，显得未免太过穷奢极欲了。

"我完全赞成。"米奇衷心地说。

第十五章

赫尔克里·波洛正在享用上午的一杯热巧克力,电话铃突然响了起来。他站起来拿起听筒。

"你好?"

"是波洛先生吗?"

"是安格卡特尔夫人吗?"

"您能听出我的声音真是太好了!我打扰您了吗?"

"一点儿也没有。我希望您没有因为昨天那些令人难过的事情而不悦。"

"完全没有。虽然事情确实令人难过,正如你所说,但我发现人们还是相当超然的。我给您打电话是想问问您能不能过来一趟——这样的要求确实强人所难,我知道,但我真的遇到了巨大的麻烦。"

"当然可以,安格卡特尔夫人。您是指现在就去吗?"

"嗯,是的,的确是指现在。越快越好。您真是太好了。"

"哪里。那么,我就走穿过树林的那条小路了?"

"哦,当然,那条路最近。非常感谢你,亲爱的波洛先生。"

波洛匆匆刷掉黏在上衣翻领上的几粒灰尘,披上一件薄外套,便穿过小径,踏上那条蜿蜒于栗树林之间的小路。游泳池边空无一人——警察已经完成他们的工作离开了。在秋日的薄雾与柔光之下,这里显得纯洁而宁静。

波洛迅速地察看了一下凉亭。他注意到,那条白狐披肩已经被拿走了,但那六盒火柴依然摆放在长沙发边的茶几上。他对这些火柴比以往更感兴趣了。

"这里不是存放火柴的地方——太潮湿。也许有人为了取用方便而放一盒,但不会放六盒。"

他皱着眉,低头看了看那张上了漆的铁桌。放着玻璃杯的托盘已经拿走了。有人用铅笔在桌子上随手画了一幅画——那是一棵噩梦一般奇形怪状的树的草图。这幅涂鸦令赫尔克里·波洛感到痛苦,它冒犯了他那秩序井然的头脑。

他咂了咂舌,摇了摇头,匆忙朝房子走去,在心里猜测着主人紧急邀请的原因。

安格卡特尔夫人正在落地窗边等候着他,一见到他便立即将他请进空荡荡的客厅。

"您能来真是太好了,波洛先生。"

她热情地紧握住他的手。

"夫人,随时为您效劳。"

安格卡特尔夫人的双手极富表现力地挥动着。她那双美丽的大眼睛瞪得圆圆的。

"您瞧,这可真是太困难了。那个警督正在审讯——不,审问,录口供,他们用哪个字眼儿来着?——格杰恩。说真的,我们在这里的生活完全依靠格杰恩,你真是不得不同情他。因为对于他来说,被警察审问自然是糟糕极了——即使对方是格兰奇警督,我觉得他是个相当不错的人,应该是顾家的类型。我想,他应该有好几个儿子,而且会在晚上陪他们玩麦卡诺组合玩具。他太太会把一切都收拾得纤尘不染,但略为拥挤……"

安格卡特尔夫人滔滔不绝地描绘着她想象中的格兰奇警督的家庭生活，赫尔克里·波洛忍不住眨了眨眼睛。

"顺便说一句，他的小胡子向下垂着。"安格卡特尔夫人接着说，"我认为有时过于整洁的家庭可能会令人意志消沉——医院护士脸上要是偶尔有没洗掉的肥皂沫，就相当惹眼！但这通常发生在那些较为落后的乡村——在伦敦的疗养院里，她们会擦很多粉，并用非常鲜艳的口红。但我想说，波洛先生，等这些荒唐的事情都结束之后，您一定要来好好地吃一次午餐。"

"您太客气了。"

"我自己其实并不介意那些警察，"安格卡特尔夫人说，"事实上，我觉得这一切都非常有意思。'请务必允许我尽可能帮点儿忙。'我对格兰奇警督这样说。他看起来好像有些困惑，但行事很有条理。"

"对警察来说，动机似乎非常重要。"她接着说，"刚才说到了医院里的护士，我相信约翰·克里斯托对于一个长着红头发和翘鼻子的护士来说相当有吸引力。但当然，这是很久以前的事了，警察也许不会感兴趣。谁都不知道可怜的格尔达这些年来忍受了多少事。她是特别忠贞的那种人，您不觉得吗？也可能是他说什么她都相信。我觉得如果一个人不够聪明的话，这样也许是比较明智的做法。"

安格卡特尔夫人突然推开了书房的门，领着波洛走了进去，高声道："波洛先生来了。"她轻快地绕过他，又飘了出去，顺手关上了门。格兰奇警督和格杰恩正坐在桌边，一个拿着记事簿的年轻小伙子则坐在一个角落里。格杰恩恭敬地站起身来。

波洛急忙道歉。

"我这就出去。我向你们保证，我完全没想到安格卡特尔夫人——"

"不,不,你不用走。"今天早上,格兰奇的胡子看起来比以往更颓唐,"也许是因为,"波洛的脑海里禁不住浮现出安格卡特尔夫人刚刚描绘的格兰奇的生活场景,他暗忖,打扫得太勤快了,或者是刚买了一张贝拿勒斯黄铜桌子,以至于这位好警督没有什么转身的地方了。

他恼火地赶走了那些念头。格兰奇警督那整洁却过于拥挤的家,他的妻子,他的儿子以及他们对麦卡诺组合玩具的沉迷,都是安格卡特尔夫人那转个不停的脑子中的想象。

但那些细节是如此得栩栩如生,竟然显得带有确凿的真实感,这使他觉得相当有趣。真是了不起的成就。

"请坐,波洛先生。"格兰奇说,"我有几个问题想问你。我这儿已经差不多谈完了。"

他将注意力转向到格杰恩身上,格杰恩恭敬却不失几分抗议之意地坐回到他的座位上,面无表情地望着对方。

"你记得的就是这些情况吗?"

"是的,长官。每一件事都同平常差不多,并没有发生任何令人不快的情况。"

"在游泳池边的凉亭里有一件皮草披肩似的东西,它是哪位女士的?"

"长官,您指的是一件银白的狐皮披肩吗?我昨天送杯子到凉亭去的时候也注意到了。但它并不属于这座房子里的任何一个人,长官。"

"那么它是谁的呢?"

"它可能是克雷小姐的,长官。薇罗尼卡·克雷小姐,那位电影女演员。她曾披着那么一条披肩。"

"什么时候?"

"她前天晚上来这儿的时候,长官。"

"你没有提到她曾作为一个客人来过这儿吧?"

"她不是客人,长官。克雷小姐住在鸽舍,那座——呃——乡间小路尽头的农舍。她是晚餐之后过来的,说她家的火柴用完了,来借一些。"

"她是不是拿了六盒?"波洛问道。

格杰恩转头看着他。

"没错,先生。夫人在了解到我们家的火柴够用之后,坚持让克雷小姐拿半打火柴去。"

"她把火柴忘在凉亭里了?"波洛说。

"是的,先生,我昨天上午看见火柴还放在那儿。"

"几乎没有什么事能逃过那个男人的眼睛。"波洛在格杰恩离开书房并恭敬地轻轻关上门后,这样评论道。

格兰奇警督只是评论说,用人们都是魔鬼!

"不过,"他带着一点重振的兴奋说道,"还有那些帮厨女佣们呢。帮厨女佣可不像这些傲慢的高级用人嘴那么严。"

"我已经派了一个人去哈利街调查,"他接着说,"我今天晚些时候也会过去。我们应该可以在那儿有所收获。我敢说,克里斯托的妻子肯定忍受了很多。有些时髦的医生和他们的女病人——呵呵,你会大吃一惊的!并且我从安格卡特尔夫人那儿听说,他跟一个医院的护士之间有点儿什么。当然,她对此讲得非常含糊。"

"是的,"波洛表示赞同,"她会很含糊的。"

以相当高超的技巧构建画面——约翰·克里斯托与女护士之间的情感丑闻……一个医生拥有大把这样的机会——给予格尔

达·克里斯托充分的理由因嫉妒而终至谋杀泄愤。

是的,这是一幅以相当高的技巧建构起来的画面,把注意力转移到哈利街的背景中去——远离空幻庄园,远离亨莉埃塔·萨弗纳克上前从格尔达·克里斯托那毫不反抗的手中取过左轮手枪的那一刻,远离约翰·克里斯托在临终前说出"亨莉埃塔"的那一刻。

原本眯着眼睛的赫尔克里·波洛忽然睁开了双眼,带着无法抗拒的好奇心问道:"你的儿子们玩麦卡诺玩具吗?"

"呃,什么?"正皱着眉头深思的格兰奇警督瞠目结舌地望着波洛,"你怎么忽然说起这个?事实上,他们年纪还太小,但我考虑过送一套麦卡诺组合玩具给泰迪作为圣诞礼物。你怎么会想到问这个?"

波洛摇了摇头。

安格卡特尔夫人之所以很危险,他想道,正是因为她那些完全出于直觉的胡乱猜想,往往是正确的。她以不经意的(貌似不经意的?)三言两语构建起的场景之中,如果有一部分是正确的,那你会不会情不自禁地倾向于相信其他部分也是正确的呢?

格兰奇警督正在说话。

"有一点我想告诉你,波洛先生。这位克雷小姐,那个女演员——她长途跋涉到这儿来借火柴。如果她想借火柴的话,为什么不去你家?那里离她家不过几步之遥。为什么她要多走这半英里?"

赫尔克里·波洛耸了耸肩。

"其中可能有很多原因。也许可以说是势利的原因?我的那栋小屋,相当渺小,微不足道。我只是在此度周末而已,而亨利爵士和安格卡特尔夫人是重要人物——他们住在这儿——他们在乡村里是显赫门庭，是人们求助的富人。薇罗尼卡·克雷小姐可能想要结识他们。而这不失为一条途径。"

格兰奇警督站起身来。

"是的，"他说，"这是完全有可能的。当然，但我们不想忽略任何情况。话说回来，我仍然毫不怀疑，调查会进行得非常顺利。亨利爵士已经确认了那支枪是他的收藏品之一。看起来，前一天的下午，他们在射击练习时确实使用过那支枪。克里斯托夫人所要做的不过是潜入书房，从她看见亨利爵士存放枪支和子弹的地方把它们拿走就行了。这一切非常简单。"

"是的，"波洛嘀咕着，"这一切看起来非常简单。"

不错，他心想，像格尔达·克里斯托那样的女人如果犯罪，就会是这样的。既不耍花招，也不会设计复杂的计谋——被狭隘却深厚的爱情所导致的巨大痛苦所驱使，突然采取了暴力的手段。

然而，她一定多少有一些自我保护意识。还是她在那一时的盲目之中——在那黑暗的精神的驱使之下——置理性于不顾，而断然下手？

他回想起她那苍白而茫然的面孔。

他不知道——他确实不知道。

但他觉得，他应该知道。

第十六章

格尔达·克里斯托从头上脱下黑色的裙子,放在一张椅子上。她那楚楚可怜的眼神中满是惊疑不定。

她说:"我不知道,我真的不知道。好像什么都无所谓了。"

"我明白,亲爱的,我明白。"帕特森夫人的口气亲切却坚定。她很明白如何对待刚刚遭受了丧亲之痛的人。"埃尔西在危难关头表现得相当了不起。"她的家人总是这样评价她。

此刻,她正坐在她的姐姐格尔达位于哈利街的家的卧室里,表现出她的了不起。埃尔西·帕特森个子很高,举止之间充满了活力。她正带着一种既恼火又怜悯的复杂感情望着格尔达。

可怜的亲爱的格尔达——以这样一种可怕的方式失去丈夫,多么悲剧。而且,说真的,直到现在,她似乎都还没有真正明白那些后果。当然,帕特森夫人想道,格尔达总是迟钝得要命。而且还应该考虑到她确实受到了巨大的惊吓。

她以轻快的声音说:"我认为我们应该买那种十二几尼的黑丝绸。"

总得有人为格尔达做出决定。

格尔达一动不动地站着,眉心皱成一团。她犹犹豫豫地说:"我真的不知道约翰会不会喜欢哀悼。我好像曾经有一次听他说过他不喜欢。"

约翰,她想,要是约翰在这里,告诉我该做些什么就好了。

但约翰将永远不会在这里了。永远不会——永远不会——永远不会……羊肉摆在桌上正在变凉,肉汁凝结起来……诊室门砰的一声关上,约翰一步两级台阶地跑上楼来,他总是那么匆忙,那么生机勃勃,那么有活力……

充满生机。

他仰卧在游泳池边……鲜血慢慢地滴落池中……左轮手枪握在她手中的感觉……

一场噩梦,一场糟糕透顶的噩梦,她马上就会醒过来,而这一切都将烟消云散。

她妹妹那清脆的声音打断了格尔达那些含糊不清的思绪。

"你必须穿黑衣服参加开庭审讯,穿天蓝色看上去会非常奇怪。"

格尔达说:"那可怕的审讯!"并半闭上了她的双眼。

"对你来说确实很糟糕,亲爱的。"埃尔西·帕特森迅速地说,"但审讯结束之后,你就直接到我们家来,我们会照顾好你的。"

格尔达·克里斯托头脑中那些含糊不清的思绪越发坚固了。她以害怕得几乎惊惧失措的声音说道:"没有了约翰,我可怎么办?"

埃尔西·帕特森知道这个问题的答案:"你还有你的孩子们,你必须为了他们活下去。"

齐娜哭喊着:"我的爸爸死了!"抽泣着一头倒进自己的床上。特里则面色苍白,带着问询的神色,没有掉一滴眼泪。

因为一支左轮手枪而导致的意外,她曾这样告诉他们——可怜的爸爸遇到了一场意外。

贝莉尔·柯林斯（她真是想得太周到了）已经没收了早晨的报纸，以防孩子们看到相关的报道。她还警告过了用人们。的确，贝莉尔真是最善良、最周到的人。

特里走进阴暗的客厅，来到母亲面前。他的嘴唇紧紧地抿着，脸色白里透青。

"爸爸为什么会中枪？"

"那是意外，亲爱的。我——我没法儿谈这个。"

"那不是意外。你为什么要说假话？爸爸是被杀害的。那是谋杀。报纸上是这么说的。"

"特里，你是怎么拿到报纸的？我告诉过柯林斯小姐——"

他点点头——非常奇怪地反复点头，好像一个年纪很大的老人。

"我出去买了一份。我知道报上一定登着什么你不愿告诉我们的事情，要不然柯林斯小姐为什么把它们都藏起来了？"

对特伦斯隐瞒真相总是没有好处。他那奇特、超然而科学性的好奇心，迟早要得到满足。

"他为什么会被人杀死，母亲？"

格尔达一瞬间崩溃了，变得歇斯底里起来。

"别问我这件事——别谈这件事——我没办法谈……这一切都实在太可怕了。"

"但他们会查出来的，不是吗？我是说，他们必须查出来。这是必须的。"

如此理智，如此超然。这令格尔达想尖叫、想大笑，又想痛哭。她暗忖，他不在乎——他无法在乎——他只是一个接一个地问问题。为什么呢？他甚至都没有哭过。

特伦斯已经走了，躲避着埃尔西姨妈的照料。他是一个孤独的小男孩,面容僵硬而愁苦。他以前总是感到孤独,但直到今天之前,这并不要紧。

今天,他想,不一样。如果身边有一个能够有理性、有知识,能回答问题的人就好了。

明天是星期二,他原本要和尼科尔森·迈纳一起制造硝化甘油的。他之前一直怀着激动的心情向往着这一天。现在,激动消失了,哪怕他永远都不能制造硝化甘油,他也毫不在乎了。

特伦斯被自己深深地震惊了。他竟然一点儿也不在乎科学实验了。但当一个小伙子的父亲被谋杀时,他想,我的父亲——被谋杀了。

他心中好像有什么东西动了一下——生根,成长……一股慢慢升起的怒火。

贝莉尔·柯林斯轻轻敲了一下卧室的门,走了进来。她面色苍白,但神情镇定,十分能干。她说:"格兰奇警督到了。"

格尔达倒吸了一口气,可怜巴巴地望着她,贝莉尔迅速地接着说道:"他说他并不需要麻烦您。他将在走之前同你谈谈,但这只是例行公事地询问关于克里斯托医生的工作情况,我可以回答他的所有问题。"

"哦,谢谢你,科莉[①]。"

贝莉尔迅速地退了出去。格尔达叹息着说:"科莉真是一个好帮手,她多么有条不紊啊。"

"是的,确实如此,"帕特森夫人说,"我相信她是一个出色的秘书。非常平凡,家境也不怎么样的姑娘,是吧?哦,我始终认为这样更好。尤其是跟像约翰那样有吸引力的男人在一起。"

[①]柯林斯的昵称。

格尔达勃然大怒。

"你是什么意思,埃尔西?约翰绝不会——你说得好像如果女秘书长得漂亮,约翰就会跟她调情或发生什么可怕的事似的。约翰根本不是这样的人!"

"当然不是,亲爱的,"帕特森夫人说,"但毕竟,谁都知道男人们是怎么回事!"

在诊室里,格兰奇警督正面对着贝莉尔·柯林斯那冰冷的、带有挑战意味的目光。确实是挑战式的,他注意到了这一点。嗯,也许这也很自然。

相当普通的女孩,他想,我相信她和医生之间没有什么。不过也可能是她单方面对他有好感。有时候是这样的。

但是,一刻钟之后,当他靠回到椅背上时,已得出结论,这次不是这样的情况。贝莉尔·柯林斯的回答堪称清晰的典范。她反应迅速,而且显然对医生工作的每一个细节都了如指掌。警督改变了立场,并开始试探约翰·克里斯托和他妻子之间的关系。

贝莉尔说,他们的关系一直都非常好。

"我猜想,他们也像大多数夫妻一样,不时有些争吵吧?"警督轻松而自信地说。

"我不记得有过任何争吵。克里斯托夫人对她的丈夫非常迁就——可以说是百依百顺。"

她的声音中有一丝极其微弱的鄙视。格兰奇警督听出来了。

这姑娘有点儿女权主义。他想。

他接着说:"她有没有坚持过自己的立场?"

"没有。一切都是围着克里斯托医生转的。"

"挺专制啊,嗯?"

贝莉尔考虑了一下。

"不，我不会那样说。但在我看来，他可称得上是个非常自私的男人。他一直认为，克里斯托夫人完全顺从他是理所当然的。"

"他和病人们之间有什么麻烦吗？我指的是女病人。你不必考虑是否应该坦白，柯林斯小姐，大家都明白医生在这方面会有麻烦。"

"哦，那种事！"贝莉尔的声音中充满了蔑视，"克里斯托医生对于这方面的问题处理得非常好。他对待病人的态度非常恰当。"她补充道，"他确实是一个十分了不起的医生。"

她的语气中含有一种有些勉强的钦佩。

格兰奇说："他有没有与某个女人纠缠不清？请不用考虑忠诚的问题，柯林斯小姐，了解这方面的情况对我们来说是至关重要的。"

"是的，我能理解。据我所知是没有。"

回答得有一点过于唐突，他想。她不知道，但也许猜到了什么。

他尖锐地说："亨莉埃塔·萨弗纳克小姐呢？"

贝莉尔紧紧地闭起了嘴唇。

"她是这家人的亲密朋友。"

"不，医生和克里斯托夫人有没有因为她而产生矛盾？"

"当然没有。"

语气很强硬。（是否过于强硬了？）

警督转换了一下立场。

"薇罗尼卡·克雷小姐呢？"

"薇罗尼卡·克雷？"

贝莉尔的声音里是纯粹的惊奇。

"她是克里斯托医生的朋友,不是吗?"

"至少我从来没有听他说过她。但我好像听过这个名字……"

"是那个电影女演员。"

贝莉尔的眉头展开了。

"怪不得!我还在奇怪这个名字为什么这么熟悉,但我之前并不知道克里斯托医生认识她。"

她对这一点如此肯定,以致于警督立即放弃了这个话题。他进而向她询问,上个星期六克里斯托医生的举止。而在这个问题上,贝莉尔回答中的自信第一次发生了动摇。她缓缓地说:"他的举止同往常不太一样。"

"有什么不同呢?"

"他似乎有些心不在焉。在他打铃叫最后一个病人之前有很长的一段空隙——通常他准备离开之前,总是急于处理完事情。他当时好像有什么心事。"

但她无法提供进一步的信息了。

格兰奇警督对他的调查结果并不是很满意。他完全无法确立动机——但在把案子提交给检察官之前,必须先确立动机。

就他个人而言,他非常肯定是格尔达·克里斯托枪杀了她的丈夫。他怀疑嫉妒就是动机,但到目前为止,他还没有找到任何可以跟进的线索。库姆斯警官一直在询问女佣们,但她们的口径相当一致。克里斯托夫人对她丈夫崇拜得五体投地,无以复加。

无论发生了什么,他想,一定都发生在空幻庄园。一想起空幻庄园,他便感觉到了一种模模糊糊的不安。那里的那群人可真是古怪。

桌上的电话响了,柯林斯小姐拿起了听筒。

她说:"是找您的,警督先生。"随即把话筒递给了他。

"喂,我是格兰奇。哪位?"贝莉尔听出了他语气中的变化,好奇地望着他。警督那张木然的脸上同往常一样毫无表情,他正嘟囔着,倾听着。

"是的……是的,我已经知道了。这是绝对肯定的吗?绝对不能弄错。是的……是的……是的,我就过去。我这儿问得差不多了。是的。"

他放下听筒,一动不动地坐了片刻。贝莉尔好奇地看着他。

接着他振作起来,以一种与之前完全不同的声音问道:"你对此事有没有自己的看法,柯林斯小姐?"

"你是指——"

"我是指对于谁杀了克里斯托医生,你有什么看法吗?"

她断然地说:"我毫无想法,警督先生。"

格兰奇缓慢地说:"尸体被发现时,克里斯托夫人正站在他旁边,手里握着左轮手枪……"

他有意没把这句话说完。

她的反应来得很快,但并不激烈,而是冷静而公平的。

"如果你认为是克里斯托夫人杀了她的丈夫,我敢说是你搞错了。克里斯托夫人绝不是一个会使用暴力的女人。她非常温驯顺从,唯医生的话马首是瞻。在我看来,任何认为是她杀害了他的想法都是极其荒谬的,无论从表面上看情况对她多么不利。"

"那么如果不是她干的,又会是谁呢?"他敏锐地问。

贝莉尔慢慢地说:"我一点儿也不知道。"

警督走向门口。贝莉尔问:"你想在走之前见一下克里斯托夫人吗?"

"不——好,也许我还是见见她吧。"

贝莉尔再次感到奇怪,格兰奇警督与电话铃响之前询问她时的样子完全判若两人。他得到了什么消息，使他发生了那么大的变化呢？

格尔达紧张地走进屋里。她看上去悲伤而困惑。她用低低的、颤抖的声音问："您有没有查出是谁杀了约翰？"

"还没有，克里斯托夫人。"

"太不真实了。"

"但它确实发生了，克里斯托夫人。"

她点点头，低着头向下看，手里的一条手绢被揉成了一小团。

他平静地说："您的丈夫有没有仇人，克里斯托夫人？"

"约翰？哦，没有。他非常了不起。大家都敬爱他。"

"您难道就想不起任何可能对他心怀怨恨的人吗？"他停了一下，"或者对您？"

"对我？"她似乎很惊奇，"哦，不会的，警督先生。"

格兰奇警督叹了口气。

"薇罗尼卡·克雷小姐呢？"

"薇罗尼卡·克雷？哦，您指的是那天晚上来借火柴的那位吗？"

"是的，就是她。您认识她吗？"

格尔达摇了摇头。

"我以前从未见过她。约翰是很多年前认识她的——至少她是这样说的。"

"我猜测她也许对您丈夫心怀怨恨，而您不知道。"

格尔达非常郑重地说："我不认为任何人会对约翰怀有恶意。他是最和善、最无私的人——哦，最崇高的人。"

"嗯，"警督说，"是的，确实如此。那么，再见，克里斯托夫人。您知道开庭审讯的事吧?星期三上午十一点钟,在戴普里奇市场。开庭审讯很简单——没有什么会使您烦恼的——可能会休庭一周,以便我们进行进一步调查。"

"哦,我明白了。谢谢您。"

她站在原地目送他离去。他怀疑,即使到了现在,她是否还没意识到她本人正是此案的首要嫌疑犯。

他招来一辆出租车——鉴于他刚才在电话里被告知的消息,这样的开支是完全合理的。但那条消息会将他引向何处,他并不知道。从表面来看,它似乎完全不相关——太疯狂了,完全不合理。然而,从某个他还没有想到的角度来看,它必定是大有深意的。

从中推断出来的唯一结论,是这桩案子完全不像他迄今为止所假设的那样直接明了。

第十七章

亨利爵士好奇地望着格兰奇警督。

他缓缓地说："我不太确定我是否理解了您的话，警督先生。"

"非常简单，亨利爵士。我请求您检查一下您的枪支收藏。我猜想它们都已经分过类并编号了吧？"

"那是自然。但我已经确认了那支左轮手枪是我藏品中的一件啊。"

"事情并不是这么简单，亨利爵士。"格兰奇暂停了片刻。他本能地不愿意泄露任何消息，但在这起案件中，他对此别无他法。亨利爵士是一位大人物，他会毫无异议地服从摆到他面前的请求，但他也会要求了解其原因。警督决定，他必须告诉对方理由。

他平静地说："克里斯托医生不是被您今天早晨鉴定过的那支左轮手枪杀害的。"

亨利爵士的眉毛扬了起来。

"不可思议！"他说。

格兰奇隐约感觉到一丝安慰。不可思议，这也正是他自己的感受。他很感谢亨利爵士把这句话说了出来，也同样感激他没有再说别的话。眼下，这是他们所能说的极限了。事情不可思议——而且，完全不合理。

亨利爵士问："您有任何理由相信，那射出致命一枪的武器是我的收藏品吗？"

"完全没有。但我必须确定——不如这样说吧，确定那把枪不是您的藏品。"

亨利爵士了然地点了点头。

"我理解您的意思了。那么，我们来查查吧。这可要花费一点儿时间了。"

他打开书桌，取出一本皮封面的笔记本。

当他打开它时，重复了一句："查这个可要花费一点儿时间了——"

格兰奇的注意力被他声音中的某些东西吸引住了。他猛地抬头向上看。亨利爵士的肩膀略略下垂，他似乎在突然之间变得更加年迈与疲惫了。

格兰奇警督皱起了眉头。他想，我真是无法理解这家的人。

"啊——"

听到亨利爵士的叫声时格兰奇正在屋里转着圈子踱步。他的目光扫向钟上显示的时间，自亨利爵士说"查这个可要花费一点儿时间了"之后已经过了三十分钟——二十分钟——

格兰奇机警地问："怎么样，先生？"

"一支口径为零点三八英寸的史密斯-韦森式手枪不见了。它装在一个褐色的皮枪套里，原本放在这个抽屉最底层的搁架上。"

"啊！"警督尽量使自己的声音保持平静，但他很兴奋，"那么，先生，您还记得您最后一次看到它是在什么时候吗？"

亨利爵士回想了一下。

"这很难确定,警督先生。我最后一次开这个抽屉是一个星期以前,并且我想——我几乎能肯定——如果那时左轮手枪丢了,我应该会注意到的。但我也不敢发誓说我当时看到枪在这里。"

格兰奇警督点点头。

"谢谢您,先生,我明白了。那么,我必须继续工作去了。"

他离开了房间,像一个忙碌而目标明确的人。

警督离开之后,亨利爵士在原地一动不动地站了一会儿,接着他缓步穿过落地窗,来到露台之上。他的妻子正忙着打理园艺——她在用一把剪枝刀修剪灌木。

她愉快地冲他挥挥手。

"警督想做什么呢?但愿他别再去打扰用人们了。你知道,亨利,他们不喜欢这样。他们没法儿像我们这样,把它当作是一桩趣事或新鲜事而已。"

"我们是这样看待的吗?"

他的语气吸引了她的注意。她冲着他甜甜地绽开了笑容。

"你看上去多疲惫啊,亨利。你有必要为此而烦恼吗?"

"谋杀本就是件令人烦恼的事,露西。"

安格卡特尔夫人思考了片刻,心不在焉地剪掉了一些枝条,接着她脸上聚起了阴云。

"哦,天哪,剪枝刀真是太讨厌了,它就是有这种魔力,让人一剪起来就停不住手,每次都比原先打算的剪得多。你刚刚在说什么——谋杀案令人烦恼?但说真的,亨利,我从来都不明白为什么。我的意思是,如果一个人不得不死去,可能是因为癌症,或是肺结核,住在那种可怕的疗养院中,或是因为中风——可怕极了,脸都歪到一边——又或者可能被枪击、刀刺或勒死。

但说到底还是殊途同归。我是说，一个人死了就是死了。彻底摆脱了一切，所有的焦虑也都结束了。他的亲属们才必须处理所有的麻烦——争夺遗产，为了是否要穿黑衣争吵啊，谁应该获得塞琳娜阿姨的写字台啊——这一类的事情！"

亨利爵士在石头地上坐下来。他说："这一切将会比我们原先所设想的还要令人不安，露西。"

"哦，亲爱的，我们不得不忍受。等到这一切都结束了之后，我们到别处去走走。让我们别再为眼下的麻烦而烦恼，憧憬将来吧！对此我真的很开心。我一直在考虑是不是可以去安斯威克过圣诞节，或者等到复活节再去。你认为呢？"

"我们有充足的时间为圣诞节订计划。"

"是的，但我喜欢在头脑中先盘算起来。复活节，也许……不错，"露西愉快地笑着，"到那时候她一定已经恢复过来了。"

"谁？"亨利爵士吓了一跳。

安格卡特尔夫人平静地说："亨莉埃塔。我想，如果他们准备在十二月举行婚礼的话——我是指明年十二月，那么我们可以到时候再过去，在那儿过那个圣诞节。我一直在想，亨利——"

"我希望你没有在想，我亲爱的。你想得太多了。"

"你记得那个谷仓吗？它可以改建成一个完美的雕塑室。亨莉埃塔需要一个雕塑室的。她有真正的天赋，你知道。我敢肯定，爱德华将会为她无比自豪。两个儿子、一个女儿，多好——或是两个儿子、两个女儿。"

"露西——露西！你扯得太远了。"

"但是，亲爱的，"安格卡特尔夫人瞪大她那双美丽的眼睛，"除了亨莉埃塔之外，爱德华不会娶任何人的。他非常、非常的固执。在这一点上跟我的父亲很像。他的脑子里有自己的主意！

所以亨莉埃塔必须嫁给他——而且她一定会嫁给他的,毕竟现在约翰·克里斯托已经不再是障碍了。他可真是降临在她身上最大的不幸。"

"可怜的人!"

"为什么?哦,你的意思是因为他死了吗?哦,这个嘛,人生在世谁无死。我从不为他人的死亡而困扰……"

他奇怪地看着她。

"我一直以为你挺喜欢克里斯托的,露西。"

"我觉得他很有意思,也很有魅力。但我向来认为,不应该把任何人看得太重。"

说着,安格卡特尔夫人笑靥如花,温柔而毫不留情地剪掉了一棵芙莲。

第十八章

　　赫尔克里·波洛从他的窗户往外看，瞧见亨莉埃塔·萨弗纳克正沿着那条小径走向他家的前门。她身上穿着的还是悲剧发生那天她所穿着的绿色粗花呢外套，身边跟着一条史宾格犬。
　　他疾步赶到前门边，打开门。她站在门口笑盈盈地望着他。
　　"我能到您家来参观一下吗？我很喜欢参观别人的家。我是带狗出来散步的。"
　　"当然可以。带狗出来散步，这是多么英国化的举动！"
　　"我知道，"亨莉埃塔说，"我也想到这一点了。您有没有读过这首小诗？'日子就那样一天天地过／我喂鸭子，骂老婆／用横笛演奏韩德尔的广板乐章／带着狗去散步'①。"
　　她的脸上洋溢着明亮而虚无的微笑。
　　波洛把她请进屋。她环视着屋内整洁而庄重的摆设，点了点头。
　　"真好，"她说，"每样东西都是对称的。您一定会讨厌死我的工作室的。"
　　"我为什么要讨厌它呢？"
　　"哦，黏土沾得到处都是——每个角落里都摆着我刚巧特别

---
①此段诗句节选自英国作家哈利·格雷厄姆的《衣食住行》。

喜欢的东西，而且它们每样都不会有两件，否则就完全毁掉了独特性。"

"但我完全能理解呀，小姐。您是一位艺术家。"

"您难道不也是艺术家吗，波洛先生？"

波洛微微侧了侧头。

"这可真是个好问题。但总体上，我得说，不是。我知道有些罪案极富艺术性——您要知道，它们乃想象力的最高体现，但解决这些案件——不，那所需要的并不是创造力。它需要的，是坚持不懈地探寻真相的热情。"

"探寻真相的热情。"亨莉埃塔沉思着说，"我理解它能使您成为多么危险的人物。真相能够令您感到满足吗？"

他好奇地看着她。

"您这是什么意思，萨弗纳克小姐？"

"我能理解您想要知道真相。但仅仅知道真相就足够了吗？您是否需要更进一步，知道真相后采取行动呢？"

他觉得她选择的角度非常有趣。

"您是否想说，如果我了解到克里斯托医生死亡的真相，我可以选择对真相秘而不宣，从而获得满足？您知道他死亡的真相吗？"

亨莉埃塔耸耸肩。

"明显的答案似乎指向格尔达。将配偶视作第一嫌疑犯，这是多么愤世嫉俗的思路啊。"

"但您不同意？"

"我习惯于对凡事保持开放的心态。"

波洛静静地说："您为什么前来此地呢，萨弗纳克小姐？"

"我必须承认，我并没有您那种探寻真相的热情，波洛先生。

遛狗是一个多么适合在英国的乡间使用的借口啊。但您那天一定已经注意到了——安格卡特尔家并没有养狗。"

"这一点并未逃脱我的注意。"

"所以我借了园丁的史宾格。您必须明白,波洛先生,我不是一个非常诚实的人。"

那明亮而脆弱的微笑再次闪现。不知道为什么,突然之间他觉得这个笑容无比动人。他静静地说:"确实,但您十分正直。"

"您怎么会这么说呢?"

她受到了震动——他暗忖,几乎是惊愕。

"因为我相信事实就是如此。"

"正直。"亨莉埃塔若有所思地重复道,"我不知道这个词到底是什么意思。"

她一动不动地坐着,凝视着地毯。接着,她抬起头,稳稳地望向他。

"您不想知道我来这儿的原因吗?"

"也许,您不知应当如何描述。"

"是的,我想是这样的。波洛先生,明天就要进行开庭审讯了。我得下定决心,到底要说出多少……"

她的话头止住了。她站起身,信步走到壁炉边,随意地拿起一两件饰品把玩了一下,又将盛着紫菀花的花瓶从桌子的正中间移到了壁炉台的一角。她退开几步,侧着头打量着布局。

"您觉得这样如何,波洛先生?"

"不喜欢,小姐。"

"我猜您也不会喜欢。"她笑了起来,迅速而熟练地将花瓶放回到了原来的位置,"好吧,想说就索性说出来好了。不知为什么,您正是那种使别人想要对您倾诉的人呢。这就开始吧。您觉得,警方有没有必要知道,我是约翰·克里斯托的情人?"

她的声音干巴巴的,不带什么情感。她没有看他,而是盯着他头顶上方的那面墙。她伸出一根食指,沿着盛满紫色花朵的花瓶的曲线描摹。波洛隐约感觉,那根手指所触之处,正是她情感宣泄的出口。

赫尔克里·波洛相当精确而不带情感地说:"我明白了。你们是爱人?"

"如果您愿意这样说的话也行。"

他好奇地望着她。

"您不这样说吗,小姐?"

"不会。"

"为什么呢?"

亨莉埃塔耸耸肩。她走到他身边,在沙发上坐下,缓缓地说:"我喜欢尽量——尽量准确地描述一件事。"

他对亨莉埃塔·萨弗纳克的兴趣愈加浓厚了。

"您是克里斯托医生的情妇——有多久了?"

"大概六个月吧。"

"我想,警方应该不难发现这一事实吧?"

亨莉埃塔考虑了一下。

"我想应该不难。那是指,如果他们正调查这方面的事的话。"

"哦,他们会查的。我可以向您保证。"

"是啊,我也觉得他们会的。"她停了一下,把手摊开在膝盖上,瞧着自己的手指,然后快速而友好地朝他瞥了一眼,"那么,波洛先生,我该怎么办?去向格兰奇警督说——对那样的小胡子该说什么呢?那么居家的一撇小胡子。"

波洛的手不禁捋起了自己面上那颇令他自豪的装饰品。

"那我的胡子呢,小姐?"

"您的胡子,波洛先生,是充满艺术感的成就。它与其他一切事物都毫无关系。我敢说,它是独一无二的。"

"绝对的。"

"也许这就是为什么我现在在对您说这些话。就算警方必须了解我和约翰之间的事,可他们有必要将其公之于众吗?"

"那要视情况而定。"波洛说,"如果警方认为此事与案情无关,那么他们会保密。您对此事相当焦虑吗?"

亨莉埃塔点点头。她低头又望了一阵手指,然后忽然抬起头来。再次开口说话时不再是那种干瘪而轻快的声音了。

"何必要让可怜的格尔达遭受更大的不幸呢?她那样爱慕约翰,而他已经死了。她已经失去了他。为什么还要给她增添负担呢?"

"您担心的是她?"

"您是不是认为这样很虚伪?我猜想您会认为,只要我有那么一点儿在意格尔达的感受,就不应该成为约翰的情人。但您不明白——事情不是这样的。我并没有破坏他的婚姻。我只是——队伍中的一员而已。"

"啊,是这样的吗?"

她猛然转身面对他。

"不,不,不!不是您想的那样。这正是我最担心的事!大家都会对约翰形成这种错误的印象。这就是我来跟您说这件事的原因——因为我怀有这种模糊的希望,希望我能让您理解。我是说,理解约翰是什么样的人。我完全能够预见接下来会发生的事,报纸的大标题将会写:一位医生的罗曼史——格尔达,我,薇罗尼卡·克雷。约翰不是那样的——他真不是一个对女人很有想法的人。对他来说,最重要的事并不是女人,而是他的工作。他的兴趣与热情在于他的工作——是的,还有他的冒险精神。如果在他毫无防备的情况下,无论什么时候,问他心里最在意的女人是谁,您知道他会怎么回答吗?——克雷布特里太太。"

"克雷布特里太太?"波洛惊讶地问,"克雷布特里太太是谁?"

亨莉埃塔仿佛含笑带泪地继续道:"她是一位老太太——丑陋、肮脏、满脸皱纹,意志极其坚定。约翰对她的评价极高。她是圣克里斯托弗医院的一位病人。她患有里奇微氏症。这种疾病非常罕见,一旦得上,几乎必死无疑——根本没有治疗它的特效药。但约翰正在研究一种特效药——我没办法从技术上解释这一点,那很复杂,与荷尔蒙的分泌有关。他正在进行试验,而克雷布特里太太是他的明星病人。您知道,她非常有勇气,求生意志极强,而且她非常喜欢约翰。他们俩在并肩战斗。里奇微氏症与克雷布特里太太是约翰这几个月来心里的重中之重——不论白天黑夜,其他事都没那么重要。这对约翰来说是做一个医生的意义所在——并不是哈利街的那些事,那些有钱的胖女人,那都只是他的副业。他在乎的是强烈的科学上的好奇,以及所获得的成就。我——哦,我真希望能使您理解。"

她的双手绝望地比划着,赫尔克里·波洛暗忖,这双手是多么的可爱而敏感。

他说:"对此您似乎相当理解。"

"哦,是的,我理解。约翰以前常常来跟我谈这些事,您知道吗?并不是真的对我谈——我觉得,有一部分是对他自己谈。他能借此理清思路。有时他几乎感到绝望,他找不到攻克不断增强的毒性的方法，然后他又会想出主意来调整治疗的手段。我无法向您解释那是什么样的情况——它就好像一场战役。您无法想象这其中的激动与专注，以及，有时是巨大的痛楚，有时则是铺天盖地的疲倦……"

她沉默了一两分钟，眼神因为回忆而黯淡。

波洛好奇地问："您本人一定也具备一些医学方面的知识吧？"

她摇摇头。

"谈不上。只是足以理解约翰在说些什么。我买了一些书读过。"

她又沉默了，脸色变得柔和了一些，双唇微张。波洛想，她陷入回忆中了。

随着一声长叹，她的心神又回到了现实之中。她渴求地望着他："如果我能使您明白——"

"您做到了，小姐。"

"真的吗？"

"是的，我能听得出对方话语中的真诚。"

"谢谢您。但要向格兰奇警督解释这一切可不容易。"

"可能是的。他会集中注意私人的角度。"

亨莉埃塔激动地说："可那一点太不重要了——完全微不足道。"

波洛缓缓地抬起眉毛。她对他那无声的抗议回应道："确实是这样！您要知道——过了一阵之后，我介入约翰与他心心念念的事之间了。我以一个女人的身份，影响到了他。他无法像他所希望的那样集中注意力了——因为我。他开始担心他可能爱上我了——他不想爱任何人。他与我做爱，是因为他不愿过多地想起我。他希望保持事情轻松简单，就与他以前的其他外遇一样。"

"而您呢——"波洛密切地注视着她，"您对这样的安排，感到满意吗？"

亨莉埃塔站起身来。她再一次以干巴巴的语调说："不，我并不满意。毕竟，我是个人……"

波洛等了一小会儿，又说："那么，为什么，小姐——"

"为什么？"她转身面对他，"我希望约翰满意，我希望约翰得到他想要的东西。我喜欢他能够继续做他真正在乎的事——他的工作。如果他不想被伤害——不想再次处于一个容易受伤的位置，那么，我觉得这样没有问题。"

波洛摸了摸鼻子。

"刚才，萨弗纳克小姐，您提到了薇罗尼卡·克雷。她是约翰的一个朋友吗？"

"在上星期六之前，他已经整整十五年没有见过她了。"

"他十五年前认识她？"

"他们曾经订过婚。"亨莉埃塔回到沙发边坐下，"我明白了，我得把一切从头到尾解释清楚。约翰曾经不顾一切地爱着薇罗尼卡。而薇罗尼卡当时是——当然现在也还是——一等一的泼妇。她是一个不可一世的自大狂。她要求约翰放弃一切，成为薇罗尼卡·克雷小姐温驯的小丈夫。约翰与她断绝了关系——做得相当正确。但他因此承受了极大的痛苦。当时他唯一的念头，就是娶一个与薇罗尼卡截然不同的女人。他娶了格尔达，用比较粗俗的话来形容，她就是个一等一的傻瓜。这一切都非常美满和安全，但谁都能看得出，迟早有一天，与一个傻瓜一起生活会将他彻底激怒。他有过好几次外遇——但都毫不重要。格尔达，当然，从来不曾起过疑心。但我则认为，在这十五年间，约翰心中始终有个结——与薇罗尼卡有关的心结。他从未真正放下过她。然而，上星期六，他再次与她相逢。"

沉默了很久之后，波洛轻柔地说道："那天晚上，他送她回家，直到凌晨三点才回到空幻庄园。"

"您怎么知道的？"

"有个女佣那天牙疼，睡不着。"

亨莉埃塔说了一句完全无关的话："露西家的用人实在太多了。"

"但您也知道此事，小姐。"

"是的。"

"您怎么知道的？"

亨莉埃塔再次沉默了一小会儿。接着，她缓缓回答道："我一直守在窗边看着，我看见他回屋来的。"

"牙疼吗，小姐？"

她向他微微一笑。

"另一种疼，波洛先生。"

她站起身，走到门边，波洛说："我陪您走回去吧，小姐。"

他们穿过小径，走出大门，一路进入栗树林之中。

亨莉埃塔说："我们不必走到游泳池那边。我们可以向左上坡，沿着上方的小路走到花间小径。"

有一条羊肠小道沿着陡峭的山坡通向灌木丛。走了一段之后，他们来到一条比较宽的小路，在栗树林的上方，沿着山坡的走势蜿蜒。此刻，他们来到一条长凳边，亨莉埃塔坐了下来，波洛坐在她的身旁。他们的头顶与身后都是灌木丛，而下方则是栗树林。长凳面前是一条蜿蜒下行的小路，通往远处那微微泛着波光的蓝色水池。

波洛沉默地望着亨莉埃塔。她的面容很放松，刚刚那种紧张的情绪已经不见了。她的面庞看起来比较圆润，也比较年轻。波洛能够想象得出她小时候的模样。

最后，波洛十分温和地说："您在想什么，小姐？"

"想安斯威克。"

"安斯威克？那是什么地方？"

她极尽温柔地向他描述着安斯威克。那栋庄严的白色大屋，巨大的木兰树，整整一片树木葱郁的山坡。

"那是您的家吗？"

"并不算是。我原先住在爱尔兰。我们以前都会去安斯威克度假。爱德华、米奇和我。那里其实是露西的家。它原是她父亲的产业。他过世之后，传给了爱德华。"

"没有传给亨利爵士？但他不是获得了老先生的爵位吗？"

"哦，那是爵级巴斯司令勋章。"她解释道，"亨利只是一个远房表亲。"

"那么，爱德华·安格卡特尔之后，安斯威克要传给谁呢？"

"真奇怪，我从来没有想过这个问题。如果爱德华不结婚的话——"她顿了顿，面上掠过一丝阴云。赫尔克里·波洛不知此刻她心中浮现的是什么事。

"我想，"亨莉埃塔缓缓地说，"它将传到戴维手中吧。这也正是为什么……"

"为什么什么？"

"为什么露西把他请过来。戴维和安斯威克？"她摇摇头，"不知怎么的，似乎搭不上边儿。"

波洛指着他们面前的小径。

"昨天，小姐，您就是沿着这条小径来到游泳池边的吗？"

她微微打了个寒战。

"不是,我走的是主屋边上的那条路。爱德华是从这条路走过去的。"她突然转身面对他,"我们一定要谈这件事吗?我真恨那游泳池。我甚至痛恨空幻庄园。"

波洛低声呢喃道:

> 我痛恨那小树丛背后的可怕空洞,
> 它那田原之上的双唇沾染着血红的荒野,
> 斑斑红棱的暗礁沉浸于对鲜血的无声恐惧,
> 而那回声,无论问她什么,都只答"死亡"。[1]

亨莉埃塔大惊失色地转脸望向他。

"丁尼生。"波洛说着,一边骄傲地点点头,"这是你们的丁尼生男爵的诗。"

亨莉埃塔喃喃地重复道:"而那回声,无论问她什么……"她近乎自言自语地继续道,"当然了,我明白了,就是它——回声!"

"您说的回声是指什么?"

"这个地方——空幻庄园本身!我之前就已经意识到了——星期六我和爱德华沿着山脊散步的时候。这里有安斯威克的回声。而这就是我们安格卡特尔家的人的真正意义。回声!我们是不真实的——不像约翰那样真实。"她转向波洛,"我真希望您有机会认识他,波洛先生。与约翰相比,我们都不过是影子罢了。约翰才是真正活生生的人。"

---

[1] 此段诗文节选自英国桂冠诗人,第一代丁尼生男爵,阿佛烈·丁尼生男爵的诗作《莫德》。

"在他临死那一刻,我就已经发现了这一点,小姐。"

"我知道。你会觉得……约翰死了,而我们这些回声,却还活着……这就好像,您知道,一个极其糟糕的笑话。"

她面上的青春气息又消失了。她的双唇因突然涌上的痛楚而扭曲。

当波洛开口问她问题时,她一时之间并未领会他在说什么。

"很抱歉,您刚刚说什么,波洛先生?"

"我是问您的阿姨——安格卡特尔夫人喜欢克里斯托医生吗?"

"露西?她是我的表姐,不是阿姨。是的,她很喜欢他。"

"那您的——表兄?——爱德华·安格卡特尔先生,他喜欢克里斯托医生吗?"

她的声音,波洛暗忖,有点儿不自然。她回答道:"不太喜欢——但他们俩完全不熟。"

"还有您的——另一位表亲?戴维·安格卡特尔先生呢?"

亨莉埃塔微笑起来。

"我想,戴维痛恨我们所有人吧。他整天把自己关在图书馆里读《大英百科全书》。"

"啊,多么严肃的性格。"

"我很同情戴维。他的家庭生活相当不幸。他母亲的精神不太正常——是病人。所以,他唯一保护自己的方式就是尽量让自己感到优越于其他所有人。在这一招行得通的时候,一切都没问题,但时不时会行不通,这时,那个脆弱的戴维就会暴露出来了。"

"他是否感觉自己优越于克里斯托医生?"

"他努力想要这样做,但我觉得并不成功。我怀疑约翰·克里斯托正是戴维竭力想要成为的那种人。因此，他很不喜欢约翰。"

波洛若有所思地点点头。

"不错，自我保护，自信心，男子气概——都是很重要的男性品质。这很有意思，非常有意思。"

亨莉埃塔没有回答。

穿过栗树林，在游泳池边，赫尔克里·波洛看见有个男人正俯着身，似乎在寻找什么东西。

他喃喃自语道："我不知道……"

"您说什么？"

波洛说："那是格兰奇警督的手下。他似乎在寻找什么东西。"

"我猜是线索吧。警察不总是在寻找线索吗？香烟灰、脚印、烧过的火柴。"

她的语气中含有一种苦涩的讥讽。波洛严肃地回答："是的，他们会寻找这一类东西——而且有的时候，他们能找到。但在这样的一桩案子中，萨弗纳克小姐，真正的线索往往埋藏于相关人士彼此之间的关系中。"

"我好像没有听懂您的意思。"

"很多细节。"波洛一边说着，一边仰起头，半闭起眼睛，"不是烟灰或橡胶鞋跟印，而是一个手势，一个眼神，一个不经意间的举动……"

亨莉埃塔立即转头看向他。他感觉到了她的目光，但并没有转回头来。她说："您是想起了什么特别的事吗？"

"我想起您当时是如何疾步上前，从克里斯托太太手中取过左轮手枪，然后让它掉在了游泳池里。"

他感觉到她微微一震。但她的声音仍然相当正常和冷静。

"波洛先生,格尔达有那么一点儿笨手笨脚。在当下受到震惊的时刻,如果那把手枪里还有子弹的话,她也许会开枪——也许会误伤其他人。"

"但您那样也挺笨手笨脚的,不是吗,把枪掉进池子里?"

"嗯,我当时也受到了震惊。"她顿了顿,"您想暗示什么,波洛先生?"

波洛坐直了身体,转过头,以轻快而实事求是的语气说道:"如果那把左轮手枪上有指纹,我是指,在克里斯托太太拿起手枪之前就留下的指纹——我确实很想知道会是谁的。但现在,我们已经无从得知了。"

亨莉埃冷静而稳定地说:"您是认为那是我的指纹了。您在暗示是我开枪打死了约翰,然后把手枪留在他的身边,好让格尔达过来时捡起来,握在手中。这就是您想暗示的事,对吗?但当然,如果真是我做的,相信您会承认,我有足够的智慧会首先擦掉自己的指纹吧!"

"您当然有足够的智慧预见到,小姐,如果确实是您做的,但如果手枪上除了克里斯托太太的指纹外没有其他人的指纹,这件事就非常不可思议了!因为你们大家前一天都用这把手枪射击过。格尔达·克里斯托不太可能会在使用这把左轮手枪之前,先把它上面的指纹都擦干净吧——她完全没有理由这样做。"

亨莉埃塔缓缓地说:"那么您认为是我杀死了约翰?"

"克里斯托医生在临死前,说:'亨莉埃塔。'"

"而您认为这是指控?这不是。"

"那这是什么?"

亨莉埃塔伸出一只脚,用脚趾头描绘着地上的图案。她以极低的声音说道:"难道您忘了吗?我在不久之前告诉您的事?我是指——我们之间的关系?"

"啊,是的,他是您的情人。因此,临死之时,他说:'亨莉埃塔。'这的确非常感人。"

她恼怒地瞪着他。

"您一定要这样讥讽人吗?"

"我并没有在讥讽。但我确实不喜欢别人对我说谎——而我认为,您正在试图这样做。"

亨莉埃塔静静地说:"我之前就告诉过您,我并不是特别诚实的人——但当约翰说'亨莉埃塔'时,他的确不是在指控我杀害了他。您难道不明白,像我这样的人,我们创造事物,而不太有夺取他人生命的能力?我不会杀人的,波洛先生。我根本做不到。这是不折不扣的赤裸裸的事实。您怀疑我,仅仅是因为一个濒死之人喃喃地说出了我的名字,而他可能根本就不知道自己在说什么。"

"克里斯托医生完全知道他在说什么。他的声音非常有活力,意识非常清晰,就好像医生在动手术时明确而急切地说出'护士,拿镊子来'一样。"

"但是——"她似乎一下子迷失了,吃了一惊。

赫尔克里·波洛继续快速道:"而且,并不仅仅因为克里斯托医生临死之前所说的这句话。我完全不相信您有能力预谋杀人——那是不可能的。但你有可能被一阵突然涌起的强烈的愤恨所驱使而开枪。而如果是这样,小姐,您具备那种创造性的想象力以及能力,来掩盖您的作案痕迹。"

亨莉埃塔站起身来。她在原地站了一会儿,脸色惨白,身体颤抖,望着波洛。然后她忽然抱憾一笑,说:"我还以为您喜欢我。"

　　赫尔克里·波洛叹了一口气。他悲伤地说:"这正是我的不幸。我确实喜欢您。"

第十九章

1

亨莉埃塔离开之后，波洛依然坐在原地，直到他看见格兰奇警督迈着坚定而轻松的步伐走过游泳池，沿着通往凉亭的那条小路走了过来。

警督以一种目标明确的姿态走着。

因此，他要么是去憩斋，要么是去鸽舍。波洛猜测着到底是哪里。

他站起来，沿着刚刚过来的那条路往回走。如果格兰奇警督是要去看望他的话，他倒是很有兴趣听听警督打算说些什么的。

但当他回到憩斋时，并没有任何来访者的迹象。波洛若有所思地看着通向鸽舍的那条小路。他知道，薇罗尼卡·克雷还没有返回伦敦。

他发现自己对薇罗尼卡·克雷的好奇心变得强烈起来。那条闪着光的浅白色狐皮披肩，那堆叠的火柴盒，星期六晚上以拙劣的借口贸然闯入，最后还有亨莉埃塔·萨弗纳克所坦陈的有关约翰·克里斯托同薇罗尼卡之间的关系。

他想，这确实是一个很有趣的模式。是的，这正是他对此的看法：一个模式。

其中，各种爱恨情仇交织，各人迥异的性格相互碰撞，奇特而又复杂的模式设计之中，穿插着阴暗的仇恨与欲望。

究竟是不是格尔达·克里斯托枪杀了她的丈夫？还是说事情并没有那么简单？

他想起了他与亨莉埃塔的长谈，觉得事情应该没有那么简单。

亨莉埃塔贸然断定他怀疑她是杀人凶手，但事实上，他心中还远远没有得出这样的结论。他只不过是相信亨莉埃塔还知道些什么。知道些什么，还是隐瞒着些什么——是哪一种情况？

他摇摇头，感到颇为不满。

游泳池边的那一幕，好像是舞台剧中的一个场景，一个人为安排好的场景。

由谁安排的？为了谁而安排的？

他强烈地怀疑，第二个问题的答案正是赫尔克里·波洛。事实上，他在当时就是这么想的。但当时他认为那只不过是一个相当不恰当的举动——一个玩笑。

那确实是相当不恰当的举动——但并不是玩笑。

那么，第一个问题的答案是什么？

他摇摇头。他不知道答案。他一点儿概念都没有。

他半闭上眼睛，开始在脑子里回想这一切——所有这一切——在心中他清晰地看到了。亨利爵士，一位拘谨、富有责任心、值得信赖的帝国的行政长官。安格卡特尔夫人，飘忽不定，难以琢磨，充满令人难以预料且费解的魅力，同时又具备不合逻辑地提出建议的致命能力。亨莉埃塔·萨弗纳克，爱约翰·克里斯托胜过爱她自己。温柔而消极的爱德华·安格卡特尔。那个深色皮肤、态度积极的姑娘，米奇·哈德卡斯尔。格尔达·克里斯托，手中握着一把左轮手枪，一脸的茫然与困惑。戴维·安格卡特尔，仍然保有青春期少年那种叛逆的个性。

他们所有的人，都紧紧地缠绕和包裹在法网之内。却因为那场突然的暴力死亡事件所导致的无情后果，在一小段时间内被绑在了一起。他们中的每一个人，都有自己的悲剧和意义，有他们自己的故事。

而真相，就隐藏在他们每个人的个性与情感交互作用下的某个角落。

对于赫尔克里·波洛来说，只有一件事情比对人的研究更使他着迷，那就是对真相的追求。

他铁了心要发掘约翰·克里斯托之死的真相。

2

"当然了，警督先生，"薇罗尼卡说，"我非常愿意帮助您。"

"谢谢您，克雷小姐。"

不知为什么，薇罗尼卡·克雷与警督原先想象中的样子截然不同。

他原以为将会遭遇迫人的魅力，做作的矫饰，甚至过度夸张的言行。如果她在他面前扮演起某种角色来，他也完全不会感到吃惊。

事实上，他机敏地猜想，她现在正在扮演着某种角色，但与他预期的并不相似。

她并没有过分施展女性魅力——没有强调她的光彩夺目。

相反，警督感觉坐在自己面前的，只是一个极其美貌、衣着奢华的女人，同时也是一位相当精明的女商人。他暗忖，薇罗尼卡·克雷可不傻。

"我们只需要请您做一个清晰的声明,克雷小姐。星期六晚上您去过空幻庄园吧?"

"是的,我家的火柴用光了。你一不小心就会忘了在乡村这些东西是多么重要。"

"您特地走了很远的路去空幻庄园?为什么不去向隔壁的邻居波洛先生借?"

她微笑起来——那是一个镜头前的微笑,高人一等、充满自信。

"我当时并不认识隔壁的那位邻居——不然我就会去麻烦他了。我只知道那是一位小个子的外国人,而且我以为,您知道,他可能会成为麻烦——毕竟他住得那么近。"

不错,格兰奇心想,似乎十分在理。她显然对这个问题早有准备。

"您拿到了火柴,"他说,"并且认出了一位老朋友,克里斯托医生,我说得没错吧?"

她点点头。

"可怜的约翰。是的,我已经有十五年没有见到他了。"

"真的吗?"警督的语调中含有一种彬彬有礼的怀疑。

"是的。"她的语调相当坚决和肯定。

"见到他您感到高兴吗?"

"非常高兴。老友重逢总是令人愉快的事,难道您不这样认为吗,警督先生?"

"有的时候确实如此。"

薇罗尼卡·克雷没等他继续提问,就接着说:"约翰送我回的家。您一定想知道他有没有说过任何可能与这场悲剧有关的话吧?但我仔细地回想了我们的谈话——确实没有任何暗示。"

"那你们谈了些什么，克雷小姐？"

"过去的时光。'你还记得这个吗，你还记得那个吗？'"她感伤地笑了笑，"我们是在法国南部认识的。约翰几乎没有什么变化——当然，年纪大了，而且更自信了。看起来他在他的行业里颇负盛名。他完全没有谈及他的个人生活。我只是隐约得到一个印象，他的婚姻生活可能不算是特别美满——但那只是我个人的特别模糊的印象。我猜想他的妻子，可怜的人儿，是那种天资不佳，又善嫉妒的女人——可能常常为了他那些比较美貌的女病人而小题大做。"

"不，"格兰奇说，"她看起来不像是那种类型的人。"

薇罗尼卡迅速地说："您的意思是——这一切都隐藏在表面之下？是的，我能理解，这样的人危险得多。"

"我想您认定是克里斯托夫人冲他开的枪了，克雷小姐？"

"我不应该那样说。我们不应该在审判之前妄加评论——是这样说的吧？真是非常抱歉，警督先生。只不过是因为我的女仆告诉我，人们发现她当时正站在尸体旁边，手里还握着左轮手枪。您也知道，在这些宁静的乡村，任何事情都会被夸张得不成样子，而用人们之间也会传播各种小道消息。"

"用人们有时是非常有用的，克雷小姐。"

"是的，我猜想您从这种途径获得了很多消息吧？"

格兰奇无动于衷地继续说道："当然了，针对谁有动机这个问题……"

他顿了一顿。薇罗尼卡带着淡淡的抱憾微笑说："妻子总会被认定为第一嫌疑犯吧？多么愤世嫉俗啊！但通常不都会有一个所谓的'另一个女人'吗？我猜想她可能也会被认为存在着动机吧？"

"您是否认为克里斯托医生的生活中存在着另一个女人?"

"这个嘛——是的,我确实可以想象有这样的人存在。您知道的,人总会得出某种印象。"

"印象有的时候非常有帮助。"格兰奇说。

"据我猜想——根据他对我所说的那些话——那个女雕塑家是他的……嗯,一个非常亲密的朋友。但我相信这些事你们都已经知道了吧?"

"我们当然会调查所有的情况。"

格兰奇警督的语气中并未带有任何倾向性的暗示,但他看到她那双湛蓝的双眼中,有一抹恶毒的满足感迅速地一闪而过。对此,他并未做出任何反应。

他以相当公事公办的口吻问道:"您刚才说到克里斯托医生送你回家。您与他道别的时候是几点钟?"

"我真是记不起来了!我很肯定的是,我们聊了一阵子。当时一定已经很晚了。"

"他进屋了吗?"

"是的,我请他喝了一杯。"

"我明白了。我原以为你们的谈话可能是在——呃——游泳池边的凉亭里进行的。"

他注意到她的眼皮忽闪了几下。但她几乎毫不犹豫地说:"您的确是一位侦探,不是吗?不错,我们在那里坐着抽着烟聊了一会儿。您怎么知道的?"

她的脸上呈现出那种小孩子请求别人表演一个有趣的小魔术时会露出的那种愉快而热切的表情。

"您把您的毛皮披肩忘在那儿了,克雷小姐。"格兰奇不加强调地补充道,"还有火柴。"

"是的,我确实忘记拿了。"

"克里斯托医生在凌晨三点钟返回了空幻庄园。"警督再次不加任何强调地说道。

"真的有这么晚吗?"薇罗尼卡听起来十分惊奇。

"是的,克雷小姐。"

"当然了,我们有那么多事要谈论——毕竟那么多年没见面了。"

"您确定您与克里斯托医生有这么长时间没见面了?"

"我刚才已经说了,我有十五年没有见到他了。"

"您确定您没有搞错吗?我有种印象,您可能见过他很多次了。"

"您怎么会这样想?"

"嗯,一方面是这张条子。"格兰奇警督从他的口袋里掏出一封信,扫视了一下,清了清嗓子读道:"'请于今天上午过来一趟。我必须见你一面。薇罗尼卡。'"

"是的,"她微笑起来,"也许口气太专横了一点儿。我恐怕好莱坞会令人变得——怎么说呢,相当傲慢。"

"克里斯托医生第二天上午前往您府上是应了这封信的邀约。你们发生了争吵。您能不能告诉我,克雷小姐,你们为了什么事而争吵?"

警督一口气问出这串话。他机敏地捕捉到了她眼中闪烁恼怒的火花,以及因愠怒而绷紧的双唇。她厉声道:"我们没有争吵。"

"哦,不,你们争吵了,克雷小姐。您说的最后一句话是:'我想我一辈子都没有那么恨过一个人。'"

她沉默了。他能感觉到她在思考——快速而戒备地思考。有些女人也许会在情急之下脱口而出。但薇罗尼卡·克雷太聪明了，她不会这样做。

她耸耸肩，轻松地说："我明白了。这也是用人们传出来的闲话吧。我的小女佣的想象力还真是丰富。您知道，同一句话有很多种不同的表达方式。我能向您保证，我当时并不是在上演什么闹剧。那句话其实是半含着调情意味的。我们只是争执了几句。"

"所以那句话并不需要被视为严肃的警告？"

"当然不用。并且我向您保证，警督先生，我与约翰·克里斯托确实已经有十五年没见过了。您可以亲自去证实这一点。"

她恢复了自制，态度超然，相当自信。

格兰奇没有争辩或进一步讨论这个问题。他站了起来。

"目前就到此为止吧，克雷小姐。"他客气地说。然后走出鸽舍，沿着乡间小路，来到了憩斋的大门前。

3

赫尔克里·波洛极其惊讶地瞪着警督。他难以置信地重复道："那支被格尔达·克里斯托握在手中、随后又掉进游泳池的左轮手枪，不是射出那致命一击的手枪？这可真是太不同寻常了。"

"确实如此，波洛先生。但坦白地说，这完全不合理。"

波洛柔声低语道："是的，这确实不合理。但与此同时，警督先生，也必须有其合理性在里面，对吧？"

警督沉重地长叹一声："正是如此，波洛先生。我们必须得找出能够合理解释这一情况的原因来——但目前我想不出来。事实上，在找到那把真正用于射杀的手枪之前，我们很难取得什么实质性的进展。那把枪也是亨利爵士的收藏品之一——至少，他的藏品中少了一把枪。这就意味着整个事件仍然与空幻庄园有着紧密的联系。"

"对，"波洛嘀咕着，"仍然与空幻庄园有着紧密的联系。"

"原本这起案件看似相当简单明了。"警督继续说，"现在，它既没有那么简单，也没有那么明了了。"

"不错，"波洛说，"确实不简单。"

"我们不得不承认，存在着整件事都是一个阴谋的可能性——也就是说，有人故意设计陷害格尔达·克里斯托。但如果是这样的话，为什么不把真正的凶器留在尸体边让她去捡呢？"

"她可能不会捡起来。"

"确实，但即使她没有捡起枪来，只要手枪上没有任何其他人的指纹——我是指如果凶手在开枪后把枪擦拭干净了的话——她仍然极有可能受到怀疑。这不正是凶手所希望的局面吗？"

"是吗？"

格兰奇瞪视着波洛。

"如果你谋杀了一个人，你肯定会想要迅速而稳妥地将案子栽赃到别人头上，不是吗？这是一个谋杀犯正常的反应。"

"是的，"波洛说，"但也许我们遭遇的，是一个相当不同寻常的谋杀犯。很可能这就是我们的问题的答案。"

"答案是什么？"

波洛沉思着说："一个不同寻常的谋杀犯。"

格兰奇警督好奇地看着他。他说："可那样的话，这个谋杀犯的意图是什么呢？他或她想要达到什么目的呢？"

波洛叹了口气，摊开了双手。

"我不知道——我一点儿也不知道。但在我看来——仿佛是——"

"什么？"

"凶手想要杀死约翰·克里斯托，但又不想牵连格尔达·克里斯托。"

"哈！可实际上，我们立即就怀疑上了她。"

"啊，是的，但是有关凶器的实情浮出水面只是个时间问题，而那必然会带来全新的视角。在这段短短的间隙之中，凶手有时间……"波洛完全停顿了。

"有时间做什么？"

"啊，我的朋友，你把我难住了。我不得不再次说，我不知道。"

格兰奇警督在屋里来来回回转了几圈。接着他停了下来，站到波洛的面前。

"我今天下午来找你，波洛先生，有两个原因。首先，因为我知道——在警察局里这也是众所周知的——你对处理此类事件具有丰富的经验，完成过一些相当巧妙的工作。这是第一个原因。但还有另一个原因：你在当场。你是目击证人。你亲眼看到了当时的情况。"

波洛点点头。

"是的，我看到了当时的情况——但是，格兰奇警督，人的双眼可是非常不可靠的目击证人。"

"你这是什么意思，波洛先生？"

"有的时候，人的眼睛只能看到别人希望它们看到的东西。"

"你认为那一切都是预先安排好的吗？"

"我怀疑是这样的。你要了解，当时那一切完全就像舞台剧中上演的一幕场景。我所看见的情况确实十分清晰。一个男人刚刚中枪倒地,而那个朝他开枪的女人正拿着用于射击的手枪,站在他身边。这就是我所看见的情况,而我们现在已经知道,这个画面中至少有一处是明显错误的。那把枪并未用于射杀约翰·克里斯托。"

"嗯!"警督用力向下捋着他那撇下垂的小胡子,"你想说的是,这个画面中,还有其他地方可能是错误的?"

波洛点点头。他说:"当时现场还有三个人——他们看起来似乎都是刚刚来到现场。但这一点也可能不是真的。游泳池的四周密密实实地种满小栗树。以游泳池为中心,有五条小路分别通向不同的终点,一条通往房子,一条进入树林,一条通向花间小径,一条从游泳池下方直达农场,还有一条是通到这儿的乡间小路的。

"这三个人,分别从不同的路过来,爱德华·安格卡特尔从上面的树林过来,安格卡特尔夫人从农场过来,而亨莉埃塔·萨弗纳克是从房子上方的花间小径过来的。这三个人几乎同时到达犯罪现场,都比格尔达·克里斯托晚了两三分钟。

"但这三个人中,警督先生,可能有一个先于格尔达·克里斯托到达了现场,向约翰·克里斯托开了枪,然后折返到其中一条小路上,再转过身来,佯装同其他人一起到达。"

格兰奇警督说:"不错,的确有这种可能。"

"还存在另一种可能性,但当时我们都没有想到。某个人可能从我门前这条小径拐到一条小路上,过去射杀了约翰·克里斯托,然后从原路返回,而没有被任何人看到。"

格兰奇说:"你说得完全正确。在格尔达·克里斯托之外,还可能存在另外两个嫌疑犯。她们都具有同样的动机——嫉妒。

这必然是一桩情杀案。约翰·克里斯托同另外两个女人也有瓜葛。"

他停了一下,接着说道:"克里斯托那天上午去拜访了薇罗尼卡·克雷,他们发生了争吵。她对他说'我会让你为所做的事后悔',并说她从未如此痛恨过一个人。"

"有意思。"波洛嘀咕道。

"她是从好莱坞来的——而就我从报纸上读到的消息来看,他们那儿有时会发生彼此开枪射击的事。说不定是她去凉亭取前一晚忘在那儿的狐皮披肩时,他们俩狭路相逢——局面一发不可收拾——她向他开了枪。接着,她听到有人过来了,就躲回到过来的那条路。"

他停顿了片刻,恼怒地补充道:"这样一来,我们又回到了那个难以解释的结点:那把该死的枪!除非,"他的眼睛一亮,"她用自己的手枪杀了他,又扔下一把她从亨利爵士的书房里偷来的手枪,以便将嫌疑引到空幻庄园那群人的身上。她也许不知道我们能够通过鉴定来判断真正被使用的枪支。"

"我很怀疑有多少人知道这个。"

"我向亨利爵士提出过这一点。他说,他认为应该有不少人知道这一点——考虑到市面上有那么多的侦探小说。他以一本新书《流淌喷泉的线索》为例,说约翰·克里斯托本人星期六就在读这本书,并且特别指出书中对这一点的描写。"

"但薇罗尼卡·克雷得首先设法从亨利爵士的书房里取得那把手枪。"

"是的,这就意味着存在预谋。"警督又捋了一下他的小胡子,接着注视着波洛,"但你还暗示了另一种可能性,波洛先生,那就是萨弗纳克小姐。而这又是你所目击,或者应该说是你所听闻的情况。克里斯托医生在临死之时说了'亨莉埃塔'。这是你亲耳听到的——他们也全都听到了，只有安格卡特尔先生似乎没有听到他所说的这句话。"

"爱德华·安格卡特尔没有听到吗？这很有意思。"

"但其他人都听到了。萨弗纳克小姐自己说，死者当时在试图对她讲话。安格卡特尔夫人则说，他睁开了眼睛，看到了萨弗纳克小姐，然后说：'亨莉埃塔。'我想，她并不认为这一点有多重要。"

波洛笑了起来。"不错——她不会认为这一点有多重要的。"

"那么，波洛先生，你的看法呢？你也在现场，你看到了，也听到了。克里斯托医生当时是否在试图告诉你们，是亨莉埃塔朝他开的枪？简而言之，那是指控吗？"

波洛缓缓地说："当时，我并不这样认为。"

"但现在呢，波洛先生？你现在是如何认为的呢？"

波洛叹了口气。接着他缓缓地说："有可能是这样的。对此我无法更进一步地解释了。这只是针对你现在向我提出的问题而回忆起的一个印象，当那一刻过去了之后，我们总会情不自禁地从中寻找更深的含义，而在当时，这些含义可能并不存在。"

格兰奇快速地说："当然，这一切都不会被记录在案。波洛先生的想法并不构成证据——这一点我很清楚。我只是试图得到一点线索。"

"哦，我非常理解你——而且目击者的印象可能十分有用。但我不得不很惭愧地告诉你，我的印象恐怕是没有价值的。我当时被我所看到的情况误导，因而已经抱着错误的预判，认定是克里斯托夫人刚开枪杀了她的丈夫；因此，当克里斯托医生睁开眼睛，说出'亨莉埃塔'的时候，我完全未将其当作一个指控。现在回想起来，我也忍不住想要从中读出一些当时并不存在的深意。"

"我明白你的意思，"格兰奇说，"但在我看来，既然'亨莉埃塔'是克里斯托临死前所说的最后遗言，它肯定意味着两者之一。要么是对谋杀的指控，要么是——嗯，纯粹的情感流露。他爱着她，而且他濒临死亡。那么，我们把这一切因素都考虑在内，在你看来，这两种含义之中，哪一种可能性更大呢？"

波洛叹了口气，动了一下，闭上了双眼，又再次睁开，在强烈的痛苦中摊开了双手。他说："他的声音很急迫——我只能说这么多——急迫。在我看来，那似乎既不是指控，也不是情感流露——但是非常急迫，是的！并且我能肯定一件事：他的意识是完全清醒的。他讲话的样子完全就像一个医生——就好比，正在处理突发紧急手术的医生，眼前的病人可能将要因失血过多而死。"波洛耸耸肩，"我已经尽我所能了。"

"医学相关，是吧？"警督说，"好吧，不错，这确实是第三种理解的角度。他被击中了，他怀疑自己就要死了，他希望他们能够立即对他施救。而如果，就像安格卡特尔夫人所说的那样，萨弗纳克小姐是他睁开双眼后看到的第一个人的话，他自然会向她做出请求。然而，这种解释并不十分令人满意。"

"这起案件中，没有任何让人满意的地方。"波洛略带苦涩地说道。

一个精心谋划布置的谋杀现场，目的是欺骗赫尔克里·波洛——而他确实受骗了！是的，这丝毫不令人满意。

格兰奇警督望着窗外。

"嘿，"他说，"警长克拉克来了。他好像有所发现。他一直在用人们中间打探——采用的是怀柔政策。他是个很帅的小伙子,对女人很有办法。"

克拉克警长走了进来,有点儿上气不接下气。他显然对打探结果非常满意,但竭力以庄重的职业态度克制着喜色。

"我知道您到这儿来了,长官,所以我想最好还是前来当面报告。"

他迟疑着,向波洛投射去了怀疑的目光,后者那异国的外表令警长不禁有所保留。

"快说吧,伙计,"格兰奇说,"不用避讳波洛先生在场。在破案方面,他走过的桥比你走过的路还多呢。"

"是,长官。是这样的,长官,我从厨房女佣那儿了解到一些情况——"

格兰奇打断了他。他得意地转向波洛。

"我怎么说的来着?只要有厨娘,我们就有希望。现在家庭仆役的人数剧减,大家都不用厨娘了,真是只能靠老天保佑。厨娘们话又多,嘴又碎。她们的头顶有厨子和上等用人们压着,地位最低,难怪她们总会向任何愿意听她们说话的人倾囊相告。继续说,克拉克。"

"那姑娘是这样说的,长官。星期天下午,她看到格杰恩,那个管家,手里握着一把左轮手枪穿过大厅。"

"格杰恩?"

"是的,长官。"克拉克翻出笔记本来,"这是她的原话,'我不知道该怎么办,但我想我应该说出那天看到的情况。我看到了格杰恩先生,他站在大厅里,手里还握着一把左轮手枪。格杰恩先生看起来确实非常古怪。'"

"我觉得,"克拉克停了一下,又说,"关于看起来很古怪的部分应该没有什么重要的意义。她可能只是想到哪儿说到哪儿。

但我认为您应该立刻了解这些情况,长官。"

格兰奇警督站了起来,踌躇满志,对解决摆在面前的任务具有极大的信心。

"格杰恩?"他说,"我马上就去找格杰恩先生谈话。"

第二十章

格兰奇警督再次坐在了亨利爵士的书房里,注视着他面前那个男人毫无表情的面孔。

到目前为止,格杰恩依然显得相当有尊严。

"非常抱歉,长官,"他来回重复着,"我想我应该主动说明这件事,但我确实忘记了。"

他充满歉意地看看警督,又看看亨利爵士。

"如果我没记错的话,长官,当时大约是五点半。我正穿过大厅,准备去查看一下是不是有邮局送来的信件,这时,我注意到大厅的桌子上放着一支左轮手枪。我猜测那是老爷的收藏品,所以我拿起它,送到了这里。当时,壁炉台边的架子上原来摆放这把手枪的地方空着,所以我就把它放回了原位。"

"指给我看看。"格兰奇说。

格杰恩站起来,走到他所说的架子前,警督紧紧跟随在他的身后。

"就是这把,长官。"格杰恩伸出手示意放在最尾端的一把小型毛瑟手枪。

这是一支零点二五口径的手枪——相当小巧的武器,显然不是杀死约翰·克里斯托的那把枪。

格兰奇注视着格杰恩的面孔,说道:"这是一支自动手枪,不是左轮手枪。"

格杰恩咳了一下。

"真的吗，长官？恐怕我对轻武器完全不在行。我可能过于宽泛地使用了'左轮手枪'这个术语，长官。"

"但你能肯定这就是你在大厅里发现并拿进来的那支枪吗？"

"哦，是的，长官，我对此毫不怀疑。"

当他要伸出手的时候，格兰奇阻止了他。

"请别碰它。我必须检查上面的指纹，并且确认它是否已上膛。"

"我想应该没有上膛，长官。亨利爵士收藏的枪支都是不上膛的。此外，说到指纹的话，我在把它摆回去之前，已经用我的手帕仔仔细细地擦过了，长官，因此上面只会留有我的指纹。"

"你为什么要这样做？"格兰奇尖锐地问。

但格杰恩仍然保持着那充满歉意的微笑。

"我当时想着它也许脏了，长官。"

门打开了，安格卡特尔夫人走了进来。她冲警督微笑着。

"见到你真高兴，格兰奇警督！这说的左轮手枪啊、格杰恩啊，是怎么回事？厨房里那姑娘正哭得山河为之变色。梅德韦太太狠狠教训了她一顿——但如果那姑娘认为她应当把自己所看到的事说出来，这样做当然没问题。至于我，我常常不知道该如何分辨对错——您知道，如果做对的事令人愉快，而错的事令人不快，那是很容易分辨的——但如果是相反的情形，就很令人费解啦——而且我认为，不知您是不是也这样想，每个人都应该做他自己认定是正确的事。关于这把手枪的事，你跟他们是怎么说的，格杰恩？"

格杰恩带着充满敬意的口气强调道："手枪在大厅里，夫人，就放在大厅中央的桌子上。我完全不知道它怎么会出现在那里，于是就把它拿到这儿来了，并放到了合适的位置上。这就是我刚才告诉警督的情况，并且他非常理解。"

安格卡特尔夫人摇摇头。她温和地说："你真的不该说这些，格杰恩。我会自己告诉警督的。"

格杰恩微微移动了一下，安格卡特尔夫人非常和蔼地说："我完全能够理解你的出发点，格杰恩。我知道你总是想方设法地为我们免除麻烦和困扰。"她温和地打发他离开，"就这样吧。"

格杰恩犹豫了一下，飞快地向亨利爵士及警督瞥了一眼，接着鞠了一躬，往门口走去。

格兰奇动了一下，似乎想去阻止他，但出于某种他自己也难以辨明的原因，他的胳膊又垂了下来。格杰恩走了出去，并关上了房门。

安格卡特尔夫人在一把椅子里坐下，冲着那两个男人笑了笑。她很随意地说："您知道，我真的认为格杰恩非常可爱。非常懂规矩，如果您明白我的意思的话。是的，'懂规矩'这个词相当合适。"

格兰奇生硬地说："我是否可以这样想，安格卡特尔夫人，您本人对此事还有进一步的了解？"

"当然。格杰恩根本不是在大厅里找到这把枪的。他是在把鸡蛋拿出来的时候发现的。"

"鸡蛋？"格兰奇警督注视着她。

"从篮子里拿出来的。"安格卡特尔夫人说。

"你似乎认为这样一说，每件事就都非常清楚了。"亨利爵士温柔地说，"你必须再多告诉我们一些，亲爱的。格兰奇警督和我依然不明就里呢。"

"哦，"安格卡特尔夫人决意要解释清楚，"你们要知道，那把手枪放在篮子里，就在鸡蛋的下面。"

"什么篮子，什么鸡蛋，安格卡特尔夫人？"

"我带到农场去的那个篮子啊。手枪就放在里面，然后我把鸡蛋放了手枪的上面，并完全把这件事忘记了。而当我们发现可怜的约翰·克里斯托死在游泳池边时，我受到了巨大的惊吓，当时手一松，而格杰恩恰好及时接住了它（我的意思是，如果我把篮子掉到地上的话，鸡蛋就会摔破了）。然后他就把篮子拿回屋里去了。过了一阵，我请他在鸡蛋上注明日期——我一向这样做——不然的话，有时候我们就会先吃比较新鲜的鸡蛋，而不是陈一点儿的鸡蛋了。而他说，一切都已经处理好了。啊，我现在想起来了，他当时还特别强调了这一点。这就是我所说的懂规矩的意思。他发现了这把手枪，就把它放回这里，我想那其实是家里有警察的缘故。我发现，仆役们常常会害怕警察。非常好心，非常忠诚——但也相当愚蠢，因为，警督先生，您想知道的当然是实情啦，不是吗？"

说到这里，安格卡特尔夫人冲警督投去粲然一笑。

"我确实希望了解到实情。"格兰奇相当严肃地说。

安格卡特尔夫人叹了口气。

"这一切似乎都有点小题大做了，不是吗？"她说，"我是指这样无休无止地追问所有人。我猜想，无论是谁朝约翰·克里斯托开的枪，这个人都不是故意想要杀死他的——我是说，不是出于本意。如果真是格尔达，我能肯定她不是故意的。事实上，她竟然没有射偏，这一点已经令我十分惊讶了。而且她真的是一个非常善良亲切的人。如果您真的把她投入监狱，并且绞死她，孩子们可该怎么办呀？如果真是她射杀了约翰，她现在一定非常懊悔。对孩子们来说，自己的父亲被谋杀已经够糟糕的了——如果他们的母亲因此上了绞刑架，那就更糟糕不知多少倍了。有时我真觉得警察们完全不考虑这些事。"

"我们现在没有打算逮捕任何人，安格卡特尔夫人。"

"啊，那么至少这样是极妥当的。我一贯认为，格兰奇警督，您是那种办事非常妥当的人。"

她又一次展露出迷人的、几乎令人眩晕的笑容。

格兰奇警督眨了眨眼睛。他忍不住这样做，但他还是坚定地回到正在讨论的问题上。

"正如你刚才所说，安格卡特尔夫人，我想了解的是实情。您从这儿拿走了一把手枪——是哪一把呢？"

安格卡特尔夫人冲着壁炉台边的架子点了点头。"倒数第二支。零点二五口径的毛瑟枪。"她说话时那种干脆而专业的口吻令格兰奇隐隐觉得有些不妥。从某种程度上讲，他完全没有预料从案发到现在，一直被他认定为是"含糊"及"略有点儿疯癫"的安格卡特尔夫人，能够如此专业而准确地描述一件轻武器。

"您从这儿拿了这把手枪，并把它放到了篮子里。为什么呢？"

"我就知道您会问我这个的。"安格卡特尔夫人说，她的语调出人意料地显得颇为洋洋自得，"那当然是有某种原因的。你不这样认为吗，亨利？"她转向她的丈夫，"难道你不认为那天早晨我拿走手枪一定是有原因的吗？"

"我当然这样想，我亲爱的。"亨利爵士僵硬地说。

"一个人啊，做了一些事情，"安格卡特尔夫人说道，若有所思地凝望着面前的空气，"然后又想不起来为什么要做那些事了。但我想，您知道，警督先生，任何人做任何事，都是有原因的。"

我当时把毛瑟枪放到鸡蛋篮子里的时候，脑子里一定是有某个念头的。"她向他求助道，"您觉得可能是什么事呢？"

格兰奇瞪视着她。她完全没有显出任何尴尬不安——纯然一派孩子般的热忱。这使他感到非常颓丧。他从来没有遇到过像安格卡特尔夫人这样的人，此时此刻，他真不知道该如何是好。

"我的妻子，"亨利爵士说，"非常的心不在焉，警督先生。"

"似乎是这样，先生。"格兰奇口气不善地说。

"您觉得我是为了什么拿了这把手枪呢？"安格卡特尔夫人充满信任地问他。

"我不知道，安格卡特尔夫人。"

"我走进这里，"安格卡特尔夫人沉思着，"我跟西蒙斯说了枕套的事，我依稀记得经过了壁炉，并且想着我们必须弄一个新火钳——是助理牧师，而不是牧师——"

格兰奇警督瞠目结舌，觉得脑子都晕了。

"我记得拿起了那支毛瑟手枪，它可真是一把便于携带的可爱的小手枪，我一直很喜欢它。并把它放到了篮子里——我刚从花房拿来的篮子。但我的脑子里有这么多东西——西蒙斯，您知道，还有紫菀丛里长的野草，还希望梅德韦太太能做一道特别浓郁的'穿衬衫的黑鬼'——"

"穿衬衫的黑鬼？"格兰奇警督不得不打断了她。

"巧克力嘛，您知道的，还有鸡蛋——外头裹着掼奶油。外国人都喜欢在午餐时吃这种甜点。"

格兰奇警督粗暴而唐突地发问，就像挥开阻挡他视线的蜘蛛网一般。

"你给手枪上膛了吗？"

他原希望能吓她一下——甚至也许可以使她有点儿害怕。但安格卡特尔夫人只是一味地绞尽脑汁思考着这个问题。

"呀,我上膛了吗?我真是太蠢了,完全记不得了。但我想我应该上膛了吧,您说呢,警督先生?我是说,拿着一把不装弹药的手枪又有什么用呢?我真希望能够确切地想起那时我脑子里的想法。"

"我亲爱的露西,"亨利爵士说,"你脑子里所想的或没有想的事,即便对一个了解你多年的人来说,也是完全没有指望理解的。"

她朝他飞去一个甜美的微笑。

"我正在努力回忆呢,亨利亲爱的。人们就是会做那么古怪的事。之前有一天早晨我拿起了电话听筒,然后发觉自己正十分迷惑地看着它。我完全想不起来我准备拿它做什么。"

"我想您是准备给谁打个电话吧。"警督冷冷地说。

"不,有趣的是,我并不是这样打算的。事后我才想起来——我一直在奇怪为什么麦尔斯夫人,就是园丁的妻子,以那么古怪的方式抱着她的孩子,所以我拿起电话听筒来想试试。您知道,就是试试应该怎么抱一个婴儿。而且当然,我意识到这样之所以显得很奇怪,是因为麦尔斯夫人是左撇子,她是把婴儿的头放在另一个方向抱着的。"

她得意地看看这个,又看看那个。

好吧,警督心想,我想大概这个世界上确实存在着这样的人吧。

但他对此并不敢十分肯定。

他意识到,整个事件也许都是一连串的谎言。比如,那个厨娘明确地提到格杰恩手里握着的是一把左轮手枪。然而,你也不能过于倚重这一点。那个女孩对轻武器一无所知。她曾听说左轮手枪与此案有关,而左轮手枪和手枪在她看来可能根本是一回事。

格杰恩和安格卡特尔夫人都指明了那把毛瑟手枪——但又没有任何证据能够佐证他们的陈述。说不定,格杰恩拿着的正是那把莫名失踪的左轮手枪,而且他可能并没有把它归还到书房里,而是直接给了安格卡特尔夫人本人。所有的仆役似乎都对那该死的女人崇拜不已。

假设正是她射杀了约翰·克里斯托呢?(但她为什么要这样做?他无法想出任何理由。)他们是否仍然会支持她,并为她说谎?他有一种不舒服的感觉,觉得他们一定会这样做的。

至于她所说的这个记不起来的离奇故事——她一定能够想出比这更像样的理由。而且她表现得多么自然啊,一点儿也没有显出尴尬或不安。该死的,她恰恰给你一种她所说的句句属实的印象。

警督站起身来。

"如果您能记起些什么来的话,希望您能告诉我,安格卡特尔夫人。"他干巴巴地说。

她回答说:"我当然会啦,警督先生。有的时候,你会灵光一闪想起些什么事的。"

格兰奇走出书房。在大厅里,他用一根手指绕着脖子展了展衣领,深深地吸了一口气。

他感觉,所有的事情都纠缠成一团乱麻,完全无法拆解。他急需他那支最旧最脏的老烟斗,一品脱淡啤酒,一客上好的牛排配薯片——那些直截了当而客观真实的东西——来解救自己。

第二十一章

安格卡特尔夫人在书房里轻快地飘来飘去,手指头随意地东摸西摸。亨利爵士重新坐回到自己的椅子里,望着她。他说:"你为什么要拿手枪,露西?"

安格卡特尔夫人走了回来,优雅地坐进一把椅子里。

"我也不太确定,亨利。我想我可能对这起意外事件有一个模糊的概念。"

"意外事件?"

"是的。那些树根,"安格卡特尔夫人含含糊糊地说,"四处蔓延,多容易绊倒一个人啊。也许有人朝靶子打了几枪,但弹夹里还留着一粒子弹——当然是太粗心了——但人们确实会粗心大意。我一直觉得,你知道,意外是导致这类事情发生的最简单的原因。你当然会极其后悔,责备自己⋯⋯"

她的声音渐渐消失了。她的丈夫一动不动地坐着,没有把目光从她的脸上移开。他再次以同样平静而谨慎的语调说:"是谁引发这次意外的呢?"

露西略微转了一下头,惊讶地看着他。

"当然是约翰·克里斯托啦。"

"我的老天啊,露西⋯⋯"他说不下去了。

她热切地说:"哦,亨利,我都快要为安斯威克担心死了。"

"我明白了,是安斯威克。你总是对安斯威克过于关心,露西。有时候,我觉得那是你唯一真正在意的东西。"

"爱德华和戴维已经是安格卡特尔家族最后的两个人了。而戴维是不可能的,亨利。他永远也不会结婚——由于他母亲的那些事。爱德华死后他会得到那个地方,而他又不会结婚,而你我在他年届中年之前就早已经死了。他将成为安格卡特尔家族的最后一个人,然后整个家族就会灭绝了。"

"这一点有那么重要吗,露西?"

"当然重要啦!安斯威克!"

"你真应该是一个男孩子,露西。"

但他又笑了一下——因为他完全无法想象露西不是女人会是什么样子。

"这一切都要取决于爱德华结婚——而爱德华又是如此固执——他那个长脑袋,就跟我父亲一模一样。我原来希望他放下亨莉埃塔,娶一个好姑娘,但我现在已经明白,这是不可能的了。然后我又想着亨莉埃塔与约翰的情事会自然而然地结束。我想,约翰的风流韵事从来都不是很长久的。但那天晚上,我看到他正注视着她。他是真的很爱她。如果没有约翰这个障碍,我觉得亨莉埃塔是会嫁给爱德华的。她并不是那种死守着回忆活在过去里的人。所以,你瞧,一切都归结到了一个点上——摆脱约翰·克里斯托。"

"露西。你没有——你做了些什么,露西?"

安格卡特尔夫人再次站起来。她从一个花瓶中摘出两枝枯萎了的花。

"亲爱的,"她说,"你不会真的想象——哪怕是那么一瞬间——是我开枪打死了约翰·克里斯托吧?我确实有过安排一个意外这样愚蠢的想法。但转念一想,是我们邀请约翰·克里斯托到这儿来的——又不是他自己要求来的。谁也不能邀请一个人来家里来做客,然后又安排意外事件降临到他头上。即使是阿拉伯人对于殷勤待客也是极讲究的。所以,别担心好吗,亨利?"

她站在他面前,带着灿烂而深情的微笑注视着他。

他沉重地说:"我时时刻刻都在担心着你,露西。"

"没必要的,亲爱的。而且你瞧,结果每件事都不错。约翰不需我们动手就被除掉了。说到这个,我想起来了,"安格卡特尔夫人追忆着往事,"在孟买遇到的那个男人,他对我真是非常无礼。三天之后,他就被一辆有轨电车碾死了。"

她拉开落地窗,走进花园。

亨利爵士静静地坐着,注视着她那高挑、苗条的身影沿着小路渐行渐远。他看上去苍老而疲惫,他的面孔刻画着长期生活在恐惧之中的男人的表情。

在厨房里,泪流满面的多丽丝·埃蒙特正被格杰恩先生训斥得抬不起头来。梅德韦太太和西蒙斯小姐则在一旁一声一句地帮腔。

"只有毫无阅历的小女孩才会这样子冒失地强出头,胡乱下结论。"

"没错。"梅德韦太太说。

"如果你看到我手里拿着一支手枪,你应做的最恰当的事就是走到我面前说:'格杰恩先生,能不能请您解释一下呢?'"

"或者你也可以来找我啊。"梅德韦太太补充道,"我总是很乐意指导涉世未深的年轻姑娘凡事应该怎么想。"

"你不应该,"格杰恩严厉地说,"去对一个警察胡说八道——而且那是一名警长!必须尽可能地少跟警察打交道。他们出现在家里就已经够让人难受的了。"

"难受得难以形容。"西蒙斯小姐嘟囔着。

"我以前可从没碰到过这样的事。"

"我们都明白,"格杰恩接着说,"夫人是怎样的一个人。无论她做什么我都不奇怪——但警察并不像我们那样了解夫人,而且,夫人绝不应该因为拿着武器四处走而遭受那么多愚蠢的问题和怀疑的困扰。她是会做出那种事的人,但警察的脑子里就只会想到谋杀之类的肮脏勾当。夫人确实常常心不在焉,但她连一只苍蝇都不会伤害。我绝不会忘记,"格杰恩回忆起来,"她有一次带回来一只活的龙虾,并把它放在大厅里的名片碟里。我还当我产生幻觉了呢!"

"这一定是我来之前的事。"西蒙斯满怀好奇地说。

梅德韦太太瞥了一眼犯了错误的多丽丝,打断了这些故事。

"这些事以后再说。"她说,"听好了,多丽丝,我们对你说这些,都是为你好。同警察搅在一起是十分粗鄙的行为,你不要忘记这一点。好了,你去继续准备蔬菜吧,处理菜豆时一定要比昨晚更仔细些。"

多丽丝抽了抽鼻子。

"是,梅德韦太太。"她说,拖着脚步走向洗涤槽。

梅德韦太太产生了一种不祥的预感。

"我想今天我做甜点的时候一定要多加糖。明天那讨厌的审讯,一想起来就让我恶心。这样一件事——竟然会发生在我们家里。"

第二十二章

大门的碰锁忽然咔嗒一响。波洛抬头望向窗外,正好看到沿着小路走到他门前的访客。他立即知道了访客是谁。他非常好奇,不知薇罗尼卡·克雷为什么会登门找他。

她翩然进屋,带进来一阵淡淡的迷人芬芳。波洛认识这香味。她跟亨莉埃塔一样,穿着花格呢套装和镂花皮鞋——但她,他发现,与亨莉埃塔给人的感觉截然不同。

"波洛先生,"她的语调轻快,略带些兴奋,"我刚刚才发现我的邻居是谁。我一直非常想认识您。"

他握住了她伸出的双手,微微鞠了一躬。

"非常荣幸,夫人。"

她微笑着接受了他的致敬,谢绝了他提出的喝杯茶、咖啡或鸡尾酒的提议。

"不用了,我只是想来与您谈谈。严肃地谈话。我很担心。"

"您很担心?听您这样说我很遗憾。"

薇罗尼卡坐下来,叹了一口气。

"是关于约翰·克里斯托之死。明天就要开庭审讯了。您知道吧?"

"是的,是的,我知道。"

"这整件事都太不寻常了——"

她停顿了一下。

"大多数人可能都会不相信。但我想您会相信的,因为您对人性相当了解。"

"我对于人性只是略有了解。"波洛承认道。

"格兰奇警督来找过我。他误以为我和约翰大吵了一架——从某种角度上说,这是事实,可他并不是从这种角度理解的。我告诉他我和约翰已经有十五年没见过面了——他完全不相信我,但这是真的,波洛先生。"

波洛说:"既然这是真的,那么很容易就能证明,您为什么要担心呢?"

她以极其友好的方式对他微笑。

"事实是,我实在不敢告诉警督星期六晚上究竟发生了什么。事情实在是太奇怪了,我想他是绝不会相信的。但我觉得我必须说出来。这就是我来拜访您的原因。"

波洛平静地说:"我受宠若惊。"

他注意到,她认为对方的赞赏是理所当然的。他暗忖,她对自己对他人所产生的影响力极其自信,以至于,她也许会在不经意间偶尔犯个错误。

"十五年前,约翰和我订过婚。他非常爱我——爱得那么疯狂,有时甚至会使我紧张。他想让我放弃表演——放弃所有我自己的思想或生活。他的占有欲那么强烈,又是那么专横,使我感到无法继续与他交往下去,因此我解除了婚约。我恐怕此事对他的伤害非常大。"

波洛谨慎而同情地咂了一下舌。

"此后我一直都没有见过他,直到上个星期六晚上。他陪我步行回家。我告诉警督我们聊了聊过去的时光——某种程度上说这也是实情。但事实上我们聊的远远不止这些。"

"是吗?"

"约翰疯了,十分疯狂。他想离开他的妻子和孩子,他想让我同我的丈夫离婚,并嫁给他。他说他从未忘记我——在他看到我的那一刻,时间静止了。"

她闭上双眼,吞了一下口水。精致妆容下的面色十分苍白。

她又睁开了眼睛,羞怯地对波洛微笑。

"您是否相信,可能存在那样一种情感?"她问。

"我相信是可能的。"波洛说。

"永远也不曾忘记——长久地等待,计划着,盼望着。全心全意地决意要获得他想要的东西。世界上是有这样的男人的,波洛先生。"

"是的,也有这样的女人。"

她冷冷地望向他。

"我所说的是男人——是约翰·克里斯托。总之,事情就是这样。一开始我提出了抗议,大笑着,不愿相信他是认真的。之后我对他说,他是在发疯。他回去的时候已经很晚了。我们争吵了很久。他仍然——相当坚定。"

她又吞了一下口水。

"这就是为什么第二天早晨我要送给他一张字条。我不能让事情就这样悬而未决。我必须让他明白,他所想要的东西——是不可能的。"

"是不可能的吗?"

"当然是不可能的!他过来了。他不愿听我想说的话,而且相当坚持。我告诉他,这样是没有用的,我不爱他,我恨他……"她停了下来,大力地喘息着,"我不得不对他表现得很残忍。所以,我们是在怒火之中分别的……而现在,他死了。"

波洛看到她的双手缓缓地交握在一起,看到她扭曲的手指和突出的指节。这是一双大而残忍的手。

她把心头所体会到的强烈情感传递给了他。那不是悲伤,不是哀悼——不,那是愤怒。这种愤怒,他想,是源于强烈的自尊心受损。

"那么,波洛先生,"她的声音又恢复到那种精确控制的温和流畅,"我该怎么做?应该把这些事说出来,还是保守秘密呢?事情就是这样的——但不太容易使人相信。"

波洛若有所思地注视着她。

他认为薇罗尼卡·克雷所讲的不是实情,但她的话语中却隐藏着一种不可否认的真诚。事情确实发生了,他想,但不是这个样子的。

突然之间,他明白过来。这是一个真实的故事,但完全颠倒了。是她无法忘记约翰·克里斯托。是她遭到了无情的拒绝。而现在,由于她无法默默地忍受那种母老虎被夺去了口边食一般的愤恨,就编造出另一个版本的故事,以抚慰她受损的骄傲,并稍稍缓解她对那个已经彻底逃脱她手心的男人的那种令她无比痛苦的渴望。她绝不会承认,她,薇罗尼卡·克雷,无法得到她想要的东西!因此,她把整个故事翻转过来。

波洛深吸了一口气,说道:"如果这些事同约翰·克里斯托之死有关系的话,您应当讲出来,但如果没有关系——在我看来似乎没有什么关系——那么,我相信您完全有理由对此保密。"

波洛不知道她是否因此感到失望。在他想来,以她现在的心情,她恨不得把她的这个故事登到报纸上去。她专程前来拜访——为什么?为了测试这个故事的效果?为了试验他的反应?

还是为了利用他——让他把这个故事传到别人耳朵里？

如果他那温和的反应令她失望，她也完全没有表现出来。她站起身，向他伸出一双修长的、精心保养的纤手。

"谢谢您，波洛先生。您说得非常有道理。我很高兴我来找了您。我——我觉得我希望有个人知道。"

"我一定会为您保密的，夫人。"

她走了之后，波洛把窗打开了一点儿。那香味使他感觉不舒服。他不喜欢薇罗尼卡的香味。那香水虽然昂贵，却甜得发腻，显得过于强势，与她的性格一样。

他一边放下窗帘，一边暗忖，不知是不是薇罗尼卡·克雷杀了约翰·克里斯托。

她很可能想杀死他——他相信这一点。她可能会享受扣动扳机的瞬间，可能会享受眼看着他踉跄几步，倒地而死。

但是在这种充满报复心的怒火之下，隐藏着某种冷酷与计算，对时机的分析与把握，冷酷而工于心计的头脑。无论薇罗尼卡·克雷多希望杀死约翰·克里斯托，他怀疑她都不会这样贸然犯险。

第二十三章

审问结束了。这不过是走个形式而已,虽然大家预先已经知道是这样,但几乎每一个人都有一种虎头蛇尾的不悦感觉。

根据警方的要求,法庭宣布休庭两个星期。

格尔达是和帕特森夫人一起雇了一辆车,从伦敦赶来的。她身穿一袭黑裙,头戴一顶不相称的帽子,看上去紧张而迷茫。

正当她预备回到车里时,安格卡特尔夫人走到她面前。她停下了脚步。

"你好吗,格尔达,亲爱的?希望你睡得还好。我觉得今天进行得相当顺利,你不觉得吗?你没有来空幻庄园跟我们一起住几天,真是太遗憾了,但我十分理解那会多么令人痛苦。"

帕特森夫人埋怨地瞥了姐姐一眼,怪她没有好好介绍自己。她以愉快的语气说:"这是柯林斯小姐的主意——直接开车来回。成本很高,那是当然的了,但我们认为还是值得的。"

"哦,我非常同意你的看法。"

帕特森夫人压低了声音。

"我马上就会把格尔达和孩子们接去贝克斯希尔。她需要的是休息和安静。那些记者们!你们真是无法想象!整天蜂拥在哈利街门口。"

有个年轻人冲上前给她们照了一张相。埃尔西·帕特森把姐姐推上车，开车走了。

其他人只匆匆瞥到一眼格尔达那张藏在不相称的帽檐底下的面孔。空洞，迷茫——在那一刻，她看起来就像一个蠢笨的小孩。

米奇·哈德卡斯尔叹息着低语道："可怜的家伙。"

爱德华恼怒地说："大家到底看重克里斯托什么？那个愁苦的女人看上去完全心碎了。"

"她的心都在他身上。"米奇说。

"但为什么？他是一个多么自私的人，虽然做伴还不错，但是⋯⋯"他没有说下去，接着他问，"你觉得他如何，米奇？"

"我？"米奇考虑了一下，最后她说，"我想我尊敬他。"说完连她自己都对这番话相当吃惊。

"尊敬他？为什么？"

"嗯，他对工作很精通。"

"在你眼里他就只是个医生吗？"

"是的。"

没有时间多说什么了。

亨莉埃塔会开车送米奇回伦敦。爱德华将赶回空幻庄园吃午饭，然后同戴维一起搭下午的火车北上。他心不在焉地对米奇说："哪天你一定得抽空出来和我一起吃个午饭。"米奇回答说那再好不过，但她请假离开的时间不能超过一个小时。爱德华温柔地对她笑了笑，说："哦，这是特殊情况嘛。我相信他们一定会理解的。"

接着他走向亨莉埃塔，说："我回头打电话给你，亨莉埃塔。"

"好，一定要打哦，爱德华。但我可能常常会外出。"

"外出?"

她冲他迅速、嘲讽地一笑。

"排遣悲哀啊。你不会以为我会整天坐在家里顾影自怜吧?"

他缓缓地说:"这一段日子以来我真是不懂你了,亨莉埃塔。你好像变成另一个人了。"

她的表情变得柔和了。她出乎意料地说:"亲爱的爱德华。"捏了捏他的胳膊。

接着她转向露西·安格卡特尔。"如果我想回去的话,还是可以回去的吧,露西?"

露西·安格卡特尔说:"当然啦,亲爱的。再说,两个星期之后还要再进行一次开庭审讯呢。"

亨莉埃塔走到她停车的地方。她和米奇的手提箱已经放在里边了。

她们钻进车里,开车走了。

车子沿着长长的山路向上爬,来到了山脊上的公路。在她们下面,是一片在灰暗的秋日寒风中微微抖动的褐色和金色的树叶。

米奇突然说:"我很高兴能离开——甚至是离开露西。尽管她那么可爱,但有的时候,她会使我不寒而栗。"

亨莉埃塔专注地看着后视镜。

她颇为漫不经心地说:"露西对什么事都有标新立异的看法——哪怕是谋杀案。"

"你知道吗,我以前从没想过谋杀这样的事。"

"为什么你应该想过?这不是一件人们平常会考虑的事。那只是填字游戏中的一条,或者是书里写来消遣的。但在现实中……"

她停住了。米奇替她说完了这句话："它是真实的。这就是使人害怕的地方。"

亨莉埃塔说："你没必要害怕。你完全是置身事外的。也许是我们之中唯一的。"

米奇说："现在我们都在局外了。我们都逃脱了。"

亨莉埃塔嘟囔着："是这样的吗？"

她又看了看后视镜。突然，她把脚踩在油门上，车速立刻加快了。她瞥了一眼示速器，已经超过了五十英里。很快指针又指向六十英里。

米奇望着亨莉埃塔的侧影。她并不是一个会鲁莽驾驶的人。她很喜欢开快车，但在这样蜿蜒的道路上开得这样快，并不合适。亨莉埃塔的嘴边挂着一丝微笑。

她说："看后面，米奇。看到后面的那辆车了吗？"

"怎么了？"

"那是一辆凡特纳十型。"

"是吗？"米奇并不是特别感兴趣。

"这款小车相当实用，既省油，又稳当，但是车速不快。"

"是吗？"

奇怪，米奇想，亨莉埃塔总是非常热衷于研究各种型号的轿车，以及它们的性能。

"正如我说的，它们开不快——但那辆车，米奇，即使我们开到六十英里，它也始终跟我们保持着稳定的距离。"

米奇吃惊地转过脸来望着她。

"你的意思是……"

亨莉埃塔点点头。"我相信，是警察，在外观非常普通的车里装了特殊的引擎。"

米奇说："你的意思是他们仍然在监视我们吗？"

"这似乎相当明显。"

米奇打了个冷战。

"亨莉埃塔，你知不知道这桩案子中那第二把枪到底是怎么回事？"

"不知道，但它使格尔达洗清了罪名。除此之外，它似乎没有任何其他意义。"

"但，如果它是亨利的藏品……"

"我们并不知道究竟是不是。别忘了，它到现在还没有被找到。"

"对，这倒是真的。完全有可能是外人干的。你知道我认为是谁杀了约翰吗，亨莉埃塔？是那个女人。"

"薇罗尼卡·克雷吗？"

"对。"

亨莉埃塔没有说话。她的双眼紧紧盯着前面的路，继续开着车。

"你不觉得有这个可能吗？"米奇坚持着自己的看法。

"有可能的，不错。"亨莉埃塔缓缓地说。

"那么你不认为——"

"因为你希望事情是某种样子的而刻意去这样想，并没有什么好处。那是一个完美的答案——让我们所有人都摆脱了嫌疑！"

"我们？但是——"

"我们都牵扯在里面——我们所有的人。甚至包括你，亲爱的米奇，不过他们应该很难找到你朝约翰开枪的动机。我当然也很希望是薇罗尼卡。如果能看到她在被告席上——用露西的说法——大大地表演一番,我是再高兴不过了!"

米奇快速地看了她一眼。

"告诉我,亨莉埃塔,这些事会让你起报复心吗?"

"你是说——"亨莉埃塔停顿了片刻,"因为我爱约翰?"

"是的。"

米奇说这句话的时候,微微震惊地发现,这是她们第一次把这个赤裸裸的事实说出口。这件事早就被所有人接受,露西、亨利、米奇、甚至爱德华,大家都知道亨莉埃塔爱约翰·克里斯托,但以前从来没有人在言语中哪怕是隐晦地暗示过这件事。

亨莉埃塔顿了一顿,似乎在思索。然后,她若有所思地说:"我无法向你解释我的感受。也许我自己也不知道。"

她们现在正行驶在艾尔伯特桥上。

亨莉埃塔说:"你到我的工作室去坐坐吧,米奇。我们一起喝杯茶,然后我会开车送你回住处。"

伦敦的下午很短,此刻,日光已经逐渐暗淡了。她们驶到工作室的门前,亨莉埃塔把钥匙插进锁孔里。她走进去,打开了灯。

"真冷,"她说,"我们得开煤气炉。哦,老天,我原本想着要在回来的路上买些火柴的。"

"用打火机不行吗?"

"我的不能用了,况且用打火机点煤气炉很难点着。你随便坐。路口有个瞎眼的老头,我总在他那儿买火柴。我马上就回来。"

米奇独自待在工作室里。她四下走动,打量着亨莉埃塔的作品。一个人同这些木头或青铜的创造物一起待在这空荡荡的工作室里,使她觉得有点阴森。

一尊青铜头像，颧骨很高，戴着一顶钢盔，也许是一个苏联红军战士；边上有一个如缠绕的缎带一样的铝条组成的镂空结构，令她甚是惊奇。那边是一个巨大的、用略带粉色的花岗岩雕成的静止的青蛙。在工作室的尽头，她看到一座几乎同真人一样大小的木雕。

当亨莉埃塔用钥匙打开房门，略略喘着气走进来时，米奇正注视着这座雕像。

米奇转过身去。

"这是什么，亨莉埃塔？看着挺吓人的。"

"那个吗？那是'崇拜者'。是要送到国际联合展的。"

米奇盯着它，重复着："真吓人。"

亨莉埃塔跪下身去点煤气炉，背对着米奇说："你这样说真有意思。你为什么觉得它吓人？"

"我想——是因为它没有脸吧。"

"你说得太对了，米奇。"

"它很不错，亨莉埃塔。"

亨莉埃塔轻轻地说："这块梨木相当不错。"

她站起身，把她那大大的帆布袋和皮外套丢到长沙发上，又把两盒火柴扔在桌上。

她脸上的表情令米奇大吃一惊——那是一种突然涌上的、完全无法解释的雀跃。

"好了，来喝点茶吧。"亨莉埃塔说，她的声音中也蕴含着一种已被米奇看出端倪的暖洋洋的喜悦。

这触响了一个不和谐的音符——但米奇在看到那两盒火柴时，产生了一连串的联想，就把这件事忘在了脑后。

"你还记得薇罗尼卡·克雷拿走的那些火柴吗？"

"露西坚持要求她接受的那整整半打火柴吗？记得。"

"有没有人查过，她家是不是自始至终都有火柴？"

"我想警察会查的。他们做事非常周密。"

亨莉埃塔的嘴角浮现出一个淡淡的、得意的微笑。米奇感到迷惑不解，几乎有些反感。

她想，亨莉埃塔是不是真的在乎约翰？她能做到吗？肯定不行的。

一阵淡淡的凄楚的寒意忽然朝她袭来，她暗忖，爱德华不必等待太久了……

出于私心，这个想法并不能使米奇感到温暖。她不是一直希望爱德华能够获得幸福吗？何况她是不可能得到爱德华的了。对爱德华来说，她永远都是那个"小米奇"，永远都不会比这更多了，她永远都不会是一个可以去爱的女人。

不幸的是，爱德华是个很忠诚的人。唉，忠诚的人最终总是能获得他们想要的东西。

爱德华和亨莉埃塔住在安斯威克……这才是这个故事的圆满结局。爱德华和亨莉埃塔从今往后会永远过着幸福的生活。

她能够非常清晰地看到这一点。

"开心点儿，米奇，"亨莉埃塔说，"别让谋杀案把你变消沉了。晚一点我们一起出去吃晚饭，怎么样？"

但米奇立刻回答说她必须回住处了。她还有事要做——有几封信要写。事实上，她最好喝完茶就走。

"好吧，我开车送你过去。"

"我可以坐出租车走。"

"胡说。既然有车，我们就用吧。"

她们走出去，进入潮湿的夜晚空气之中。当她们驾车驶过公寓楼尽头时，亨莉埃塔指着一辆停在边上的小汽车。

"凡特纳十型，我们的尾巴。你等着瞧吧，他会继续跟着我们的。"

"这些事真是太讨厌了！"

"你这样觉得吗？我倒并不介意。"

亨莉埃塔让米奇在她的屋前下了车，然后驶回住所，把车停回车库。

然后，她又回到工作室里。

她心不在焉地站了一会儿，用手指敲打着壁炉台。然后，她长叹了一声，自言自语道："好了，去工作吧。最好别浪费时间。"

她脱下花格呢外套，穿上罩衣。

一个半小时之后，她向后退了几步，仔细地研究她完成的东西。她的脸颊沾上了黏土，头发蓬乱，但她对架子上的模型赞许地点了点头。

这是一匹马的粗略的轮廓。大团大团的不规则的黏土被拍在上面。如果让骑兵团的上校看到它，大概会中风吧。它完全不像任何现实世界中的马。亨莉埃塔家族那些爱尔兰裔的爱好狩猎的先辈们恐怕也会感到头疼。但不管怎样，它是一匹马——一匹抽象的马。

亨莉埃塔暗忖，如果格兰奇警督看到它的话，不知会怎么想，她想象着他脸上的表情，嘴角微微上扬。

第二十四章

爱德华·安格卡特尔迟疑地站在沙夫茨伯里大道汹涌的人潮之中。他试图鼓励自己踏入挂着烫金招牌的"阿尔弗雷治夫人"的那间店铺。

出于某种模糊的直觉，他并未只是打电话邀请米奇出来与他共进午餐。那天在空幻庄园听到的电话交谈中的只言片语使他颇为不安——不止如此，应该说使他相当震惊。米奇语气之中那种顺服与卑微令他大为震怒。

米奇那样一个自由自在、活泼愉快、直言不讳的姑娘，竟然不得不摆出那样一种态度，不得不屈从于电话那端那个粗鲁傲慢的人。这一切都错了——大错特错！之后，当他表明了他的担忧后，她坦率地将残酷的事实摆到了他的面前：她必须保住自己的工作。工作很难找，而想要保住工作，需要忍受的不仅仅是完成老板交代的任务，还有诸多不如意的事。

在此之前，爱德华只是隐约知道，当下有很多年轻女性都有"工作"。如果说他曾经思考过这个问题，也只是认为，总体上而言，她们有工作是因为她们喜欢工作——这令她们享受所谓的独立感，并且让她们在生活中找到一点儿兴趣爱好。

爱德华确实从来没有想到过，每天朝九晚六地上班，中间只有一个小时的午餐休息时间，会令一个姑娘几乎完全无法获得任何有闲阶级所享受的种种乐趣与闲适。除非牺牲午餐时间，否则米奇无法去画廊逛一逛，无法去听一次下午场的音乐会，无法在美丽的夏日午后开车出去兜风，无法去路途遥远的餐厅享受一顿悠闲的午餐；如果她想去短途旅行，只能周六下午及周日去，而她的午餐也只能在快餐店或小吃摊匆匆解决。这一切，对于爱德华来说，都是全新的、令人不快的发现。他非常喜欢米奇。小米奇——在他心目中，她就是这样的。每当假日来到安斯威克，她一开始总是非常害羞，眼睛瞪得圆圆的，说话也不利索，然后慢慢地放松下来，变得充满热情、情感充沛。

由于爱德华总是倾向于生活在过去，而对当下的生活半信半疑，觉得它尚未经过试炼，因此，他迟迟未意识到米奇已经是一个自给自足的成年人了。

那天晚上，在空幻庄园，与亨莉埃塔进行了那场相当奇怪而令人沮丧的争吵后，他冻得瑟瑟发抖地回到屋里，是米奇跪下身点起了炉火。在那一刻，他才第一次意识到，米奇已经不再是那个可爱的孩子，而是一个女人了。当时，这一认知令他颇为沮丧——有那么一刻，他觉得他好像失去了什么——而那是安斯威克特别珍贵的一部分。那时出于心头突然涌起的感觉，他本能地说："我要是能多见见你就好了，小米奇……"

站在室外的月光下，与亨莉埃塔说话的时候，爱德华极其震惊地发现，她已经不再是那个他爱慕已久的亨莉埃塔了。紧接着，他又遭遇了第二个对他已经习惯的生活方式的打击。小米奇也是安斯威克的一部分——但她也不再是那个小米奇了，而是一个陌生的、充满勇气、目光悲伤的成年人。

从那时起，他的心就一直很乱，为自己竟然从未真正考虑过米奇是否过得快乐舒适而感到自责。一想到她在阿尔弗雷治太太的店铺里，做着那么不适合她的工作，他就感到越来越忧虑。因此，他终于决定要亲自来看一看，这家女装店到底是怎么回事。

爱德华狐疑地盯着橱窗里一条配着窄窄的金色腰带的黑色小连衣裙、一条式样颇为放荡的短无袖裙，和一条颜色花里胡哨的蕾丝晚礼服。

除了出于本能的判断外，爱德华对于女装毫无了解，但他敏锐地感到，这些展示品都相当华而不实。不，他想，这个地方根本配不上米奇。得有人——也许是安格卡特尔夫人——为此做点什么。

爱德华努力克服了自己的羞怯，正了正他那略略佝偻的肩膀，走了进去。

他立即就尴尬地僵住了。两个淡金色头发的轻佻女子正站在展示柜前，用尖细的声音品评着几条裙子，边上有一个深色皮肤的女售货员随侍着。店铺的后面，一个长着鹰钩鼻、留着棕红色头发的女人正颇为不满地与一位矮胖而满脸困惑的顾客争论如何修改一件晚礼服的问题。紧邻着的试衣室里，一个女人大声地发着牢骚。

"糟透了——真是糟透了——你就不能给我拿件像样的衣服来试试吗？"

这时，他听到了米奇轻声而含糊的回答——语气恭顺且耐心。

"这件酒红色的非常漂亮。我觉得应该会适合您。如果您能穿起来——"

"我才不要浪费时间去试我明知道不行的衣服。就麻烦你费点儿劲吧。我都已经告诉你了，我不要红色的。如果你能听得进别人对你说的话……"

爱德华一下子气得脖子都红了。他希望米奇能把裙子扔到这个可恨的女人的脸上。而相反,她低声说道:"我再去看看。不知绿色的您是不是喜欢呢,太太?或者这件桃红色的?"

"可怕——可怕极了!不,我不要再看了。完全是浪费时间……"

而此时,阿尔弗雷治夫人已经抛下了那个矮胖的顾客,走到爱德华面前,带着询问的意味望着他。

他控制了一下情绪。

"她——我能不能找——哈德卡斯尔小姐在吗?"

阿尔弗雷治夫人的眉毛扬了起来。但她同时看到了爱德华身上那套萨维尔街的定制西服,便挤出一个比她大发雷霆时还要令人讨厌的笑容。

试衣室里那个令人厌恶的声音高声叫道:"小心点儿!你怎么这么笨。你扯着我的发网了。"

而米奇的声音有些颤抖:"十分抱歉,夫人。"

"愚蠢的笨东西。"(那个声音似乎被遮挡了一下。)"不,我自己来。请把我的皮带递过来。"

"哈德卡斯尔小姐很快就有空了。"阿尔弗雷治夫人说。她的笑容里带上了几分轻佻。

一个沙色头发,看上去脾气很坏的女人,拿着大包小包走出试衣室,走到了街上。穿着一身严肃的黑裙子的米奇上前为她打开了门。她看上去面容苍白,神情不快。

"我来带你出去吃午饭。"爱德华开门见山地说。

米奇苦恼地瞥了一眼钟。

"我一点一刻才能走呢。"她开口道。

现在是一点十分。

阿尔弗雷治夫人慷慨地说:"如果你愿意的话,现在就可以走了,哈德卡斯尔小姐,你的朋友都来接你啦。"

米奇小声说:"哦,谢谢,阿尔弗雷治夫人。"又对爱德华说,"我马上就好。"然后消失在店铺后面。

爱德华被阿尔弗雷治夫人重点强调的那句"朋友"说得皱起了眉,他无助地站在原地等着。

阿尔弗雷治夫人正打算同他调侃几句,此时店门打开了,一个衣着奢华的女人抱着一只小狮子狗走了进来。阿尔弗雷治夫人的商业直觉促使她向那个新客人迎了上去。

米奇穿着外套走了出来,爱德华立刻搭着她的胳膊,领着她走出店门,来到了街上。

"上帝啊,"他说,"这就是你不得不忍受的事情吗?我听到那个该死的女人在帘子后面对你说的话了。你怎么能忍得住呢,米奇?你为什么不把那条该死的裙子扔到她的头上?"

"如果我那样做的话,马上就会失去工作了。"

"但你难道不想把东西扔到那种女人身上吗?"

米奇深深地吸了一口气。

"我当然想。有很多次,特别是在夏季促销那一星期的最后几天,我真担心有一天我会放弃挣扎,直接把心里话对她们说出来——而不是'是,夫人','不,夫人','我去看看还有没有别的,夫人。'"

"米奇,亲爱的小米奇,你不该忍受这些事!"

米奇大笑得有些发抖。

"别难过,爱德华。你怎么会到这儿来呢?为什么不打个电话?"

"我想亲自来看看。我一直很担心。"他停顿了一下,然后爆发了,"天哪,露西对洗碗的女用人说话的态度都比那个女人对你说话的态度好。你绝对不应该忍受这种粗鲁和侮辱。我的老天啊,米奇,我真想马上就带你离开这里,直接去安斯威克。我要叫一辆出租车,把你塞进去,现在就带你去乘两点一刻那班车去安斯威克。"

米奇停了下来。她伪装的冷静一下子支离破碎。这一整个上午,她都在疲于应付挑剔的顾客,而阿尔弗雷治夫人今天又格外的凶恶,她已经累极了。她心头突然涌起一阵怒火,转脸朝着爱德华道:"哦,是吗,那你为什么不这样做呢?这里有的是出租车!"

他瞪视着她,对她突如其来的怒火大吃一惊。而米奇的怒火已完全爆发了,她继续吼道:"你为什么要大老远地跑来跟我说这些话?你不是认真的。你以为在我过了一个地狱般的上午之后,被提醒世界上还有安斯威克这样的地方,会觉得好过些吗?你以为你站在这里唠唠叨叨地说你多么想要带我离开这一切,我就会感激你吗?你做的事都相当可爱,但毫不真诚。你所讲的那些都不是认真的。你难道不知道我愿意卖掉自己的灵魂,换取搭上两点十五分的车去安斯威克,远远地离开这一切吗?我甚至不敢去想安斯威克,你明白吗?你是一番好意,爱德华,但你真是太残忍了!说这些话——仅仅是口头上说说……"

他们俩就这样面面相觑,阻挡着沙夫茨伯里大街上午休时间的人流。但他们除了彼此之外,什么都意识不到。爱德华凝望着米奇,就好像刚刚从睡梦中惊醒。

他说:"那好吧,去他的。你这就搭两点十五的车去安斯威克!"

他扬起手杖,叫住了一辆路过的出租车。它在路边停了下来。爱德华打开车门,而米奇有些晕眩地钻了进去。爱德华对司机说:"帕丁顿车站。"然后跟着她坐进了车里。

他们沉默地坐着。米奇的嘴唇紧紧地闭着,她的目光中充满挑衅和反抗。爱德华直直地注视着前方。

当车子在牛津大街的路口停下等绿灯时,米奇别扭地说:"看样子我说中了,你刚刚只是随口说说而已。"

爱德华立即说:"我不是随口说的。"

出租车猛地一冲,又往前进了。

直到出租车在艾治威尔路向左拐入剑桥巷的时候,爱德华才突然恢复他对生活的惯常态度。

他说:"我们赶不上两点一刻的那班车了。"然后拍拍玻璃,对司机说,"去伯克利餐馆。"

米奇冷冷地说:"为什么我们赶不上两点一刻的车?现在才一点二十五分。"

爱德华冲着她笑了。

"你什么行李都还没拿呢,小米奇。没拿睡衣,牙刷,还有在乡间穿的鞋子。你知道,四点一刻还有一班车。现在我们先去吃午饭,仔细讨论一下。"

米奇叹了口气。

"这就是典型的你,爱德华。总不会忘记现实的一面。你不会靠着一股冲动走到底,不是吗?哦,好吧,至少梦着的时候是个美梦。"

她伸出一只手,悄悄地握住他的手,露出了他熟悉的笑容。

"对不起,我刚才站在人行道上,就像一个泼妇那样骂你。"她说,"但是你知道,爱德华,你之前真是太讨厌了。"

"是的,"他说,"我相信一定是这样的。"

他们肩并肩愉快地走进了伯克利餐馆,找了一张靠窗的桌子，爱德华点了一份丰盛的午餐。

他们吃完鸡肉之后，米奇叹了口气，说："我得赶紧回店里去了。我的休息时间快到了。"

"今天你要好好享受一顿闲适的午餐，即使我必须回去买下那间店铺里一半的衣服！"

"亲爱的爱德华，你真是太好了。"

他们吃了橙香沙司薄卷饼，之后，侍者为他们端来了咖啡。爱德华用勺子搅动着咖啡里的糖。

他温柔地说："你是真的很爱安斯威克吧？"

"我们必须谈安斯威克吗？搭不上两点一刻的火车，我能忍受——而且我也很明白，根本没有搭四点一刻的车那回事——但也没有必要这样气我吧。"

爱德华笑了起来："不，我不是想建议我们搭四点一刻的那趟车走。我是在建议你搬去安斯威克，米奇。我是在建议你长久地住下来——前提是，如果你能够忍受得了我的话。"

她从咖啡杯的上缘注视着他——尽量让自己的手保持稳定，放下了杯子。

"你到底想说什么，爱德华？"

"我在建议你嫁给我，米奇。我知道这样求婚不够浪漫。我是个很无趣的人，我知道，而且也没什么擅长的事。我只会读读书，四处逛逛。虽然我不是一个十分令人兴奋的人，但我们毕竟认识了很长时间，而且我想安斯威克本身也能作为补偿。我想你在安斯威克会过得开心的，米奇。你愿意来吗？"

米奇吞了几下口水，才说道："但我以为——亨莉埃塔——"然后住了嘴。

爱德华以平静而不带任何感情的声音说："是的，我曾经向亨莉埃塔求过三次婚,每次她都拒绝了。亨莉埃塔知道她不要什么。"

爱德华沉默了一阵,之后又说:"那么,亲爱的米奇,你怎么说?"

米奇抬起头看着他。她的声音略带着些哽咽。她说:"这真是太美妙了——去天堂的邀请就这样放在盘子里送到我面前,还是在伯克利餐馆!"

爱德华一下子容光焕发。他在她的手上握了片刻。

"现成的天堂。"他说,"原来你对安斯威克的感觉是这样的。哦,米奇,我真高兴。"

他们幸福地坐在那里。爱德华付了账单,并给了一笔慷慨的小费。餐馆里的人开始逐渐稀少。米奇鼓起勇气说:"我们真的得走了。我想我最好先回阿尔弗雷治夫人那儿去。毕竟,她还在指望我。我不能就这样一走了之。"

"是的,我想你得回去辞职,或是提交辞职通知,或者随便你们怎么说。但你不能继续在那儿工作了。我不会答应的。不过我想,我们最好先去邦德街上卖戒指的商店逛一逛。"

"戒指?"

"这是通常的步骤,不是吗?"

米奇大笑起来。

在珠宝店暗淡的光线下,米奇和爱德华俯下身查看着一盘又一盘闪闪发光的订婚戒指,身边有一个慎言的售货员和蔼地望着他们。

爱德华推开一个天鹅绒垫着的碟子,说:"不要绿宝石。"

穿着绿色花格呢外套的亨莉埃塔，穿着一件中国翡翠一般的晚礼服的亨莉埃塔……

不，不要绿宝石。

米奇按捺住心头那个小小的伤口。

"你来选吧。"她对爱德华说。

他弯腰凑近他们面前的盘子，拣出了一枚镶着一粒钻石的戒指。钻石并不是特别大，但闪耀着美丽的光芒。

"我觉得这个不错。"

米奇点点头。她喜欢爱德华那种一贯准确而精致的品位。她把戒指戴到自己的手指上，爱德华和那个售货员退到了一边。

爱德华开了一张三百四十二镑的支票，然后微笑着走回米奇的身边。

他说："让我们回去粗鲁地对待阿尔弗雷治夫人吧。"

第二十五章

"哦,亲爱的,我真是太高兴了!"

安格卡特尔夫人向爱德华伸出了一只柔弱的手,另一只手则温柔地拉着米奇。

"你做得太对了,爱德华,带她离开那个可怕的商店,直接到这里来。她要住在这里,当然,从这里出嫁。圣乔治教堂,你知道,从大路走是三英里,但是穿树林的话只有一英里,但是话又说回来,没有人会在参加婚礼的时候从树林里穿的。还有啊,我想只能请那个牧区牧师了——可怜的人,每年秋天都会得那么严重的感冒。至于那个助理牧师,完全是圣公会式的大嗓门儿,如果他主持的话,倒是会令人印象深刻得多——也更具宗教意味。如果人家都用鼻音讲话,确实很难让人保持恭敬啊。"

米奇心想,这可真是非常典型的露西式欢迎辞。这让她又想笑又想哭。

"我很愿意从这里出嫁,露西。"她说。

"那就这样决定了,亲爱的。我想,米白色的缎子婚纱,象牙色的祈祷书——不要花束。伴娘呢?"

"不用。我不想弄得太麻烦。非常简单的婚礼就好。"

"我知道你的意思,亲爱的,我想也许你是对的。秋天办婚礼几乎都用菊花——我一直觉得那是一种非常令人沮丧的花儿。

至于伴娘，除非特别花心思精挑细选，不然她们就无法相配，总会有一个特别不起眼的姑娘，破坏了整体的效果——但你又不得不请她做伴娘，因为她通常都是新郎的姐妹。但当然——"安格卡特尔夫人愉快地微笑起来，"爱德华可没有姐妹。"

"这看起来倒成了我的优势了。"爱德华微笑地说道。

"而婚礼上最糟糕的莫过于小孩子了。"安格卡特尔夫人继续跟随着自己的思路说道，"每个人都会说：'真可爱！'但，我的天，他们多么让人焦虑！他们会踩到裙摆，或者大喊大叫地找保姆，而且总是会生病。我常常在猜想，新娘在完全不能确定自己的身后是什么状况的情况下，是怎么保持正常的心情走上红毯的。"

"我身后不需要任何东西，"米奇开心地说，"连裙摆都不用。我可以穿着外套和短裙结婚。"

"哦，不行，米奇，这样太像寡妇了。不行，要米白色的缎子婚纱，而且不能从阿尔弗雷治夫人那里买。"

"当然不能从阿尔弗雷治夫人那里买。"爱德华说。

"我带你去米瑞尔买。"安格卡特尔夫人说。

"我亲爱的露西，我怎么可能买得起米瑞尔的衣服。"

"胡说，米奇。亨利和我会为你准备嫁妆的。而且，当然会由亨利把你交给新郎。我真希望他的裤腰不会太紧。他离上一次参加婚礼已经将近两年了。而我将要穿——"

安格卡特尔夫人停了下来，闭上了眼睛。

"怎么了，露西？"

"绣球蓝。"安格卡特尔夫人以着迷的语气宣布道，"我想，爱德华，你可以在你的朋友中挑选伴郎，不然的话，当然，还有戴维。你知道，这会令他感到自信，让他觉得我们大家都喜欢他。这一点,我相信对戴维来说是非常重要的。你知道,如果一个人觉得自己既聪明又睿智,却没有人因此而更加喜欢他,一定会令他觉得非常泄气!但这样当然会冒相当的风险。他也许会把戒指弄丢,或在最后关头把它掉在地上。我想爱德华一定会因此而非常担心。但从某种程度上说,如果能把参加婚礼的人限定为发生谋杀案时在场的这群人也很好。"

安格卡特尔夫人以最平常的口吻说出了最后那句话。

"安格卡特尔夫人今年秋天招待几位朋友参加了一场谋杀案。"米奇忍不住说道。

"是的,"露西沉思地说,"我想听起来确实是这样的。一场为枪击案而举办的派对。你知道,如果你真要想起来的话,其实就是这么回事儿!"

米奇微微打了个冷战,说:"不管怎样,现在都已经结束了。"

"确切地说,还没有结束——审讯只是延期了而已。而且四处布满了那位亲爱的格兰奇警督的人,闯进栗树林里大肆搜查,把野鸡都惊走了,他们还会在你最最想不到的地方忽然冒出来,活像玩偶盒里的玩偶。"

"他们在找什么?"爱德华问,"杀死克里斯托的那把左轮手枪吗?"

"我想应该是这个。他们甚至还拿着搜查令来家里查。警督对此极为抱歉,他确实相当腼腆。我当然告诉他我们十分乐意配合。这实在是非常有意思。他们真的好像无处不在。你知道,我还跟着他们到处走呢,还建议了一两处他们甚至都没有想到的地方。但他们什么都没有找到。真是十分令人失望。可怜的格兰奇警督,他瘦了很多,还一直揪他那撇小胡子。瞧他现在焦虑成这个样子，他太太应该为他准备营养特别丰盛的饭菜才行——但我隐约觉得，她应该是那种比起做一顿可口的饭菜来，更关心把油地毡清理干净的女人。这倒提醒我了，我必须去找梅德韦太太谈谈。说起来真有意思，用人们就是无法忍受警察的存在。她昨晚做的奶酪舒芙蕾相当难以下咽。舒芙蕾和甜点很能体现出厨师的心境是否平和。要不是格杰恩把他们都安抚住，我真的相信一半的用人都会走。你们俩不如出去好好地散个步吧，顺便帮警察找找那把左轮手枪。"

赫尔克里·波洛坐在山坡上的长凳上，俯视着游泳池上方的小栗树林。由于安格卡特尔夫人已经非常亲切地请他在任何时候都可以随处逛，因此，他并不担心擅入私人领地。赫尔克里·波洛此刻在思考的，正是安格卡特尔夫人的好意。

他时不时地听到上方的小树林中传来小树枝折断的声音，或看见下方的小栗树林中有人影在晃动。

此刻，亨莉埃塔正沿着通往他家门前的小路走过来。看见波洛时，她停顿了片刻，便走了过来，在他身边坐下。

"早上好，波洛先生。我刚刚去您府上拜访，但您不在家。您看起来好威严。这是在监督搜查工作吗？警督先生似乎非常积极。他们在找什么，那把左轮手枪吗？"

"是的，萨弗纳克小姐。"

"您觉得他们会找到它吗？"

"我想会的。我猜应该很快就会有结果。"

她带着询问的神情望着他。

"那么，您觉得它会在哪里？"

"我不知道。但我想应该很快就会找到的。也到了它该被找到的时候了。"

"您真爱说古怪的事,波洛先生!"

"这里确实发生了古怪的事。您那么快就从伦敦赶回来了,小姐。"

她的脸色一僵,苦笑了一声,道:"杀人凶手回到犯罪现场?这是很古老的迷信了,不是吗?所以您确实认为是我干的!当我告诉您我不会——也做不到杀害任何人时,您并不相信我吗?"

波洛没有立即回答。最后,他深思熟虑之后才说道:"从一开始我就认为,这起案件要不就是非常简单——简单得难以置信(而简单,小姐,有时反而极其难以侦破),要不就是极其复杂。这也就是说,我们的对手具有相当错综复杂而又别出心裁的头脑。因此,每次当我们看似是在接近真相的时候,实际上是被引上一条歧路,它带着我们离真相渐行渐远,而它的终点——则是一场空。这种表面上的徒劳无获,这种不断的无效努力,都不是真实的——那是人为创造的,是精心策划的。有一个狡猾而极聪明的人自始至终都在谋划着与我们对抗——并且相当成功。"

"所以呢?"亨莉埃塔说,"这一切与我有什么关系?"

"这个正在出谋划策与我们对抗的人,是相当具有创造力的,小姐。"

"我明白了——因此您才想到了我吗?"

她沉默了,苦涩地紧闭着双唇。她从夹克衫的口袋里掏出一支铅笔,在长凳的白漆表面上随意地描绘着一棵奇形怪状的树,双眉紧皱着。

波洛凝望着她。他的脑海中忽然灵光一闪——在罪案发生的那天下午,站在安格卡特尔夫人家的客厅里,俯视着一沓桥牌的得分卡;第二天上午在凉亭里,站在上漆的铁茶几边……还有他曾对格杰恩提过的一个问题。

他说:"这就是您在您的桥牌得分卡上所画的图——一棵树。"

"是的。"亨莉埃塔似乎突然之间意识到自己在做什么,"这是伊格德拉西尔,波洛先生。"她大笑道。

"为什么要把它叫作伊格德拉西尔?"

她解释了伊格德拉西尔的来源。

"那么说,每当您'信手涂鸦'(应该是这个词,是吧?)的时候,你画的总是伊格德拉西尔?"

"是的。信手涂鸦很有意思,不是吗?"

"在这儿的座位上——在星期六晚上的桥牌得分卡上——星期天上午在凉亭里……"

握着铅笔的那只手一僵,停下笔来。她用一种漫不经心的好奇口吻说:"在凉亭里?"

"是的,在凉亭里的圆形铁茶几上。"

"那么那一定是在——在星期六下午画的。"

"不是星期六下午。格杰恩星期天中午大约十二点左右去凉亭里取玻璃杯的时候,茶几上没有画任何东西。我问过他了,而他对此十分肯定。"

"那么那一定是在——"她只犹豫了片刻,"当然,是在星期天下午。"

但赫尔克里·波洛依然和蔼地微笑着,摇了摇头。

"我认为不是。格兰奇的人整个星期天下午都在游泳池附近,给尸体拍照,从水里取出左轮手枪。直到黄昏他们才离开。如果有人去凉亭,他们会看到的。"

亨莉埃塔缓缓地说:"我现在记起来了。我是晚上很晚才去的——在晚餐之后。"

波洛的声音变得尖厉起来。

"没有人会在黑暗中'信手涂鸦'的,萨弗纳克小姐。您是想告诉我,您在晚上来到凉亭里,站在桌边,在您无法看见自己在画什么的情况下,画了一棵树吗?"

亨莉埃塔镇静地说:"我告诉您的恰恰是真相。您自然是不会相信的。您有您自己的想法。顺便问一句,您的想法是怎样的?"

"我认为,您是在星期天中午十二点之后,即格杰恩取走杯子之后,进入凉亭的。你站在茶几边观察着什么人,或是在等待什么人,然后下意识地取出一支铅笔,在完全没有意识到自己在做些什么的情况下画了伊格德拉西尔。"

"星期天上午我并不在凉亭里。我在露台上坐了一会儿,然后我取了园艺篮子,来到大丽花坛,修剪整理了一下那些长得不整齐的紫菀花。之后,在差不多一点钟整的时候,我来到游泳池。我已经向格兰奇警督陈述过这一情况了。一点钟之前我并未靠近过游泳池,直到约翰被枪杀之后才到的。"

"这些,"赫尔克里·波洛说,"只是你的一面之词。但伊格德拉西尔,小姐,恰恰做出了相反的证明。"

"您的意思是,我当时在凉亭,并且枪杀了约翰,是吗?"

"您在那儿并且枪击了克里斯托医生,或者,您在那儿并且看到了是谁枪击了克里斯托医生——再或者,有另一个知道伊格德拉西尔的人在那儿,并且故意在茶几上画了它,以使您受到怀疑。"

亨莉埃塔站了起来。她高扬着下巴转向他。

"您仍然认为是我杀了约翰·克里斯托。您认为您能够证明是我向他开的枪。那么,我要告诉您,您永远也不能证明这一点,永远不能!"

"您认为您比我更聪明吗?"

"您永远也不能证明这一点。"亨莉埃塔说。然后,她转过身,沿着通向游泳池的那条蜿蜒曲折的小路离开了。

第二十六章

格兰奇来到憩斋,找赫尔克里·波洛共进下午茶。他们喝的恰恰是他担心会遭遇的那种茶——味道极其寡淡的中国茶。

这些外国人,格兰奇心想,根本不知道如何煮茶。教也教不会。但他并不太介意。他正陷于一种悲观情绪中,以至于多一件令人不满的事,反而令他获得了一种阴暗的满足感。

他说:"开庭审讯三天后就要开始了,我们有什么收获呢?什么也没有。见鬼,那把枪肯定在什么地方!都怪这见鬼的乡村——绵延数英里长的树林,不出动一支军队根本无法好好地搜查,就像大海捞针!它可能在任何地方。事实上,我们不得不面对这一点——我们也许永远也找不到那支枪了。"

"你会找到的。"波洛充满自信地说。

"呵呵,这可不是愿意努力就能做到的!"

"你会找到的,这是迟早的事。而且我想说,只会早不会迟。再来一杯茶吗?"

"好的——不,不要加热水。"

"这样不会太浓了吗?"

"哦,不,不会太浓的。"警督故意轻描淡写地说。

他忧郁地啜饮着那寡淡的、稻草黄色的饮料。

"这件案子让我大出洋相,波洛先生——大出洋相!我实在搞不懂这些人。他们看起来好像都很有帮助，但他们告诉你的每件事似乎都在引导你远离正轨，进行徒劳的搜索。"

"远离正轨？"波洛说，他的眼中闪出惊诧的光芒，"是的，我明白了。远离正轨……"

警督愈加自怨自艾。

"就以枪为例吧。克里斯托被击中的时间——按照医学证据——仅仅是在你到达前一两分钟。安格卡特尔夫人挎着一篮子鸡蛋，萨弗纳克小姐拿着一只装满了枯死的花朵的园艺篮子，而爱德华·安格卡特尔穿着一件宽松的射击服，口袋里装满子弹。他们中的任何人都有可能把左轮手枪带走。它没有被藏在游泳池附近的任何地方——我的手下仔细搜查了那个地方，所以这个可能性可以完全排除。"

波洛点点头。

格兰奇继续说："格尔达·克里斯托被人陷害了——但是是谁干的呢？一查到这里，我追踪的每一条线索似乎都消失在空气当中了。"

"他们对自己那天上午的行动的陈述，能令人满意吗？"

"那些故事都不错。萨弗纳克小姐在做园艺。安格卡特尔夫人在收集鸡蛋。爱德华·安格卡特尔同亨利爵士在一起射击，到快中午时才分手——亨利爵士返回房子，而爱德华·安格卡特尔穿过树林来到了这里。那个年轻的小伙子正在他的卧室里埋头苦读。（在那么好的天气里待在这种地方读书，确实很奇怪，但他是那种足不出户的书呆子。）哈德卡斯尔小姐拿着一本书去了果园。所有这些听起来都非常自然而合理，而且没有办法核实。格杰恩在十二点左右拿了一托盘的玻璃杯去凉亭。他说不出家里的那些人当时都在哪里，或在做些什么。从某种意义上说，你知道，他们几乎每一个人都有一定的不利证据。"

"真的吗？"

"当然，最明显的人是薇罗尼卡·克雷。她曾与克里斯托大吵一架；她憎恨他的勇气，她非常有可能朝他开了枪——但我找不到一丁点儿证据。没有任何证据证明她有机会从亨利爵士的收藏品中偷走左轮手枪。当天没有人看到她去过游泳池或从那儿离开。而且，那支失踪的左轮手枪现在肯定不在她那儿。"

"啊，你已经能确认这一点了吗？"

"你以为呢？我们掌握的证据足够去申请搜查证了，但其实并不需要。她对此十分大方。枪根本没在她那栋铁皮平房里。在开庭审讯延期之后，我们表面上对克雷小姐和萨弗纳克小姐放松了力度，但暗中派人跟踪了她们，看她们去了哪里、做了些什么。我们在摄影棚里安排了一个人监视薇罗尼卡——没有任何迹象表明她试图在那儿把枪扔掉。"

"那亨莉埃塔·萨弗纳克呢？"

"也没有收获。她直接回了切尔西，自那之后我们一直严密监视着她。那把左轮手枪既不在她的工作室里，也没被她带在身边。她对我们的搜查表现得很友好——似乎觉得很有趣似的。她那些奇异的作品，有几件让我的那个手下吃了一惊。他说他完全不能理解为什么会有人想做这样的东西——东一块西一团的雕塑，铜管铝片扭曲成奇怪的形状，不跟你说你绝对猜不到是马的马。"

波洛忽然动了一下。

"你说，马？"

"嗯，是一匹马，如果你把它称为马的话！如果人们想要雕塑一匹马的话，他们为什么不直接去看看真的马呢？"

"一匹马。"波洛重复道。

格兰奇转过头。

"是什么东西让你产生了这么大的兴趣,波洛先生?我不明白。"

"联想——心理学的一个观点。"

"词句之间的联想吗?马和马车?摇木马?晾衣架[①]?不,我不明白。总而言之,一两天后,萨弗纳克小姐将会整理行装再次到这儿来。你知道吗?"

"知道,我跟她聊过几句,而且我看到她在树林中散步。"

"躁动不安,是的。嗯,她确实同医生保持着婚外情的关系,而且他临死前所说的'亨莉埃塔'相当接近于指控。但还是不够接近,波洛先生。"

"是的,"波洛沉思着说,"还是不够接近。"

格兰奇沉重地说:"这儿的空气中不知道有什么东西——它使你乱成一团麻!就好像他们所有人都知道些什么事。至于安格卡特尔夫人——她始终未能提出一个正当的理由来解释她那天为什么要拿着枪。这是一件很疯狂的事——有时候,我认为她这个人也很疯狂。"

波洛很轻地摇了摇头。

"不,"他说,"她一点儿也不疯狂。"

"此外还有爱德华·安格卡特尔。我原以为能从他身上下手。安格卡特尔夫人说过——不,是暗示过——他多年以来一直爱着萨弗纳克小姐。那么,这就给了他一个动机。但现在我发现另一个姑娘——哈德卡斯尔小姐——与他订了婚。这下子所有对他不

[①] 原文中使用的是 clothes horse(晾衣架),与马(horse)有关联。

利的因素又烟消云散了。"

波洛同情地嘟囔了一声。

"再接下来是那个年轻的小伙子。"警督接着说,"安格卡特尔夫人无意中泄露了有关他的一些事。看起来,他的母亲是死在精神病院里的——迫害妄想症——她觉得每个人都在设计阴谋杀害她。嗯,你能明白这可能意味着什么。如果那孩子遗传了那种疯狂的基因的话,他可能会对克里斯托医生生出什么莫名其妙的念头来——也许认为医生准备诊断他有精神病。我并不是说克里斯托是那种医生。消化道紧张症,还有那个超——超什么症来着?那是克里斯托专长的领域。但如果那孩子有点儿精神失常,他也许会想象克里斯托是来监视他的。他的态度非常奇特,那个年轻人,紧张得像只猫一样。"

格兰奇闷闷不乐地呆坐了一会儿。

"你明白我的意思吗?所有模糊的怀疑,都毫无结果。"

波洛又动了一下。他轻轻地嘟囔道:"离开正轨,而不是回归正轨。远离,而不是靠近。毫无结果,而不是有些结果……是的,当然,一定是这么回事。"

格兰奇瞪视着他。他说:"他们都很古怪,所有这些安格卡特尔家族的人。有时候,我敢发誓他们完全知道事情的真相。"

波洛平静地说:"他们是知道的。"

"你是说,他们所有人都知道是谁干的?"警督难以置信地问。

波洛点点头。

"是的,他们知道。我这样想已经有一段时间了。而现在我对此相当肯定。"

"我明白了。"警督的表情变得严肃了起来,"那么是他们把它藏了起来？好吧，我一定会打败他们的。我一定要找到那把枪。"

波洛想，这就是警督的主题曲。

格兰奇满怀怨恨地继续说道："我要不惜一切手段对他们进行报复。"

"对——"

"他们所有的人！把我耍得团团转！提建议！暗示！帮助我的手下——帮助他们！到处都是蜘蛛丝、蜘蛛网，没有什么东西是真实的。我想要的是一个切实可靠的事实！"

赫尔克里·波洛已经朝窗外望了一阵子了。他的注意力被他那全然对称空间内存在的一处不规则的东西所吸引。

此刻他说道："你想要一个切实可靠的事实吗？好吧，除非我大错特错了，否则此刻在我大门边的篱笆里就有一个切实可靠的事实。"

他们沿着花园里的小路走了过去。格兰奇跪下，耐心地拨开断枝残叶，直到藏匿其间的物品彻底暴露出来。当那件黑色的金属物暴露在天光之下后，他深深地倒抽了一口气。

他说："这是一把左轮手枪。"

有短短的一刻，他狐疑的目光停留在了波洛身上。

"不，不，我的朋友，"波洛说，"我可没有朝克里斯托医生开枪，而且也没把左轮手枪藏在自家的篱笆里。"

"当然不是你，波洛先生！对不起！那么，我们找到它了。看起来像是亨利爵士的书房里丢失的那把。我们一得到序列号就能确认。接下来我们就要鉴定它是不是射杀克里斯托的那把枪。现在要谨慎行事了。"

他极其小心地用一条丝绸手帕裹着枪，把它从篱笆中取了出来。

"但愿我们能有个喘息的机会,找到指纹。我有一种预感,你知道,我们终于能转转运了。"

"有了结果告诉我。"

"当然,波洛先生。我会给你打电话的。"

波洛接到了两个电话。第一个电话当天晚上就打来了。警督相当兴奋。

"是你吗,波洛先生?好了,告诉你一个内幕消息。就是那把枪,没错。是亨利爵士的收藏品中丢失的那把,同时也是射杀约翰·克里斯托的那把枪!这一点已经确凿无疑了。而且上面还有一套非常清晰的指纹。大拇指,食指,部分的中指。难道我没有告诉过你吗?我们终于可以转转运了。"

"你已经鉴别出那些是谁的指纹了吗?"

"还没有。肯定不是克里斯托夫人的。我们已经取了她的指纹。从尺寸来看,它们看起来更像是男人的指纹,而不是女人的。明天我要去空幻庄园宣布我这条小新闻,并且取得每一个人的指纹样本。然后呢,波洛先生,我们就会知道有何收获了!"

"我的确希望如此。"波洛礼貌地说。

第二个电话是次日打来的,电话里的声音不再兴奋了。格兰奇以极其愁云惨淡的语气说:"想听最新的消息吗?那些指纹同与本案相关的任何一个人都不吻合!不,先生!它们不是爱德华·安格卡特尔的,不是戴维的,也不是亨利爵士的!它们不是格尔达·克里斯托的,不是萨弗纳克的,不是薇罗尼卡的,不是尊敬的夫人的,不是那个深色皮肤的姑娘的!它们甚至不是那个厨娘的——更不用说其他仆人了！"

波洛发出了一些安慰的声音。格兰奇警督用悲伤的声音继续道："所以这样看来，这桩案件终究还是外人干的。也就是说，有某个人对克里斯托医生怀恨在心，而我们对此一无所知。一个无声无息的隐形人，从亨利爵士的书房里偷出那把枪，然后在枪击之后，沿着小径往乡间小路的方向逃跑了。这个人把枪藏在你家的篱笆里，然后就凭空消失了！"

"你想要我的指纹吗，我的朋友？"

"我不介意来一套！我突然想起来，波洛先生，你当时也在现场，而且考虑到各方面的因素，你绝对是整桩案件里嫌疑最大的人啊！"

第二十七章

1

法医清了清嗓子，充满期待地望着陪审团主席。

后者低头看着自己手中握着的一张纸，喉结兴奋地上下颤动。他小心翼翼地读道："我们认定，死者的死亡系由未知的某个人或多人蓄意谋杀所致。"

波洛坐在靠墙的角落里，平静地点了点头。这是唯一可能的裁决。

在法院外面，安格卡特尔夫妇停留了片刻，同格尔达和她的妹妹交谈了几句。格尔达仍然穿着同一条黑裙子，脸上仍然带着同样茫然而难过的表情。这一次，她们没有租戴姆勒。埃尔西·帕特森解释说，搭火车的确十分方便。她们在滑铁卢搭了一班快车，现在可以很容易地赶上一点二十分那辆去贝克斯希尔的车。

安格卡特尔夫人紧紧握住格尔达的手，低声道："你一定得和我们保持联系，亲爱的。也许哪天在伦敦一起吃顿简单的午餐？我想你偶尔会去那儿买买东西吧。"

"我……我不知道。"格尔达说。

埃尔西·帕特森说："我们得赶紧了，亲爱的，赶火车。"

格尔达带着一种解脱的表情转身离去。

米奇说:"可怜的格尔达。约翰之死带给她的唯一好处,就是把她从你那可怕的殷勤款待中解救出来了,露西。"

"你太坏了,米奇。没人能说我没有尽力吧。"

"你越是努力,情况就越糟糕,露西。"

"唉,想想这一切都结束了,可真让人高兴,不是吗?"安格卡特尔夫人说着,灿烂地微笑着,"当然,可怜的格兰奇警督除外。我确实为他感到十分难过。你们觉得,如果我们请他去家里吃午餐,能不能让他高兴一点儿?我的意思是,作为朋友而来。"

"我觉得还是不要多插手的好,露西。"亨利爵士说。

"也许你是对的,"安格卡特尔夫人沉思着说,"况且今天的午餐也不太合适。洋白菜炖山鹑,还有梅德韦太太拿手的美味舒芙蕾。完全不是适合格兰奇警督的那种午餐。一块上好的牛排,煎得嫩些,配一块传统的苹果挞,不要弄什么花样——或者苹果布丁——这是我会为格兰奇警督点的午餐。"

"你对食物的直觉总是非常正确,露西。我想我们还是赶紧回家去吃山鹑吧,听起来很美味。"

"嗯,我还想着我们多少应该庆祝一下呢。不是很好吗?所有的事到最后都有最好的结局。"

"是——是的。"

"我明白你在想些什么,亨利,但别担心,我今天下午会亲自关照好的。"

"你这是又打算做什么呢,露西?"

安格卡特尔夫人冲他笑了笑。

"没事的,亲爱的。只不过是把最后的细节都处理完毕。"

亨利爵士怀疑地看着她。

当他们到达空幻庄园时,格杰恩走出来,打开了汽车的门。

"一切都进展得非常令人满意,格杰恩。"安格卡特尔夫人说,"请告诉梅德韦太太和其他人。我明白这一切对你们大家来说是多么不愉快,我想告诉你,亨利爵士和我都十分感谢你一向所表现出来的忠诚。"

"我们都非常为您担心,夫人。"格杰恩说。

"格杰恩可真好。"露西走进客厅时说,"不过恐怕要浪费他的一片好心了,我几乎可以说颇为享受这一切呢——你知道的,跟我们平常习惯了的生活如此不同。戴维,难道你不觉得吗?像这样的经历可以开阔你的思维呢。这与剑桥一定截然不同。"

"我在牛津。"戴维冷冷地说。

安格卡特尔夫人心不在焉地说:"那儿的划船竞赛①非常英式,你不觉得吗?"说着,她走到电话旁。

她拿起话筒,握在手中,接着说:"我衷心希望,戴维,你能够再回来跟我们一起住。发生谋杀案的时候,想要认识人是多么困难啊,不是吗?几乎不可能进行有意义的谈话。"

"谢谢你,"戴维说,"但我下次过来时就要去雅典了——去英国学校。"

安格卡特尔夫人转向她的丈夫。

"现在谁是大使?哦,当然了。霍普·雷明顿。不,我觉得戴维是不会喜欢他们的。他们那儿的女孩子闹腾得可怕。她们玩曲棍球、板球,还有那种用一个网子抓球的可笑比赛。"

话音未落,她忽然低头看了看电话听筒。

---

①指牛津大学与剑桥大学之间一年一度的划船比赛。

"咦,我拿着这个干什么呢?"

"也许你要给什么人打电话。"爱德华说。

"我觉得不是。"她把听筒放了回去,"你喜欢电话吗,戴维?"

这就是她会问的那种问题,戴维恼火地想道,谁都不可能对这样的问题给出一个有意义的答案。他冷冷地回答说,他觉得电话是很有用的。

"你的意思是,"安格卡特尔夫人说,"就像绞肉机吗?或是松紧带?不管怎样,我们不能——"

她忽然停了下来,看见格杰恩出现在门口,通知大家午饭已经准备好了。

"但你喜欢山鹑啊。"安格卡特尔夫人焦虑地对戴维说。

戴维承认他喜欢山鹑。

"有时候,我真的觉得露西有点儿神经不正常。"当米奇和爱德华信步从主屋中出来,往树林走去的时候,米奇说。

山鹑和舒芙蕾都好吃极了,而伴随着开庭审讯的结束,空气中压得沉甸甸的重负也消失了。

爱德华沉思着说:"我一直认为,露西的头脑极其灵光,她的表达方式就好像玩填字游戏一样。各种比喻混在一起——铁锤在一个又一个钉子上起落,但每一个都砸在正中。"

"尽管如此,"米奇清醒地说,"有时候露西真是让我害怕。"她微微颤抖了一下,补充道,"最近这阵子,这地方也让我很害怕。"

"空幻庄园吗?"

爱德华大吃一惊,转脸望着她。

"这里总会让我有一点儿联想起安斯威克。"他说,"当然,这里不是安斯威克。真正的安斯威克是——"

米奇打断了他:"正是这样,爱德华。我很害怕那些不真实的东西。你知道,你不了解它们的背后是什么。那就好像——哦,就好像一个面具。"

"你别胡思乱想,小米奇。"

还是以前的那种语气,那种他多年之前使用的包容的语气。她当时很喜欢,但现在,这种语气令她恼怒。她努力想要把自己的意思表达明确——好让他理解,在他所谓的胡思乱想的背后,是某种只能隐约了解的事实的模糊外形。

"在伦敦时我摆脱了它,但现在我回到了这里,这一切就都回来了。我感觉好像每个人都知道是谁杀了约翰·克里斯托。唯一不知道的人——就是我。"

爱德华恼怒地说:"我们一定要谈论约翰·克里斯托吗?他已经死了。死了。"

米奇低声念道:

> 姑娘,姑娘,他死了,
> 一去不复来,
> 头上盖着青青草,
> 脚下石生苔。[①]

她把手放在了爱德华的胳膊上。"到底是谁杀了他,爱德华?我们曾以为是格尔达——但结果不是。那么是谁呢?告诉我你是怎么想的?真的是某个我们从未听说过的人吗?"

[①] 此段诗句出自莎士比亚的《哈姆雷特》第四幕、第五场。此处引用朱生豪译文。

他恼怒地说:"这一切的猜测在我看来都是毫无意义的。如果警方无法调查清楚,或无法获得足够的证据,那么这整件事也就只能不了了之——而我们应当把它抛在脑后。"

"是的——但令我烦恼的是无法知道真相。"

"我们为什么一定要知道呢?约翰·克里斯托同我们有什么关系吗?"

同我们,她想,同爱德华和我吗?完全无关!这是很令人欣慰的想法——她和爱德华,连接在一起,合而为一。然而,约翰·克里斯托,尽管他已经躺在了坟墓中,葬礼的悼词也已经为他念过了,但他并没有被埋葬得足够深。姑娘,姑娘,他死了——但约翰·克里斯托并没有真正地死去并且离开——无论爱德华多么希望他这样。约翰·克里斯托依然在这儿,在空幻庄园里。

爱德华说:"我们要去哪儿?"

他语调中的某些东西使米奇感到惊讶。她说:"我们到山脊顶上去,好吗?"

"你想去的话就去吧。"

出于某种原因,爱德华并不情愿。她不知道是为什么。那本是他最喜欢走的一段路。他和亨莉埃塔过去几乎总是——她的念头忽然啪的一声断了。他和亨莉埃塔!她说:"你今年秋天走过这条路吗?"

他僵硬地回答道:"到这儿的第一天下午,亨莉埃塔和我来过。"

他们在沉默中继续前进。最终到达了山顶,坐在一棵倒下的树干上。

米奇心想,他和亨莉埃塔也许就曾坐在这里。

她一圈圈地转动着手指上的戒指。钻石向她散发出冷漠的光辉。("不要绿宝石。"他说。)

她稍稍努力了一下,说:"能再回安斯威克过圣诞节真是太好了。"

他似乎没有听到她说的话。他的心思已经离开很远了。

她想,他在想亨莉埃塔,还有约翰·克里斯托。

他们曾一起坐在这里,他对亨莉埃塔说了些什么,或是她对他说了些什么。亨莉埃塔也许知道她不要的是什么,但他仍然是属于亨莉埃塔的。米奇心想,他将永远属于亨莉埃塔……

她忽然感觉到一阵锥心的痛楚。过去这一星期以来,她一直生活在一个肥皂泡里的幸福世界中,而此刻,那个肥皂泡微微颤抖着,破了。

她想,我不能这样生活——他的心永远都放不下亨莉埃塔。我无法面对它。我无法忍受它。

风在树林间叹息着——树叶落得更快了——举目之间几乎已经看不到金色了,只有一片褐色。

她说:"爱德华!"

她声音中的急切唤醒了他。他转过头。"怎么了?"

"对不起,爱德华。"她的嘴唇颤抖着,但她强迫自己的声音显得平静而自制,"我必须要告诉你。这是没有意义的。我不能嫁给你。那样是行不通的,爱德华。"

他说:"但,米奇——无疑,安斯威克——"

她打断他。"我不能只为了安斯威克而嫁给你,爱德华。你——你必须明白这点。"

他长叹了一声,长而温柔。就像枯叶轻轻地脱离树枝时发出的回声。

"我明白你的意思，"他说，"是的，我想你说得对。"

"你向我求婚，是你太好了，太贴心了。但这是不行的，爱德华。这是行不通的。"

也许她曾经抱有过一丝微弱的希望，希望他会与她争辩，他会努力说服他，但他对此事的想法似乎与她是一样的。在这里，亨莉埃塔的灵魂紧紧地围绕在他身边，他显然也意识到这是行不通的了。

"是的，"他说，回应着她的话，"这是行不通的。"

她从手指上摘下戒指，递给他。

她将会永远爱着爱德华，爱德华则将会永远爱着亨莉埃塔，而生活只是彻头彻尾的地狱。

她半忍着哽咽道："这枚戒指很美，爱德华。"

"我希望你能留着它，米奇。我希望你能拥有它。"

她摇摇头。"我不能那样做。"

他的唇微微地、自嘲地弯了弯。"你知道，我是不会把它送给其他任何人的。"

气氛十分友好。他不知道——他永远也不会知道——她究竟是什么感觉。端在盘子上的天堂——而现在，盘子被打破，天堂从她的指间滑落了，或者也许，它根本从未存在过。

2

那个下午，波洛接待了他的第三位访客。

亨莉埃塔·萨弗纳克和薇罗尼卡·克雷都来拜访过他了。这次是安格卡特尔夫人。她如往常一样，沿着那条小路翩然而至。

波洛打开门，她站在门口微笑着望着他。

"我来看看您。"她宣布。

仿佛仙女向渺小的凡人赐予一个恩惠。

"我真是受宠若惊,夫人。"

他引着她走进起居室。她在沙发上坐下,又微笑了起来。

赫尔克里·波洛想,她老了——她的头发已经变成灰色——脸上起了皱纹。但她仍然具有魔力——她将永远拥有魔力……

安格卡特尔夫人轻柔地说:"我想请您帮我做件事。"

"什么事,安格卡特尔夫人?"

"首先,我必须跟您谈谈——约翰·克里斯托。"

"克里斯托医生吗?"

"是的。在我看来,唯一应当做的事就是让整件事完全画下句号。您是明白我的意思的,是吧?"

"我不能肯定我明白了您的意思,安格卡特尔夫人。"

她又朝他迷人地一笑,伸出一只纤长白皙的手,搭着他的袖子。

"亲爱的波洛先生,您完全明白。警方将不得不继续搜寻那些指纹的主人,但他们是不会找到的,到最后,警方将不得不放弃调查。但是,我知道,恐怕您是不会放弃的。"

"对,我不会放弃。"赫尔克里·波洛说。

"我正是这样想的,因此我才前来拜访。您想要的是真相,不是吗?"

"我当然想知道真相。"

"我知道我并没有把我的意思解释得很清楚。我是想试图弄明白您不愿意放弃调查的原因。那不是因为您的威望——或因为您想要绞死一个谋杀犯(我一直觉得这是一种非常可怕的死法——太原始了)。我想,那仅仅是因为您想要知道。您明白我的意思，是吧？如果您想知道真相——如果您被告知了真相，我想也许这样能使您满意？这样能使您满意吗，波洛先生？"

"您是在说您愿意告诉我真相吗，安格卡特尔夫人？"

她点点头。

"那么说，您本人是知道真相的了？"

她把眼睛瞪得极大。

"哦，是的，我已经知道了很久了。我很愿意告诉您，然后我们就可以达成共识——嗯，这整件事就完全彻底地结束了。"

她冲他笑了笑。

"我们能就此达成一致吗，波洛先生？"

赫尔克里·波洛费了极大的努力才说出："不，夫人，不能。"

他想要——他极其想要——让这整件事就此终结，仅仅是因为安格卡特尔夫人请求他这么做。

安格卡特尔夫人静静地坐了片刻。然后她扬起了眉毛。

"我怀疑，"她说，"我怀疑您是否真正明白您在干什么。"

第二十八章

米奇睁着干涩的双眼，在黑暗中躺在床上辗转反侧。她听到一扇门的门闩被拉开的声音，接着是一阵沿着走廊经过她门前的脚步声。那是爱德华的门，爱德华的脚步声。她打开床头灯，看了一眼灯边的桌子上摆着的钟。现在是三点差十分。

爱德华在凌晨的这个时间经过她的门口，走下了楼梯。真是奇怪。

今晚大家都睡得早，十点半就回房间了。米奇一直没睡着，睁着火辣辣的双眼躺在那里，被一种冰冷而刺痛的悲惨感觉深深地折磨着。

她听到过楼下的整点敲钟声，听到猫头鹰在她卧室的窗外鸣叫。两点的时候，她感觉这种沮丧的心情达到了最低点。她曾在心里对自己说："我受不了了——我实在受不了了。明天就要来了——新的一天。一天又一天要这样熬过去。"

她亲手把自己从安斯威克驱逐了出去——从所有那些原本她可能拥有的安斯威克的可爱与美好中驱逐了出去。

但是，驱逐也好，孤独也好，沉闷而无趣的生活也好，都胜过同爱德华以及亨莉埃塔的魂灵生活在一起。直到那天在树林里，她才发现自己竟然可以产生如此巨大而苦涩的嫉妒之心。

毕竟，爱德华从未对她说过他爱她。关爱有之，亲切有之，但他从未假装拥有过任何超过这些的感情。她原已经接受了这个限度,直到她意识到,同永远都会在心里为亨莉埃塔留一个位置的爱德华亲密地生活在一起会是什么样子,她这才明白,对于她来说,仅仅拥有爱德华的关爱是远远不够的。

爱德华走过她的门前,从前面的楼梯下去了。这很古怪——非常古怪。他这是要去哪儿呢?

不安逐渐占据了她的心灵。这段时间以来,空幻庄园带给她的只有大大小小的不安。爱德华深更半夜地下楼做什么呢?他出去了吗?

最终,她无法再继续忍受枯坐不动。她下了床,披上晨衣,拿着一只手电筒,打开房门,来到了走廊上。

走廊上一片漆黑,一盏灯都没开。米奇向左转,来到了楼梯口。下面也是一片漆黑。她快步走下楼梯,略一迟疑之后,打开了大厅里的灯。四下一片寂静无声。前门紧闭着,还上着锁。她试了试侧门,也是锁着的。

这么说,爱德华没有出去。那他在哪儿呢?

突然她扬起头,抽了抽鼻子。

她闻到一阵非常淡的煤气味。

通往厨房操作间的那扇贴有呢子面的门虚掩着。她走了进去——打开的厨房门里有一点微弱的灯光。煤气的味道浓烈多了。

米奇跑过走廊,进入厨房。爱德华正躺在地板上,头伸在煤气灶里,而煤气开关则开到了最大。

米奇是一个机灵而务实的姑娘。她的第一个动作是去打开百叶窗。但她拉不开窗栓,所以,她拿了一块玻璃纤维布缠在胳膊上,砸破了玻璃窗。接着,她屏住呼吸,弯下腰,又拖又拽地把爱德华拉出了煤气灶,并关上了阀门。

他昏迷不醒，呼吸得很不自然，但她知道他昏迷的时间不可能太长。他应该只是刚刚失去意识。风从打破的窗户吹进来，从打开的门出去，很快就吹散了煤气味。米奇把爱德华拖到靠近窗口、新鲜空气最充分的位置。她坐下来，用自己年轻而坚强的双臂把他搂在怀中。

她呼唤着他的名字，一开始是很温柔的，但声音中的绝望愈来愈强烈："爱德华，爱德华，爱德华……"

他动了一下，呻吟着，睁开了双眼，望着她。他声音微弱地说："煤气炉。"同时目光转向煤气炉的方向。

"我知道，亲爱的，但为什么——为什么？"

他此时全身颤抖着，双手冰冷而了无生机。他说："米奇？"他的声音中蕴含着某种困惑的惊讶与愉悦。

米奇说："我听到你经过我的门口，我不知道……我就下楼了。"

爱德华叹了一口气，又深又长，仿佛是从很远的地方传来的。"最好的解脱方式。"他说。这时，米奇忽然莫名其妙地想起悲剧发生当晚，露西所说的话，《世界新闻》。

"但是，爱德华，为什么，为什么？"

他抬头望着她，眼神中那种空洞而冰冷的阴影使她心惊胆战。

"因为我知道我一向没有什么用处。总是非常失败。总是心有余而力不足。只有像克里斯托那样的男人才是干事业的人。他们功成名就，而女人们对他们五体投地。我什么也不是——我甚至不怎么有活力。我继承了安斯威克，并且有足够的钱维持生活——否则我早就潦倒不堪了。我不擅长任何一个职业——也不是个好的作家。亨莉埃塔不要我。谁都不要我。那天在伯克利餐厅——我原以为——但还是同样的结果。你也不会在意我的,米奇。即使是为了安斯威克,你也不愿意忍受我。所以我想,还是彻底摆脱这一切的好。"

她急切地脱口而出:"亲爱的,亲爱的,你不明白。那是因为亨莉埃塔——因为我以为你还深深地爱着亨莉埃塔。"

"亨莉埃塔?"他含糊地小声嘟囔着,好像正在说一个无限遥远的人,"是的,我曾经非常爱她。"

即使离他再远些,她也能听到他在嘟囔:"好冷啊。"

"爱德华——亲爱的。"

她的双臂紧紧地搂着他。他冲她微笑着,嘟囔着:"你是多么温暖,米奇——你是多么温暖。"

是的,她想,这就是绝望。多么冰冷的东西——无限的冰冷和孤独。在此之前,她从未意识到绝望竟是如此冰冷的东西。她原以为那是火热的,充满了激情与暴力,令人血脉滚烫、不顾一切。但事实并非如此。这才是绝望——冰冷与孤独的黑暗流露在外。而绝望的罪,如神父所说,是一种冷酷的罪,将人与一切温暖的活人之间的联系全部割断。

爱德华再次说道:"你是多么温暖,米奇。"米奇的心中忽然涌起一种愉快而骄傲的自信,她暗忖,这就是他所想要的东西——这就是我所能给予他的东西!安格卡特尔家的人都是冰冷的。即使在亨莉埃塔的身上,也有那种捉摸不定的特质,在她的血管里流淌的是安格卡特尔家族那种捉摸不定的仙女一般冷酷的血液。就让爱德华像爱一个虚幻缥缈、无法拥有的梦一样去爱亨莉埃塔吧。他真正需要的是温暖、永久,以及稳定,是在安斯威克日日夜夜相伴在侧的陪伴、爱与欢笑。

她想,爱德华需要的是在他的心中点燃一把火——而我正是能够做到这一点的那个人。

爱德华抬头向上看。他看到了米奇俯向他的面孔,那暖色调的肤色,那慷慨的嘴,那坚定的双眼,以及从前额向后拢,像两只翅膀一般的黑头发。

他一直将亨莉埃塔看作是过去的投影。他一直试图在那个成熟女人的身上寻找当年令他一见倾心的十七岁的女孩子。但此刻,抬头望着米奇,他有一种奇特的感觉,好像看到了一个不断成长着的米奇。他看到了那个头发中分,梳两根马尾辫儿的女学生,他看到那黑色的发浪此刻正映衬着她的脸庞,他甚至能够确切地看到当她的头发不再乌黑,变成灰白时会是什么样子。

米奇,他想,是真实的。我所知道的唯一真实的东西……爱德华感受到了她的温暖,还有力量——黝黑的、积极的、活生生的、真实的!米奇,他想,是我得以铸造我的生活的基石。

他说:"亲爱的米奇,我是如此爱你,再也别离开我了。"

她俯身向他,爱德华感受到她的嘴唇覆在他的唇上的温暖,感受到她的爱包裹着他,保护着他。而幸福之花在那片他曾独自生活了那么久的冷酷荒漠之上渐次盛开。

米奇突然略带着颤声笑着说:"瞧,爱德华,一只蟑螂跑出来看我们了。它可真是一只可爱的蟑螂。我从未想过我会如此喜欢一只蟑螂!"

她恍恍惚惚地继续道:"生活是多么奇怪啊。我们现在正坐在厨房的地板上,空气里残留着一丝煤气味,身边还有一群蟑螂,却感觉这儿就是天堂。"

爱德华柔声低语道:"我愿意永远待在这儿。"

"我们最好还是回去睡一会儿。已经四点了。我们可怎么向露西解释这打破的窗户呀?"幸好,米奇心想,露西是一个特别容易接受别人对她解释事情的人!

效仿着露西的样子,米奇在第二天早晨六点走进了她的房间。她直截了当地叙述了事实。

"爱德华半夜下楼,把头伸进了煤气灶里。"她说,"幸好我听到了他的动静,在他之后下了楼。我打破了窗户,是因为当时无法快速打开它。"

米奇不得不承认,露西非常了不起。

她甜甜地笑着,没有流露出一丝惊奇。

"亲爱的米奇,"她说,"你总是那么务实。我相信你一定会是爱德华最好的安慰。"

米奇走了之后,安格卡特尔夫人躺在床上思考。然后她起身走进丈夫的房间,难得这一次他居然没有锁上门。

"亨利。"

"我亲爱的露西!天都还没有亮呢。"

"不,听我说,亨利,这是非常重要的事。我们必须安装电炉灶做饭了,把煤气灶拆掉。"

"为什么,煤气炉不是一直用得好好的吗?"

"哦,是的,亲爱的。但是那种东西会使人产生不好的念头,而并不是所有人都像亲爱的米奇那样务实。"

说完她迅速飘然离开了。亨利爵士不满地哼了一声,翻了个身。正当他即将陷入睡眠之际,忽然一惊,醒了过来。"我刚刚是在做梦吗?"他喃喃自语道,"还是露西的确进来跟我谈了一下煤气灶的事?"

在外面的走廊里,安格卡特尔夫人走进盥洗室,把一个水壶放在煤气炉上。她知道,人们有时喜欢一大早喝杯茶。带着自我赞许,她点燃了火,然后回到自己的房间,怀着对生活和自我的满意,躺到了枕头上。

爱德华和米奇住在安斯威克——开庭审讯结束了。她得再去找波洛先生谈一谈。那个亲切的小个子男人……

突然,另一个念头闪进了她的脑海,她从床上直直地坐了起来。我很怀疑,她猜测着,不知她是否已经考虑到了那一点。

她爬下床,沿着过道飘进亨莉埃塔的屋子,如往常一样,远在她进入亨莉埃塔听觉所及范围之内,露西就已经开始说话了。

"——所以我突然想起来了,亲爱的,你有可能忽视了那一点。"

亨莉埃塔睡意蒙眬地嘟囔着:"看在上帝的分上,露西,鸟儿还没有起床呢!"

"哦,我知道,亲爱的,确实是相当早,但昨晚似乎是相当不安稳的——爱德华和煤气灶和米奇还有厨房的窗户——还要考虑该对波洛先生说些什么,而且每件事——"

"对不起,露西,但你刚刚说的话听起来完全莫名其妙。难道就不能晚一点儿再说吗?"

"只是枪套的问题,亲爱的。我想,你可能没有考虑到枪套。"

"枪套?"亨莉埃塔从床上坐了起来。她突然完全清醒了。"枪套有什么问题吗?"

"亨利的左轮手枪是放在枪套里的,你知道。而枪套还没有被发现。当然也许没有人会想到它——但另一方面,也许有人可能想到——"

亨莉埃塔从床上一跃而下。她说:"人总会忘记些什么——

他们这样说！而这是真理！"

安格卡特尔夫人回到了自己的房间。

她爬上床，很快就沉沉入睡了。

煤气炉上的水壶沸腾了，并且继续沸腾着。

第二十九章

格尔达翻身挪到了床边，坐了起来。

她的头疼已经好一点儿了，但她仍很庆幸没有跟其他人一起去野餐。能一个人在家里待一会儿，感觉非常宁静，甚至可以说舒适。

埃尔西，当然表现得非常亲切，尤其是起初的时候。一开始，格尔达被大家逼着躺在床上吃早餐，吃喝都用托盘端着送到她面前。每个人都催促她坐在最舒服的扶手椅里，把脚搁在脚凳上，任何有可能耗费精力的事儿都不要干。

他们都为约翰的事而为她感到难过。她曾满心感激地蜷缩在那保护着她的阴沉的混沌之中。她不想去思考，不想感觉，也不想记得。

但现在，她感到一种日益迫近的压力——她必须重新开始好好生活了，要决定该做些什么，住在哪里。埃尔西的言谈举止中已经流露出了一丝不耐烦。"哦，格尔达，别那么迟钝行嘛！"

一切都回到了从前那样子——很久之前，在约翰出现在她的生活中，并将她带走之前，他们全都认为她又迟钝又蠢。没有一个人会像当时的约翰那样，对她说："我会照顾你的。"

她的头又开始疼了，格尔达心想，我得煮些茶来喝。

她走进厨房，把水壶放到炉子上。水就要开的时候，她听到了前门的门铃声。

女佣们今天都放假了。格尔达走到门口,打开了门。她大吃一惊地看到亨莉埃塔那辆漂亮的车停在人行道边,而亨莉埃塔本人正站在门阶上。

"啊,亨莉埃塔!"她叫道,向后退了一两步,"请进来。我的妹妹和孩子们都出门了,但——"

亨莉埃塔打断了她的话:"很好,我很高兴。我本来就希望能与你单独谈谈。听着,格尔达,枪套你是怎么处置的?"

格尔达定住了。她的目光突然之间变得茫然而费解。她说:"枪套?"

接着她打开了大厅右边的一扇门。

"你最好进来。不好意思,房间里有很多灰。你瞧,今天早晨我们没多少时间打扫。"

亨莉埃塔再次急切地打断了她。

她说:"听着,格尔达,你必须告诉我。除了枪套之外,一切都没问题——绝对是天衣无缝。没有什么能将你同案子联系起来。我发现了你藏在游泳池边灌木丛里的左轮手枪,就把它藏在了一个你绝不可能放到的地方——而且枪上面有他们永远也鉴定不出来的指纹。所以只剩下枪套了。我必须要知道你是怎么处理它的。"

亨莉埃塔停了下来,绝望地祈祷格尔达能迅速做出反应。

她不明白自己为什么会有这种生死存亡的紧迫感,但这种感觉挥之不去。她的车没有被跟踪——她已经确认过这一点。她从通往伦敦的公路出发,在一个路边加油站加满油,并特意提到她要去伦敦。然后,行驶了一段路程之后,她拐入乡间曲折的小路穿行,直到抵达一条向南通往海岸的主路。

格尔达仍然直愣愣地望着她。亨莉埃塔暗忖,格尔达的问题正是在于她是如此的迟钝。

"如果你还留着它,格尔达,你必须把它交给我。我会想办法把它处理掉的。你要知道,现在这是唯一能将你与约翰的死联系起来的东西。你还留着它吗?"

格尔达迟疑了一阵之后,终于缓缓地点了点头。

"难道你不明白留着它是发疯吗?"亨莉埃塔几乎掩藏不住自己的不耐烦。

"我把它忘了。它在我的房间里。"

她又补充道:"警察来哈利街搜查的时候,我把它切成了碎片,同我的皮制手工品一起放在包里了。"

亨莉埃塔说:"这样做真聪明。"

格尔达说:"我并不像每个人所认为的那样蠢。"她把手放在了喉咙上。她说:"约翰——约翰!"却哽咽得说不下去了。

亨莉埃塔说:"我明白,亲爱的,我明白。"

格尔达说:"但你是不会明白的……约翰不是——他不是——"她站在那儿,麻木,并且带着一种奇怪的可悲。她忽然抬起双眼直视着亨莉埃塔的脸,"一切都是一个谎言——所有的一切!我原来对他的一切都很了解。那天晚上,他跟着那个女人,薇罗尼卡·克雷,出去的时候,我看到了他的神情。我知道他曾爱过她,当然,在他娶我之前的很多年以前,但我还以为一切都结束了。"

亨莉埃塔温柔地说:"但那一切确实都已经结束了。"

格尔达摇摇头。

"不。她来到那里,装作她已经有很多年没有见过约翰了——但我看到了约翰的神情。他同她一起出去了。我上了床。

我躺在床上,试图读会儿书——我试图去读约翰在看的那本侦探小说。而他一直没有回来。于是最后我出去了……"

她的目光似乎收了回去,正看着当时那一幕。

"外面的月光很亮。我沿着小路走到游泳池边。凉亭里点着一盏灯,他们就在那儿——约翰和那个女人。"

亨莉埃塔发出一声轻微的声响。

格尔达的神情变了。平素那种略带些空洞的和善一扫而空,取而代之的是无法消解的残酷。

"我一直都很信任约翰。我一直信仰着他——就好像他是上帝一样。我原以为他是世界上最高尚的人。我认为他就是优秀和高尚的化身。但所有这一切都是一个谎言!我什么都没有了。我——我曾那么崇拜约翰!"

亨莉埃塔惊异万分地凝视着格尔达。因为此刻在她面前的,正是那个她曾经猜测着用木头雕刻的形象。在她面前的,就是"崇拜者"。盲目的虔诚被无情地投掷了回来,一切幻觉都破灭了,无比危险。

格尔达说:"我无法忍受这些!我必须杀死他!我必须这样做——你能明白吗,亨莉埃塔?"

她以一种相当自然、几乎称得上是友好的口气说着。

"而且我知道我必须非常小心,因为警方是很聪明的。但话又说回来,我并不真的像大家想得那么蠢!如果你表现得很迟钝,只会呆呆地望着别人,大家就会以为你什么都没有理解——而有的时候,在内心深处,你正在嘲笑他们!我知道我能在别人无法察觉的情况下杀了约翰,因为我在那本侦探小说里读到过,警察能够查出子弹是从哪把枪中射出来的。亨利爵士那天下午曾给我示范了如何给左轮手枪上膛和发射。我就拿了两把左轮手枪，用其中一把朝约翰开了枪，然后把它藏了起来，让人们发现我正握着另一把。这样，他们起先会认为是我射杀了他，之后又会发现他根本不是被那把枪击中的，所以他们就会认定，根本不是我干的！"

她以胜利的姿态点了点头。

"但我把那个皮东西忘记了。它就放在我卧室的抽屉里。你把它叫什么，枪套吗？想来警方现在是不会操心它的了！"

"他们可能会的。"亨莉埃塔说，"你最好把它交给我，我会把它带走。只要它不在你的手里，你就完全安全了。"

亨莉埃塔坐了下来，突然感到一阵说不出的疲惫。

格尔达说："你看起来不太好。我刚刚正在煮茶呢。"

她走出房间，很快又端着一个托盘回来了，上面放着一个茶壶，一个牛奶罐，还有两只杯子。牛奶罐里的牛奶装得太满，溢了出来。格尔达放下托盘，倒了一杯茶，递给亨莉埃塔。

"天哪，"她沮丧地说，"我真无法相信，水壶里的水竟然没有烧开。"

"挺好的。"亨莉埃塔说，"去把枪套拿来，格尔达。"

格尔达迟疑了一下，然后走出房间。亨莉埃塔向前斜倚着，把胳膊放在桌上，然后把头枕在上面。她是如此疲惫，疲惫得可怕。但现在，一切都即将完结了。格尔达会安全的，因为约翰希望她能够安全。

她站起来，把头发从额前撩开，把茶杯举向唇边。这时门口有一声响动，她抬起头望去。格尔达终于有一次动作敏捷了。

但站在门口的是赫尔克里·波洛。

"前门开着。"他一边走到桌边，一边解释道，"所以我就不请自进了。"

"您!"亨莉埃塔说,"您怎么到这儿来了?"

"您那样突然地离开空幻庄园,我自然就明白了您要去哪儿。我雇了一辆很快的车,径直到这儿来了。"

"我明白了。"亨莉埃塔叹息着,"您确实会这样做的。"

"您不能喝那杯茶,"波洛说,从她手中拿走了茶杯,重新放到托盘上,"用没烧开的水泡的茶不好喝。"

"像开水这样的小问题真的很重要吗?"

波洛温柔地说:"每样东西都很重要。"

在他身后有一声响动,格尔达走进屋来了。她的手上拎着一个工作包,目光从波洛的脸上转向亨莉埃塔。

亨莉埃塔立即说:"恐怕,格尔达,我还是嫌疑犯。波洛先生似乎在跟踪我。他认为是我杀了约翰——但他无法证明。"

她缓慢而刻意地说着。只要格尔达不把她自己供出来就好。

格尔达含糊地说:"我很遗憾。您要不要喝点茶,波洛先生?"

"不了,谢谢你,夫人。"

格尔达在托盘后面坐了下来,开始以她那种充满歉意、却随意的语气说:"很抱歉,大家都出去了。我妹妹和孩子们出去野餐了。我觉得不太舒服,所以一个人留在家里。"

"我很遗憾,夫人。"

格尔达拿起一杯茶喝着。

"一切都这么让人担心。每样事都这么让人担心。您瞧,以前约翰总会把一切都安排好,而现在约翰已经不在了……"她的声音越来越微弱,"现在约翰不在了。"

她那令人同情的茫然的目光,在两人身上来回移动。

"我不知道没有了约翰该如何是好。约翰一直在关心我、照顾我。现在他不在了，一切也都没了。而孩子们——他们问我问题，我都没办法好好地回答。我不知道该对特里说些什么。他不断地问：'父亲为什么被杀死了？'也许有一天，当然，他会发现为什么。特里总想刨根问底。使我不解的是，他总在问'为什么'，而不是'谁'！"

格尔达靠回椅子里。她的嘴唇变得非常青紫。

她艰难地说："我觉得——不太舒服——如果约翰——约翰——"

波洛绕过桌子走向她，让她侧身躺倒在椅子里。她的头垂在胸前。他弯下腰，拨开她的眼皮查看了一下。然后他直起了身子。

"一种舒适的、相对不怎么痛苦的死亡方式。"

亨莉埃塔瞪视着他。

"心脏病？不。"她的思维向前跳跃着，"茶里有什么东西。是她自己放进去的。她选择了这条解脱的道路吗？"

波洛温柔地摇了摇头。

"哦，不，那是为您准备的。放在您的茶杯里。"

"为我准备的？"亨莉埃塔的声音里充满了不相信，"但我正在努力帮她呢。"

"这无关紧要。您有没有见过掉在陷阱中的狗？无论谁碰它它都会咬。她只在意您知道了她的秘密，所以您也必须死。"

亨莉埃塔缓缓地说："所以您让我把茶杯放回托盘里——你是想让——你是想让她——"

波洛平静地打断了她。

"不，不，小姐。我并不确定您的茶杯里有些什么东西。我只知道有这种可能性。而且，当茶杯放在托盘上的时候，她有均等的机会选择喝哪一杯——如果能将之称为机会的话。我个人认为,这个结局还是很仁慈的。对于她——也对于那两个无辜的孩子来说。"

他温柔地对亨莉埃塔说:"您非常累了,不是吗?"

她点点头,问他:"您是什么时候猜到的?"

"我也无法确切知道。现场是精心布置的,我从一开始就有感觉。但我有很长一段时间都没有意识到,那是格尔达·克里斯托布置的——以及她当时的态度是演出来的,因为她当时实际是在扮演一个角色。我当时被案件的简单性和复杂性迷惑了。但我很快就意识到,我在对抗的是您的才智,而您的亲属们一旦理解了您在做什么,便立即对您施以援手!"他顿了一下,然后补充道,"您为什么要这样做?"

"因为约翰要求我这样做的!这就是他说'亨莉埃塔'的用意。一切都包含在那个词里面。他是在请求我保护格尔达。您要知道,他是爱格尔达的。我想他自己根本没有意识到他有多么爱格尔达。超过爱薇罗尼卡。超过爱我。格尔达是属于他的,而约翰喜欢那些属于他的东西。他很清楚,如果有人能够保护格尔达,让她不必承担她的行为所产生的后果,那个人就是我。而且他也知道我会做一切他要求我做的事,因为我爱他。"

"而您立刻就开始行动了。"波洛严肃地说。

"是的,我所能想到的第一件事就是把左轮手枪从她那儿拿走,然后让它掉进游泳池里。那样会妨碍提取指纹。当我后来发现他是被另外一把枪击中的之后,我就出去寻找,而且自然是立刻就找到了它,因为我很清楚格尔达会把它藏在哪种地方。我只比格兰奇警督的手下早了一两分钟而已。"

她停了一下,然后接着说:"我一直把它藏在我的帆布包里,把它带到了伦敦。然后我把它藏在工作室里,直到我能把它再带回去之前,它一直在一个警察不可能找到的地方。"

"那匹黏土做的马。"波洛轻声说。

"您怎么知道的?是的,我把它放在一个海绵小包里面,然后围绕着它搭起架子,再把黏土拍了上去。毕竟,警察不能随便破坏一个艺术家的杰作,是吧?您是怎么知道它在那儿的呢?"

"你选择雕塑一匹马这一事实。您的头脑中无意识地联想到了特洛伊木马。但那些指纹——您是如何把那些指纹弄上去的?"

"街上有一个卖火柴的瞎老头。我要掏钱时请他帮我拿一下手上的东西,他根本不知道他拿在手里的是什么!"

波洛注视了她片刻。

"太惊人了!"他低声道,"您是我遇到过的最好的对手,小姐。"

"想要时时抢先您一步,实在是太累人了。"

"我知道。您设计的模式是这样的:始终避免牵连任何一个特定的人,相反,要牵连所有人——除了格尔达·克里斯托。当我意识到这一点,就开始明白真相了。每一个暗示都在洗脱她的嫌疑。您故意画了伊格德拉西尔以吸引我的注意力,将自己置于嫌疑之中。而安格卡特尔夫人十分清楚您在做什么,就相当自得其乐地将可怜的格兰奇警督从一个方向引到另一个方向。戴维,爱德华,她自己。"

"是的,如果想要帮一个确实有罪的人洗脱嫌疑,只有一件事可做:你必须暗示真正的凶犯在别的地方,但又不能将之落实。这就是为什么每一条线索看起来都很有希望,却越查越渺茫,最后一无所获。"

亨莉埃塔看了看那个在椅子里可悲地缩成一团的人。她说："可怜的格尔达。"

"您一直都是这么看待她的吗？"

"我想是的。格尔达极爱约翰，但她不想爱那个真正的他。她为他建立起一个神坛，把每一种伟大、高尚和无私的品格都归在他的身上。一旦你打破了一个偶像，那就什么都剩不下了。"她顿了一下，然后接着说，"但约翰其实比一个神坛上的偶像要好。他是一个真实的、活生生的、充满生命力的人。他为人宽厚，温暖，充满了活力，而且他是一个了不起的医生——是的，一个了不起的医生。但他已经死了，这个世界失去了一个非常了不起的人。而我则失去了一生唯一爱的人。"

波洛温柔地将手放在了她的肩头。他说："但您是一个心口上插着利剑也能活下去的人——能继续面带微笑往前走——"

亨莉埃塔抬起头来看着他，她露出一个苦涩的微笑。

"这样说有一点儿太戏剧化了，不是吗？"

"那是因为我是一个外国人，我喜欢使用漂亮的辞藻。"

亨莉埃塔突然说："您对我真好。"

"那是因为我一直十分钦佩您。"

"波洛先生，我们接下来该怎么做呢？我是指，针对格尔达。"

波洛把那个酒椰叶的工具包拉到面前。他把里面的东西都倒了出来，一些褐色的小羊皮碎片，和其他颜色的皮革。其中有几片厚实的磨光的褐色皮革，波洛把它们拼在一起。

"枪套。我把这个拿走。而可怜的克里斯托夫人，她伤心过度，她丈夫的死令她无法承受。官方的报告中会显示，她在心神不定的情况下，结束了自己的生命……"

亨莉埃塔缓缓地说:"没有人会知道真正发生了什么吗?"

"我想有一个人会知道的。克里斯托医生的儿子。我想有朝一日他会来到我面前,向我询问事情的真相。"

"但您不能告诉他。"亨莉埃塔叫道。

"不。我必须告诉他。"

"哦,不!"

"您不理解。对您来说,任何人受到伤害都是无法忍受的。但对于有些人来说,还有比这更加无法忍受的事——不知道真相。您也听到那个可怜的女人刚才正在说:'特里总想刨根问底。'对于一个具有科学精神的头脑来说,真相是首要的。真相,无论多么苦涩,都是可以接受的,并且能够编织到生活的图样之中。"

亨莉埃塔站了起来。

"您希望我留在这儿,还是离开的好?"

"我想,您还是离开的好。"

她点点头。接下来她说的话更像是自言自语。"我该去哪儿呢?我该做些什么呢——约翰已经不在了。"

"您这样说话就好像是格尔达·克里斯托了。您会明白该去哪儿、该做些什么的。"

"我会吗?我太累了,波洛先生,太累了。"

他温柔地说:"去吧,我的孩子。您应该同活着的人待在一起,我留在这里陪伴死者。"

第三十章

亨莉埃塔开车驶向伦敦，脑海中始终回响着那两句话："我该做什么？我该去哪儿？"

在过去的两三个星期里，她一直处于紧张和兴奋的状态，没有一刻是放松的。她有一个任务要完成——一个约翰交给她的任务。但现在它已经结束了——她失败了，还是成功了？这件事可以从两种角度来看。但无论怎么看待，这个任务都已经结束了。而她正在体会它所带来的巨大疲惫。

她的思绪回到了那天晚上在露台上她对爱德华所说的话——约翰死的那天晚上，她独自来到游泳池，进入凉亭，然后故意地，借着一根火柴的光亮，在那张铁茶几上画上了伊格德拉西尔。一切都是有目的、有计划的——还不能坐下哀悼——哀悼她死去的爱人。"我也很想，"她曾对爱德华说，"我也很想为约翰而哀悼。"

但当时她还不敢放松——不敢让哀痛控制自己。

现在她可以哀悼了。现在她可以用所有的时间来哀悼。

她轻声地呼唤着："约翰……约翰。"

她的心中涌起一阵阵苦涩与阴暗的叛逆感。

她想，我要是喝下了那杯茶就好了。

开车令她镇定了下来，给予她在那一刻所需要的力量。但很快,她就要回到伦敦了。很快,她就将把车停入车库,回到空荡荡的工作室。空荡荡,是因为约翰再也不会坐在那儿欺负她,冲她发脾气,爱她超过他想要爱的程度,热切地告诉她里奇微氏病的情况——告诉她他的胜利与绝望,以及克雷布特里太太和圣克里斯托弗医院的那些事。

突然,她心头笼罩着的乌云升了起来,她想,当然,那正是我要去的地方。去圣·克里斯托弗医院。

年迈的克雷布特里夫人躺在她那张狭窄的病床上,眨着那双黏湿的眼睛,瞥着她的访客。

她完全就是约翰曾经描述的那样,亨莉埃塔感到一阵突然涌上的暖流,令她精神为之一振。这是真实的——能延续下去的!在这里,这个小小的空间里,她又找到了约翰。

"那个可怜的医生。真可怕,不是吗?"克雷布特里太太说。她的声音中除了遗憾之外还有热情,因为克雷布特里太太热爱生活;而突然的死亡,特别是谋杀或幼儿夭折,是复杂人生中的重要一部分。"就这样被杀掉了!我听说的时候都反胃了,真的。我在报纸上都看到了。修女把她能找来的报纸都给我了。她人可真好。报上照片啊什么的都有。那个游泳池什么的。还有他老婆离开审讯现场的照片,可怜的人啊,还有那个安格卡特尔夫人,游泳池就是她家的。好多照片。整件事真神秘,不是吗?"

亨莉埃塔并没有因为她这种恶毒的乐趣感到厌恶。她喜欢它,因为她知道约翰一定会喜欢。如果他注定会死,他一定会更愿意让克雷布特里老太太从中得到乐趣,而不是抽鼻子、掉眼泪。

"我真希望他们抓住干这事儿的人,绞死他,"克雷布特里太太心怀报复地继续道,"他们现在已经不再像从前那样公开绞刑了——真可惜。我一直觉得我很喜欢看绞刑。如果能去看那个杀死了医生的人上绞刑架,我一定跑得比兔子还快,你懂我的意思吗?一定坏极了,这个人!唉,医生可是个千里挑一的人物。聪明极了。而且总是特别和气!不管你想不想笑,他都能让你笑起来。想想他以前有时候会说的那些话哟!我真的愿意为他做任何事,真的!"

"是的,"亨莉埃塔说,"他是一个非常聪明的人,一个了不起的人。"

"医院里的人都非常喜欢他,真的!所有那些护士,还有他的病人们!只要他一来,你就会觉得你一定会好起来的。"

"所以你会好起来的。"亨莉埃塔说。

那双精明的小眼睛黯淡了一些。

"这一点我可不那么肯定,宝贝儿。我现在的医生是那个说话拐弯抹角、戴眼镜的年轻小伙子了。跟克里斯托医生真是完全不一样。从来不笑!而他呢,克里斯托医生,则是笑话不断!他那些疗法啊,曾经好几次让我很吃不消。'我受不了啦,医生。'我这样对他说。'你可以的,克雷布特里太太,'他这样对我说,'你很坚强,我知道。你能扛得住的。你我将要改写医学史。'他总能让你开心起来。我真的愿意为医生做任何事!他总是对你期望很高,但你会觉得你不能让他失望,你明白我的意思吗?"

"我明白。"亨莉埃塔说。

那双锐利的小眼睛盯着她。

"不好意思,亲爱的,但你应该不是医生的老婆吧?"

"不是,"亨莉埃塔说,"我只是他的朋友。"

"我明白了。"克雷布特里太太说。

亨莉埃塔认为她的确明白。

"如果你不介意我问问的话,你怎么会想到上我这儿来的呢?"

"医生过去对我谈过很多有关你的事——还有他的新治疗方案。我想来看看你怎么样了。"

"我又恶化了——这就是我现在的情况。"

亨莉埃塔叫道:"但你不能恶化啊!你得好起来。"

格雷伯特夫人咧着嘴笑了。

"我并不想一命呜呼啊,难道你不这样想嘛!"

"那么,奋起抗争啊!克雷斯托医生说你是一个斗士。"

"是吗?"克雷布特里太太静静地躺了片刻,然后她缓缓地说,"无论是谁杀了他,都真是太可惜了!像他那样的人真的不多。"

我们再也不会遇到像他那样的人了,这句话在亨莉埃塔的心头闪过。克雷布特里太太正敏锐地观察着她。

"打起精神来,亲爱的。"她说,又补充道,"我希望他的葬礼还不错。"

"他的葬礼办得很好。"亨莉埃塔恳切地说。

"啊!我要是能去就好了!"

克雷布特里太太叹了口气。

"我想下一个去的就是我自己的葬礼了。"

"不,"亨莉埃塔叫道,"你绝不能放弃。你刚才还说克里斯托医生告诉你,你和他将要改写医学史。你现在得独自扛起这个责任了。治疗方案还是一样的。你一定要鼓起两人份的勇气——你得靠你自己改写医学史——为了他。"

克雷布特里太太凝视了她一会儿。

"听起来真了不起!我会尽我最大的努力,宝贝儿。我只能说到这一步了。"

亨莉埃塔站了起来,握住她的手。

"再见。如果可以的话,我会再来看你的。"

"好的,一定来。聊聊医生的事对我有好处。"她的眼中又闪出那种戏谑的神情,"克里斯托医生每一个方面都很优秀。"

"对,"亨莉埃塔说,"他是这样的。"

老妇人说:"别苦恼了,宝贝儿——过去的就过去了,你是要不回来的。"

亨莉埃塔想,克雷布特里太太,还有赫尔克里·波洛,他们用不同的语言表达了同样的想法。

亨莉埃塔开车返回切尔西,把车停在车库里,缓缓走回工作室。

现在,她想,它终于到来了。我一直害怕的时刻——只剩下我独自一人的时刻。

现在,我不能再拖延了。现在,哀痛终于来到了我的身边。

她曾对爱德华怎么说的来着?——"我也很想为约翰而哀悼。"

她跌坐在一张椅子里,把头发从脸前向后捋。

孤单,空虚,无依无靠。这可怕的空虚。

泪水涌上了她的双眼,慢慢地顺着她的脸颊滑落。

哀悼,她想,为约翰而哀悼。哦,约翰——约翰。

回忆着,回忆着——他的声音,饱含尖锐的痛苦。

"如果我死了,你会做的第一件事就是,泪流满面地开始雕塑某个该死的哀悼的女人或是沉痛者的肖像。"

她不安地动了一下。为什么这个想法闪入了她的头脑之中？

哀悼——哀悼……一尊戴着面纱的人像——轮廓线模糊——头上戴着兜帽。

雪花石膏。

她能够看见它的外形——高挑、细长，悲伤隐藏在心中，只通过那长长的下垂的布料上悲哀的线条透露一二。

悲伤，通过清澈透明的雪花石膏，浮现出来。

"如果我死了……"

突然之间，苦涩如潮水一般将她淹没！

她想，我就是这样的人！约翰是对的。我无法爱——我无法哀悼——无法全身心地投入。

而米奇，以及像米奇那样的人，才是这世间的必需品。

米奇和爱德华住在安斯威克。

这才是现实——有力，温暖。

但我，她想，并不是一个完整的人。我不属于我自己，而是属于我之外的什么东西。我无法为我死去的爱人哀悼。相反，我必须将悲伤化为一座雪花石膏的人像……

展品第五十八号："哀悼"。雪花石膏像。作者亨莉埃塔·萨弗纳克小姐……

她静悄悄地说："约翰，原谅我，原谅我，因为我只能这样做。"

The Hollow
Copyright © 1946 Agatha Christie Limited. All rights reserved.
Letter for Chinese Reader, New Star Edition by Mathew Prichard © 2013 Mathew Prichard.
Translation © 2023 arranged by New Star Press, Agatha Christie Limited. All rights reserved.
www.agathachristie.com
The Poirot icon is a trademark, and AGATHA CHRISTIE, POIROT, *Agatha Christie* and the AC Monogram Logo are registered trade marks of Agatha Christie Limited in the UK and elsewhere. All rights reserved.
Published by agreement with ACL.
Simplified Chinese edition copyright: 2023 New Star Press Co., Ltd.

图书在版编目（CIP）数据

空幻之屋 / (英) 阿加莎·克里斯蒂著；陈世颐译. — 北京：新星出版社, 2023.6
(阿加莎·克里斯蒂侦探小说全集：精装典藏版)
ISBN 978-7-5133-4914-7

Ⅰ. ①空… Ⅱ. ①阿… ②陈… Ⅲ. ①侦探小说－英国－现代 Ⅳ. ① I561.45

中国国家版本馆 CIP 数据核字 (2023) 第 054545 号

午夜文库
谢刚 主持